ステリ

TCH

車椅子探偵の幸運な日々

HOW LUCKY

ウィル・リーチ
服部京子訳

TOKYO
HAYAKAWA
BOOKS

A HAYAKAWA
POCKET MYSTERY BOOK

HOW LUCKY
by
WILL LEITCH

Translated by
KYOKO HATTORI
First published 2024 in Japan by
HAYAKAWA PUBLISHING, INC.
This book is published in Japan by
arrangement with
THE GERNERT COMPANY, NEW YORK
through TUTTLE-MORI AGENCY, INC., TOKYO.

装幀／水戸部 功

アレクサへ

ひとりの男がどれだけ幸運になれるだろうか。

——ジョン・プライン

目次

火曜日 19
水曜日 71
木曜日 123
金曜日 187
土曜日 219
日曜日 249
月曜日 287
その後 331
謝辞 340
訳者あとがき 345

車椅子探偵の幸運な日々

登 場 人 物

ダニエル……………………航空会社のクレーム担当係
トラヴィス…………………ダニエルの親友
マージャニ…………………ダニエルの介護士
アンジェラ…………………ダニエルの母
トッド………………………伝説のボードゲーム・プレイヤー
アイ - チン・リャオ………獣医師をめざす留学生
メリッサ・レイ……………アイ - チン・リャオの友人
レベッカ・リー……………大学のアジア系アメリカ人団体の一員
ジョナサン…………………ダニエルのメール相手
ウィン・アンダーソン……アセンズ警察署の巡査
ジェニファー………………アイ - チン・リャオのクラスメイト
ドクター・ギャラガー……ダニエルの主治医
ドクター・モートン………神経科医
ローズマリー・
ワイセル・ラム……ダニエルの祖母

　ぼくの生活はスリルとは無縁だ。スリルとは正反対の毎日。ああ、よかった。誰がスリルに満ちた生活なんか望む？　おっと、誤解しないでもらいたい。ぼくらだって日常に刺激は求めている。心を浮きたたせ、驚きに震える毎日を送りたいし、朝目覚めたら、さっさと起きて新しいことをはじめようと思える日々を過ごしたい。でも、スリル？　よしてくれよ。サスペンス小説のなかで起きることが実生活で起きたら、ゾッとする、なんてもんじゃすまないだろう。たとえば誰かが誰かを追跡するシーン。きみもそういうのを映画で何百万回も観ただろうし、あんまり観すぎたせいで、ネットフリックスでまさに追いつ追われつの場面が展開していても、たたんでいる洗濯物から目をあげもしないんじゃないかな。追跡シーンなんてつまらない。どれも似たり寄ったりで退屈だ。ただし、自分が追跡シーンの追われる立場になったら、それはもう悪夢としか言いようがない。きみは逃げて、逃げて、逃げまくる……自分の命がかかっているのだから！　生き延びたとしても、恐ろしい体験を記憶から消し去るのにそのあと何年もかかるだろう。セラピーでは身をすくませて震え、悪夢のなかでふたたび追われたあげく悲鳴をあげて目覚め、まわりの人と人間関係を築くのにも支障をきたす。自分の身に起きたなかで最悪の出来事になるのは間違いない。

　さいわい、実生活はサスペンス小説とはちがう。スリルに満ちた出来事はきみの身には起きないし、ぼくの身にも起きない。ぼくの日常はささやかなあれこれの積み重ねにすぎず、もちろんきみの日常だってそうだろう。ぼくらは次から次へと危機に直面する物語のなかに生きているわけじゃない。そのことに感謝しなくては。自分たちがどれほど幸運《ラッキー》か自覚しなくては。

午前七時二十二分に彼女がカマロに乗ったのをぼくは知っている、とぼくが言ったら、〝そうだな、この男がそう言うならほんとうに知っているのだろう〟と思ってくれてかまわない。ぼくの発言がたしかなのは毎日の日課のたまものだ。いやいや、怪しいもんだ、ときみは思うかもしれないが、ぼくの日課はきみの日課とは根本的にちがう。あれはごくふつうの、ふだんどおりの朝だったから、間違いない。いつもと同じように彼女を見ていたのだから。

午前六時にマージャニに起こされた。ふたりで黙って朝食をとった。メールに返信して、インスタグラムをざっと見ているうちに〈トゥデイ〉がはじまり、まえの晩に世界で起きた背筋が凍る出来事を見せつけられ、すべてが崩壊する過程を司会のホダがざっと読みあげたあと、気象情報担当のアルが、ニューメキシコ州のラスクルーセスでは今日は四十一度まで気温があがります、ふう、とんでもないですね、としゃべり、それから平日の午前七時十七分におけるお約束どおり、にっこり笑ってアトランタの系列局〈11Alive〉を呼びだした。呼びだされたほうの気象学者にして気象予報士のチェスリー・マクニールは、平日の午前七時十七分におけるお約束どおり、にっこり笑った。こうして毎日の天候をわかりやすく数値であらわす、WIZoメーターの時間がはじまった。どのテレビ局もWIZoメーターのシステムを導入すべきだ。これは1から11までの数字を提示するシステムで、11はこの惑星での理想的な天候を意味し、1は人類を皆殺しにする流星群の襲来と同義。こういった具合に今日の天候をひとつの数字で要約するわけだ。チェスリー・マクニールは四分間きっかりでＷＩＺｏメーターの数値を提示して各地の天気を伝えたあと、ニューヨークにいるアルへ〝お返し〟する。

この四分間、ぼくの心は千々に乱れる。みずからの心の安寧《あんねい》がどれほどＷＩＺｏメーターにかかっているか考えると、ときどき不安になる。ぼくは自宅で仕事をしている。いつもここにいる。玄関ポーチの向こうに広がる〝外〟はちょくちょく出かけていく場所とは言いがたい。ＷＩＺｏメーターは四分ものあいだ、外の世界を見てみろと誘いかけてくる。今日みたいにＷＩＺｏメーターの数値が8かそれ以上ならば（〝どうやら週末は楽しく過ごせそうですね、以上、アトランタからでした！〟）、ぼくは大急ぎでドアを抜けて玄関ポーチへ出る。肝心なのは、急いで出るのが午前七時二十一分という点。今日もそうだったし、明日もそうだろう。自分がポーチに出られるかぎり、天気予報が晴れだと告げているかぎり、それは変わらない。

マージャニはホンダ・シビックまで歩いていき、別れの挨拶がわりに手を振った。〝また明日ね、ダニエル〟ぼくらの日常会話はいわば無言のダンスで、何年も訓練を重ねて磨きをかけてきた。マージャニがアステアで、ぼくがジンジャー・ロジャース。ハイヒールを履くのとバックワード・ロックは無理だけど、それ以外はマージャニにあわせてやっている。いまでこそマージャニはとてもじょうずに英語を話すけれど、最初のころはほとんどしゃべれず、それもあって、ぼくらはこの無言のタンゴを覚えた。ぼくらはときどき話す。話さないときもある。彼女の車がうなりをあげたあとようやく発進するのをぼくは見ていた。知りあったころからマージャニはあの車に乗っていて、あれがどうやっていまだに動いているのか、ぼくには見当もつかない。

マージャニはステーグマン・コロシアムに向けてアグリカルチャー・ドライブを走っていった。前日の夜、コロシアムでは競技大会に関連したイベントがおこなわれ、マージャニはその後片づけの手伝いをしにいった。もうすぐジョージア大学フットボールチームのホームゲームが開催されるので、今週は大きなイベントが数多く開かれ、マージャニが引き受ける仕事も多くなっている。ふだんは朝はぼくのところに来て、そのあと掃除や子守や訪問介護、ときには料理といった、よその家での仕事に出かける。昨日もそのたぐいの仕事をこなし、明日からもずっとそれを繰りかえす。まあ、妙なうなりをあげる車が動いてくれれば、だけど。

ぼくはストローで水をひと口飲み、玄関ポーチでマージャニが去っていくのを見送った。すぐに車は急停止した。ミスフィッツのリュックサックを背負った子どもが心ここにあらずといった様子で道路を横切ったからで、子どもはひとまず詫びを入れておくとでもいうようにだらしなく片手をあげ、ゆっくりと木立のほうへ歩いていった。道路にはそのほかに人の姿はなかった。アセンズの住民全員が二日酔いになったのかと思うような静かな朝。誰もがもう一時間、余分に朝寝をしているみたいだった。いつもなら博士課程の学生たちで騒々しい学生用の家族向け住宅さえも、活気がなくどの部屋も暗い。ぼくはひとつ深呼吸をして、めったにない静かなひとときを楽しもうとした。外に出ているのが自分ひとりだけだなんて、ほんと珍しい。ぼくひとりだけで、ほかに誰もいないなんて。

そのとき、彼女を見た。ぼくはいま、きみにあのときの情景を説明しようとしている。こんなふうに言っちゃおうかな。マジでドラマチックな瞬間だったんだよ、彼女が飛びついてきてさ。彼女を離したくなかった。彼女は白黒の世界のなかで色鮮やかな赤いコートを着ていた。なんだか自分がサスペンス小説の登場人物になった気がしたよ、とか。でも残念ながら、現実はぜんぜんそんなんじゃなかった。彼女はいつも歩いているときと同じく、ただ歩いていた。その時刻にはふだんはほかの人も通りに出ているけれど、あの日は外にいるのは彼女だけだった。少しまえから、毎日きっちり同じ時刻にぼくは彼女を見ていた。たぶん大学二年生で、青いリュックサックを背負い、その日もマージャニが車で走り去ったのと同じ方角へ歩いていった。ＷＩＺｏメーターが８か９と告げそうな、美しい秋の朝、これから授業を受けにいくといった感じで、彼女はアグリカルチャー・ドライブを午前七時二十二分に歩いていた。

　いつもとちがうのは、携帯電話を見ていなかったという点だけ。ふだんからヘッドホンはつけていなかった。毎日ひとりで、けっして視線をあげず、背景に溶けこむように歩道を歩いている。いままで彼女が視線を向けてくることはなかったし、正直なところ、こっちがポーチに出ているタイミングで毎日、目の前を歩いていなかったら、彼女に気づきもしなかっただろう。彼女はただ歩いているだけ。ほんとうにそれだけだった。

　あの日までは。あの日、彼女は少しのあいだ立ちどまった。理由もなく。いや、つまり、目の前に車がとまって行く手を阻まれたから、とかいうわけではなかったってこと。ふいに立ちどまり、視線をあげて、はじめて、かつ、ただ一度だけ、目をあわせてきた。明らかに偶然に。こっちを見たと思ったら、次の瞬間には視線は逸《そ》れていた。それでも、彼女はぼくを見て、ぼくは彼女を見た。歩きだしたところで彼女はふたたび足をとめ、振りかえってぼくにちらっと目を向けた。そのときは、もうちょっとだけ親しげに、小さく笑みまで浮かべて。そして右手をあげた。〝こんにちは〟それからふたたび歩きだした。

　カマロがサウスビュー・ドライブを左折してアグリカルチャー・ドライブに入ってきた。色はうす茶色、車体の塗り替えと、いまよりももっと愛情をかけて手入れをしてやる必要がありそうだった。おそらく年式が六〇年代後半の年代物——そのころカマロはエレガントなスポーツカーだと思われていたが、一九七〇年代になるとサリーやらベティやらを乗せてカーセックスをするための車になった。本来は、七〇年代に受けた評価を正し、かつての栄光を取りもどすための努力をするにふさわしい車だ。

カマロが彼女の横に来てとまった。彼女はなかをのぞきこんだ。そこで肩をすくめたみたいだった。車のなかの状況はぼくには見えなかった。彼女は一度首を振り、軽く笑ったようで、そのあとでふたたび肩をすくめた。車を運転していた人物が助手席のドアをあけた。その人物の顔は見えなかったが、ぼくの目はふたつのことをとらえた。ちらりと見えた左足のブーツの先っぽがピカピカ輝いていた——クロームっぽく光っていた——のと、頭にかぶっている、アイスホッケーチームのアトランタ・スラッシャーズの青い帽子。見た瞬間に、スラッシャーズの帽子をかぶっているなんてへんだと思った覚えがある。十年か十五年前にはアトランタ・スラッシャーズと呼ばれるナショナル《N》ホッケー《H》リーグ《L》のチームがたしかにジョージア州に存在したが、南部の州ではアイスホッケーはちっとも人気が出ず、それでチームはカナダのマニトバ州ウィニペグに本拠地を移した。いまどきアトランタ・スラッシャーズの帽子なんて誰がかぶる？

彼女は立ちどまったまま右側に目を向けた。誰にも見られていないことを確認するみたいに。次に左側を向いてふたたびぼくを見た。そしてすぐに目を逸らした。恥ずかしがっているみたいに。もしくはなにかを探しているのか。探しているとして……なにを？　ぼくの同意？　誰かが見ていてくれてうれしかったとか。いや、誰にも見られたくなかったのかもしれない。さっぱりわからない。なんの変哲もない秋の日の朝。そのあとで朝の出来事を思いだす理由もなかったし、実際に思いだしもしなかった。きみだって思いださないと思うよ。べつになんでもない出来事だったんだから。
でも、彼女はたしかに車に乗った。時刻は朝の七時二十二分。間違いない。

火曜日

1

十一時十三分、ぼくは見も知らぬ人からはじめて〝腑抜けの半人前のチンコなめ野郎〟と呼ばれている。

けれども、よくよく考えると、眠気をもよおす火曜日にはこういう言葉の羅列はそう悪くはないかもしれない。週のなかばにかけて旅行する人はたいていが出張中のビジネスマンで、観光客に比べたら総じてマシだが、社会的地位がある方たちだからこそ、不当な扱いを受けるとたんに怒りまくってひどく辛辣になる。とはいえ今日はお気楽な火曜日。WIZoメーターの数値は高く、つまりはみんながそこそこはご機嫌なはずだ。

思うに、〝腑抜けの半人前のチンコなめ野郎〟はぼくの無気力な感じ、社会における権力や影響力のなさ、全般的な醜悪っぷりをひとつひとつあげつらった表現かもしれない（最後のは一般的な会話に使用するにはあまりにも下品かつ不適切で、ぼくの性的指向を知りもせずに具体的にこう言及するのはいかがなものかと思う）。この出来事の原因になっているのは小ぶりの台風で、お天気アプリの〈ウェザー・アンダーグラウンド〉のレーダーがとらえている唯一の台風のせいでナッシュビル行きの飛行機がアーカンソー州リトルロックで地上待機を余儀なくされ、@pigsooeyhogs11さんは目的地へ行きたくても行けないでいるらしい。アーカンソーで足止めを食らっているのは気の毒だと思うけれど、ジョージア州アセンズでデスクについて椅子にすわっているぼくには彼のためにできることはほとんどない。とはいえ、彼はぼくになにかをしてほしいとは思っていない。こちらに望むのは、じっとすわって言い分を聞いてほしい、という一点のみ。ぼくには目下の仕事をこなすための一連の特殊技能があり、じっとすわって言い分を聞くというのはいくつかある技能の筆頭にあげられる。

@spectrumair 25分間もクリントン・ナショナル空港《LIT》で待機させられて、なんの情報もないとはどういうことだ《WTF》?

@spectrumair もう35分も待っている #スペクトラム・エアーのくそったれ

@spectrumair どうせ客のことなんかなんとも思っていないんだろう。わたしはまだ足止めを食っている

ひとつひとつのツイートにわざわざ返信するなとぼくらは研修で言われている。すべてに返信するのは可能だろう——スペクトラム・エアーは地域航空会社で、八つの空港のあいだを飛び、運航数は日に三便。乗客数はたいして多くはなく、仮に彼らがひとり残らず不満の声をあげてもぼくらは余裕で対応できる——が、それぞれに対応すると、乗客の不満に対しなんらかのアクションを起こすという錯覚を相手に与えかねない。実際は一ミリも動かないのに。もちろん、しっかり対応いたしますというふりはしなければならない。いかなる航空会社も、たとえアラバマの野っぱらに本拠を置くちっぽけな地域航空会社であっても、いちばん避けたいのは〝この航空会社はわれわれを少しも大切に思っていない〟と常連客に思われることだろう。でも、対応なんかしない。するとしたら、会社はフルタイムのお客さま相談係とかソーシャルメディア対応係を雇わなければならないだろうし、雲がひとつふたつ、五十マイルの彼方にあるからといってフライトを延期しなくてもいいように、航空機を何機か購入しなくては

ならないかもしれない。スペクトラム・エアーはそういう会社じゃない。スペクトラム・エアーはぼくを時給二十五ドルで雇って、〝不満たらたら〟のツイートに当たり障りのない返信をさせるような会社なのだ。リトルロックからナッシュビルまでの片道チケットは七十九ドル、顧客は払ったぶんのサービスしか受けられない。

もちろん、彼にそんなことは言わない。三つ目のツイートが来て、本社から〝天候の問題〟が解決するまでフライトは延期されるとの通知を受けとったあと、ようやくぼくは返信する。ふだんお客に対応するときよりも、今回は少しだけ長めに間《ま》をとったことになる。そういうワザを使うところも、ぼくが会社から気に入られている理由なんだと思う。

@pigsooeyhog11 ご不便をおかけして申しわけありませんが、天候のせいでフライトに遅れが出ております。現時点では追加の情報はございませんが、連絡が入りしだいすぐに最新情報をお知らせいたします。🤙

ご立腹のお客に返信するときはつねにハングルースの絵文字を使う。絵文字を見て、それでも腹を立てつづける人なんかいる？ 絵文字だけでやりとりすれば戦争なんてなくなるだろう。

すぐに@pigsooeyhog11さんは絵文字を見て腹を立てるタイプの人物だと判明する。ツイートふたつのあとに〝腑抜けの半人前のチンコなめ野郎〟が来る。ひとたび顧客が節度を欠いた手のつけられない人間に様変わりすると、こちら側ではできることはなにもなくなり、そういう顧客をツイッター上ですぐさまミュートするようにと会社から言われている。ただし、ブロックしてはいけない。しっかり聞く耳を持っていると示さなくてはならないから。そう、ただ単にミュートし、彼らの叫びや不平不満を虚しい遠吠えとして雲散霧消させるよう指示される。彼らは誰もいない空間に向けてどなりつづける。

正直なところ、怒りを滾《たぎ》らせた人たちが携帯電話に侮蔑の言葉を叩きこむというのは、それはそれで正しい行為のような気がする。ミュートされていれば誰の目にも触れないわけだし。そう考えてみると、ぼくの仕事は公共サービスだとも言える。誰しも心のなかに悪魔をかかえていて、反面、毎日の暮らしのなかですべての鬱憤《うっぷん》を発散させる場所を見つけるのは難しい。できることといえば、枕に向かって叫ぶとか、自分の犬に八つ当たりするとか。胸のうちにかかえこみすぎると、やがて間違ったタイミングで爆発し、自分自身や大切な人を傷つけてしまう。格安チケットを売っている地域航空会社を相手にオンラインで怒りをぶつけるのは、みずからの怒りを吐きだす方法としては、むしろもっとも生産的かつ健康的ではないだろうか。みんなどうにかして発散させなければならないわけだし。それならぼくらに向けて吐きだすのもアリだろう。

とはいえ、ぼくは顧客をミュートしたことは一度もない。いまこの場では怒り狂った旅行者だけれど、飛行機から一歩出たら、彼らは誰かの息子であり娘であり、ママでありパパであり、同僚であり上司であり、スーパーマーケットの〈パブリックス〉でレジの列の五番目に並ぶ男であり、心配顔した病院の見舞い客であり、やがては棺のなかに横たわり、折りたたみ式の椅子に腰かけた参列者がもっと多くの時間をともに過ごすべきだったと後悔しながら見送る人物なのだ。みんな解決策を模索し、耳を傾けてほしいと切に願っている。そんな彼らを無視するのは無作法きわまりない。さっきは〝チンコなめ野郎〟を投げつけられて、やりとりは終わった。それでも、誰かを締めだし、困ったまま放りだすのは、あまりにも薄情な気がする。会社の方針では彼らをミュートしろと言う。でもぼくにはできない。

　顧客が一線を越え、会社の方針で当該人物とのそれ以上のやりとりが許されなくなった場合、ぼくがしてあげたいと思うのは以下のこと。もう少し品のいい言葉で苦情を言ってきた、当該人物と同じ便に乗りあわせているべつの乗客を見つけ、その人に情報を提供する。その人を仮にAさんと呼ぶことにしよう。Aさんの座席は怒れる当該人物の座席の近くで、Aさんは彼に情報を伝えてくれる。これはぼくがこんなふうになってほしいと思う想像。以下、想像のつづき。ぼくを〝チンコなめ野郎〟呼ばわりした当該人物と同じ便に乗った女性のAさんは、飛行機は二十分後に離陸するとの情報を得て、当該人物のところへ歩いていって情報を伝える。怒れる当該人物は携帯電話をおろし、怒っていたことも忘れ、笑顔でこう言う。「そうですか、どうもありがとう」Aさんが笑みを返す。いままで会ったこともなかったふたりは楽しそうに情報交換し、ささやかながらもしっかりと記憶に残るような会話を交わし、互いが互いの一日をほんの少しだけよいものにする。こういった交流は一日じゅう、あらゆるところで起きている。誰かがぼくらのためにドアをあける。レジに並んでいる列でぼくらが落とした眼鏡を誰かが拾ってくれる。毎日のように見かける、あたりまえのやさしさがこめられたささやかな行為は、一瞬でさーっと過ぎていくがゆえに、誰の記憶にも残らない。記憶に残るのは、ツイッターで〝チンコなめ野郎〟呼ばわりしてきた男のことだけ。現実の世界ではみんなほかの人に親切にする。たとえ意味のない親切であっても。なのに、そういうのは人の目にはとまらない。気づいてしかるべきなのに。ぼくらは現実の世界でよりも携帯電話に向かっているときのほうが、いつもうんと怒っている。

　ぼくはこの仕事を楽しんでいるし、恐れてもいる。ほんとうはどっちなのかわからない。でも仕事は仕事。

正直なところ、ぼくが雇ってもらえそうな仕事はそれほど多くない。だからいまの仕事について不平不満をもらすつもりはない。たとえ @pigsooeyhog11 さんに脳腫瘍になって焼け死んでしまえと言われても。苦しみながら死ね、ということだろうけれど、脳腫瘍と焼死の組み合わせは、それほどまでに痛いものなんだろうか。

　ドアベルが鳴る。午前中が終わったのにも気づかず、いつものように長いことパソコンにかじりついていた。ログアウトして、玄関ドアに向かう。今日は火曜日。トラヴィスが〈バット・ハット・バーベキュー〉のサンドイッチを買って、ランチタイムに訪ねてきてくれる。@pigsooeyhog11 さんのことや午前中のやりとりは頭から消えていた。こんなにきれいさっぱり忘れられるなんて、おかしくて笑っちゃう。👍

2

「例の女の子のことばっかり考えちゃってさ」トラヴィスが言う。「ちょっとした仮説まで立てたりして」

　トラヴィスは靴下のなかに押しこめそうなほど小さなサイズのダニエル・ジョンストンのTシャツを着ている。ブロンドの髪がしょっちゅう額に垂れてくる。誕生日のキャンドルの火を吹き消すみたいに、いかにもマンガっぽいやり方で鼻にまでかかる髪を吹き飛ばす。ぶつかったら彼をまっぷたつにへし折ってしまうんじゃないかと、ぼくはいつも思っている。ぱっと見は、酔っぱらったイカボッド・クレーン（ワシントン・アーヴィングの短篇小説『スリーピー・ホロウの伝説』の主人公。痩せてひょろ長い身体つきの教師）。母親を除いて、人生のなかでいちばん古くからの知り合いで、仲がいい理由のひとつ――そして彼がぼくといっしょに過ごしたがるいちばんの理由――は、彼が人並みはずれたおしゃべりだから。口もとをゆがめて笑いながらしゃべる、茶目っ気たっぷりの筋金入りのおしゃべりで、話しっぷりを聞いているとウッディ・ハレルソン（アメリカの俳優）の息子かと思えてくる。それか、ハイになったフォグホーン・レグホーン（アニメシリーズ〈ルーニー・テューンズ〉のおしゃべりなニワトリ）に育てられたジェシー・アイゼンバーグ（アメリカの俳優。早口でしゃべる）か。政治やスポーツや音楽、そう、たいていは音楽について、長ったらしくてとりとめのない話を独り言みたいに延々と話しつづけ、聞いているほうは意識を集中させていても、話についていくのはほとんど不可能。あるときのこと、トラヴィスがひとりでしゃべりまくっている最中にまわりの人たちがゆっくりと立ちあがり、次々にその場をあとにするのを目撃した。彼らは怒っているわけでも不愉快になっているわけでもなく、ただただ疲れきっていた。たとえて言うなら、ずっとエレベーターを待ったあげくに来ないのだと気づき、階段を使う、といったふう。戻ってきてみたらトラヴィスはまだしゃべっていた、というオチは大いにありえる。

街のみんながしゃべりたがる〝例の女の子〟の話に移るまえの本日の話題はバンドのウィルコについてだった。トラヴィスはぼくと同じで二十六歳。つまり、若すぎて全盛期のウィルコのライブを生《なま》で楽しんだことはない。彼らのファーストアルバムが出たのはぼくらが生まれるまえだ。リードシンガーはぼくらの父親くらいの年齢。でもトラヴィスはいまウィルコにハマっている。

「ご存じのとおり、彼はバンドのなかで二番目に愛されているやつだった。で、ダサいやつだとも思われていた」トラヴィスはそう言い、発泡スチロールの皿にのっているバーベキューチキンをスプーンいっぱいにすくい、その半分をキッチンテーブルにこぼす。「でもそんなことはない。だろ？　なんたって、ずーっと天才だったんだから！」

ウィルコのリードボーカル、ジェフ・トゥイーディに関する終わりの見えない話を、きみのためにここで要約しておこう。まあ、いいから聞いてくれ。ウィルコの話になるとトラヴィスには語るべきことが山ほどある。どの話になっても彼には語るべきことが山ほどあり、選ぶ話題はつねに、トラヴィスがその時点で関心を持っていることに直結している。さてさて、ここにひとりの女性がいる。彼女はダウンタウンのトラヴィスがよく行く〈40ワットクラブ〉で働いていて、ウィルコに夢中。まあ、これで事情はおわかりいただけると思う。いま現在、トラヴィスはウィルコのファンだ。来週はほかのなにかのファンになっているかもしれない。とにかく、あらゆるものを少しずつつまみ食いしたがり、なにかひとつのものを〝これだ〟と決めて追いかけたりはしない。

さて、いま話題は〝例の女の子〟に移っている。誰もがこの女の子についてしゃべっている。なにかが起きたという最初の情報がレディット（英語圏で利用されている掲示板サイト）のアセンズに関するスレッドに投稿されていて、ぼくがそれを見たのは二日前の晩、今週末におこなわれるフットボールの対ミドルテネシー州立大学戦のチケットを誰かが売りに出していないか確認しようとしたときだった。いくらかでも金を浮かせるには、ジョージア州内での観戦チケットの〝売ります／買います〟情報を確認するのがいちばんだ。とりわけ、一日じゅうすわってインターネットを検索するのが仕事の人間にとっては。いつでも誰かがチケットを安い値段で売りに出しているから、それに飛びつけばいい。

その晩、レディットにはたいした情報は載っていなかった。ロード湖で橋が水に浸かったとか、ファイブ・ポインツで木が一本倒れたとか、バーネット・ショールズ・ロードに住む誰かが椅子を売りたがっているとか。そろそろサインアウトしようとしたとき、ページのいちばん上に新しいスレッドが立ちあがったのに気づいた。

ルームメイトが行方不明。最後に目撃されたのはファイブ・ポインツ

クリックした。

ファイブ・ポインツといえばうちの周辺だ。ぼくは

緊急：学生が行方不明になっています。同じ建物に住むアイ‐チン・リャオは、先週、授業に出席するために出かけ、それ以来アパートメントに戻ってきていません。彼女は夜遅くに帰宅することはなく、勝手な行動をとる人でもありません。それで、わたしたちはとても心配しています。彼女はほんの片言しか英語を話しませんが、アイ‐チンと名前を呼べば反応します。最後に目撃されたのはサウスビュー・ドライブを歩いているところ。警察も捜していますが、自分たちでできることはなんでもするつもりです。もし彼女を見かけたら、stephanie2001@gmail.com 宛てにメールしてください。**ほんとうに**心配しています。

写真が添付されていたが、ピントがあっていないうえ、正面を向いていなかった。誰であってもおかしくない写真。脳が瞬間的に猛スピードで動きはじめた。しかし、ほんの一瞬だった。マージャニが帰宅する準備をはじめ、ぼく自身はとても疲れていた。もうその件については考えられなかった。

次の二日間でアイ‐チンの失踪は街いちばんの話題となり、トラヴィスは、さすがトラヴィスだけあり、次々と仮説を提示している。

「彼女の居場所をおれは知っていると思うんだ、うん

うん」とトラヴィスは言う。すぐにもまた勇ましいことを口走るだろう。ぼくはいつでもここにいて、ふむふむとトラヴィスの言い分に耳を傾ける。どこへ行くでもなく。それはトラヴィスも同じ。彼はいつだってここにいてくれる。

トラヴィスとぼくはイリノイ州チャールストンの近くにあるサラ・ブッシュ・リンカーン病院で十一日違いで生まれた。眠ったような街のチャールストンにはイースタン・イリノイ大学《EIU》の本部や、〈ポジティブリー・フォース・ストリート・レコード〉という名のかっこいいレコード店があるが、ほかにはほとんどなにもない。トラヴィスのママはイースタン・イリノイ大学の哲学科の教授で、ぼくの母親〝アンジェラだけどアンジーって呼ばないで〟のアンジェラはトラヴィスのママの秘書として働いていた（うちの母は厳密には哲学科全体の〝幹部付き秘書〟だったんだけど、哲学科にいたほかの教授はエドという名前の年寄りだけで、自分のオフィスをけっして離れず、一九八三年にそこで死んだと言われている）。トラヴィスのママはうちの母さんより十歳上で、コールズ郡屈指の大きな屋敷に住んでいて、カントリークラブのすぐそばに建っているその邸宅には人造大理石のポーチがあって、医者の夫とトラヴィスの四人の姉さんといっしょに暮らしていて、一方で母とぼくはチャールストンのとなり街、マトゥーンの狭いテラスハウスに住んでいたのに、トラヴィスのママとうちの母はすぐに親友になった。ぼくの父親はこの人がパパだとこっちが認識するまえに出ていってしまい、トラヴィスのパパはつねに職場の病院にいて、そういうわけでぼくらのママはふたりとも孤独に慣れきって、疲れ果て、助けあったり文句を言いあったりする仲間がまわりにひとりもいない状況に打ちのめされていた。大学側には産休に関する忌々しい方針があり、ふたりともぼくらを産んだあと、子育ての準備も整わないうちに仕事に復帰せねばならず、わずかながらでも大学側の方針に反抗するには子どもを連れて職場に赴くことがいちばんだと気づいた。もうおわかりだろうが、ぼくらはまさにコールマン・ホール（イースタン・イリノイ大学の教室棟）で育てられ、取り乱した学生たちがトラヴィスのママをつかまえて、自分たちの成績の評価点を考えなおしてくれと懇願する声を聞きながら大きくなった。一方で、ぼくの母はエドがまだ死んでいないか確認するために、電話をかけたり、ときたま見にいったりしていた。

トラヴィスとぼくはひとつのパック・アンド・プレイ（ベビーベッド、ベビーサークル、おむつ台がひとつになったもの）で昼寝をし、埃だらけの廊下を並んでハイハイし、数えきれないほど何度もいっしょにお風呂に入り、ママたちふたりに休憩をとらせるために呼ばれたティーチング・アシスタント（学部生の授業を補佐する大学院生）に向かって泣き叫び、かたくなにすわりこんだ。そういうわけで、イリノイでの思い出のほとんどには、なんらかの形でかならずトラヴィスがかかわっている。一歳の誕生日だっていっしょに祝った。トラヴィスのママが自宅で盛大なパーティーを開き、ピエロが呼ばれ、城を模した空気圧式のトランポリンが設置され、広大な庭を汽車が人を乗せて走った。ぼくらはパーティーのあいだじゅうずっとすやすやと眠っていたが、母の話では、目覚めたとたんぼくは泣きだし、トラヴィスが目を覚ましていっしょにハイハイしはじめるまで、いっこうに泣きやまなかったという。結局、ぼくら親子はトラヴィスの家に一週間、滞在したとのこと。もちろん、広大な家にはいくつも部屋があった。

同じ年の子がいて、その子といっしょに過ごす時間が長い場合、どうしても互いに比べられてしまうのは避けられない。トラヴィスのママは、ぼくのほうがトラヴィスよりも早くものを持ちあげることができるようになった、みたいなことをつねに気にしていた。ぼくのほうがしっかり寝る、ぼくのほうが泣かない、ぼくのほうが早くスプーンの使い方を覚えた、とか。でも、そのあとにいろいろあって、どっちが早いとかうまいとかは、どうでもよくなった。とにかく、ぼくは動けたんだ。母さんはいつもこんなふうに言っていた。ぼくとトラヴィスから一瞬目を離してから、もう一度子どもたちのほうを見ると、ぼくはどこかへ向かって突進したり、階段をおりようとしていたのに対し、トラヴィスは床のまんなかにおすわりして、笑いながらぼくを見て手を叩いていたと。母は当時ぼくをトリクルと呼んでいた。〝わたしの小さなコール・トリクル（映画〈デイズ・オブ・サンダー〉の天才的カーレーサー）〟と。いまでもときどきそのニックネームを話題にする。以前は、ぼくのベビーベッドを有刺鉄線で囲まなきゃならないかと思った、とよく冗談を飛ばしていた。でもトラヴィスったら、おすわりしてにこにこ笑っていたのよ、と。

ぼくらが一歳半くらいになったある土曜日のこと。息子たちふたりとママたちふたりはトラヴィスのママの家でなにをするでもなくのんびり過ごし、トラヴィスの姉さんたちが家じゅう走りまわったり、二階で大声を張りあげたりしていたとき、ぼくの母はなにかがおかしいと気づいた。トラヴィスのママが息子の手を取って立たせ、リノリウムの床を歩かせようとすると、トラヴィスは右足の次に左足という具合にゆっくりながらも、ダーウィンの進化論を地で行くみたいに筋肉の働きを脳に刻みつけ、本能を駆使して……歩いた！　前へ進んだ！　独立独歩！　でも、ぼくは？　ぼくは歩けなかった。両脚にまったく力が入らず、脚は体重を支えることができなかった。母が手を取って立たせても、ぼくは尻もちをついた。母が立たせようとするたびに、ぼくは何度も床に倒れこんだ。トラヴィスはというと、のろのろだけど自分で立ちあがり、前へと歩きはじめた。でもぼくはできなかった。歩くとはどういうことかも理解できないみたいだった。

週が過ぎるにしたがい、母はどんどん不安になっていった。あるとき〝だらり脚症候群《フロッピーレッグ》〟について耳にした。これは乳幼児期に発症する〝筋緊張低下〟のサインとなる。ぼくの脚にはまったく力が入らず、母は〝筋緊張低下〟かもしれないと思いはじめた。トラヴィスが本格的に歩きはじめたのに対し、ぼくがおすわりしたままでいると、母はもう待てなくなった。本来の母は、息子が鼻水を垂らすたびに病院に電話をして医者を困らせるタイプの人じゃなかった。その手の母親にはなるまいとしていた。でも、この状況はおかしいと感じとった。問題があるならば解決したいと思った。

アイ-チンが行方不明になってから七十二時間が経過した。

この出来事が《アセンズ・バナー-ヘラルド》に掲載された。

ジョージア大学《UGA》の中国人学生、行方がわからず

マシュー・アデア

ジョージア大学警察は、アセンズ在住で現在、行方不明になっている女性を発見すべく、協力を呼びかけている。

警察署の広報担当官のマイケル・セテラによると、アイ-チン・リャオ、十九歳が、金曜日の午前六時三十分に連絡がついたのを最後に行方がわからなくなっていると、今週末に友人から通報があったという。彼女の自宅の電話と携帯電話に何度かけても応答がないとのこと。警察では失踪事件が発生した際の手順に則《のっと》り、友人たちから話を聞き、地元の病院に確認している。

リャオは中国出身の獣医学の客員研究員。居住先はファイブ・ポインツのアグリカルチャー・ドライブにある家族向けの集合住宅で、最後に目撃されたのは、金曜日の朝、授業に出席するために出かけたときだったとセテラは語った。警察に通報したのは、家族の友人である地元在住の女性、メリッサ・レイ。彼女はアセンズの街じゅうにリャオの写真を載せたポスターを貼っているとのこと。《バナー－ヘラルド》にリャオは八月の中旬にアセンズへ来たばかりだと話した。最近になって中国の親戚をとおしてリャオを紹介され、大学のキリスト教徒の学生グループに彼女を紹介する予定だったという。〝彼女には街にほかの知り合いはいないし、彼女が行きそうな場所もまったく見当がつかない〟と語っている。

リャオ失踪の件はワシントンD．C．の中国大使館へも連絡済みだ。

〝選択肢すべてにあたったが成果はなく、いまは市民のみなさんの協力を仰いでいる。われわれはなにひとつ排除するつもりはない〟とセテラは語った。情報をお持ちの方はアイ－チン・リャオに関する情報受付の七〇六－二三四－四〇二二まで電話をしてほしいとのこと。

ぼくが持っている彼女に関する情報はひとつだけだが、それは大きなものだ。この二ヵ月間、ぼくは平日に毎日、同じ時刻、同じ場所で彼女を目にしている。彼女は一度だけこっちに手を振った。そう、あの日に。最後に目撃された日に。昨夜寝るまえ、ニュースに彼女の写真が映ったとき、ぼくはようやくそれに気づいた。アイ－チンと彼女は同一人物っぽい。いや、絶対にそうだろう。ぼくはすぐさまトラヴィスにテキストメッセージを送った。ニュースになっている女性は毎朝ぼくの家のそばを通っている人だと。今朝になるまでスラッシャーズの帽子とクロームみたいに光っているブーツのことは思いださなかった。

あれはあの女の子だ。そして、あの子はカマロに乗りこんだ。

「例の女の子について話そう、うんうん」トラヴィスが言う。ぼくの口にバーベキューポークを押しこみながら仮説を語る。アイ - チンは大麻を乱用している、と。

　どこかの時点でトラヴィスがこういう仮説を思いつくのは避けられないと思っていたけれど、正直なところ、初っ端からそれを言いだしたことにぼくはちょっと驚いている。トラヴィスの言い分はこうだ。新たな場所での生活。知り合いは誰もいない。獣医学の道で成果をあげるというプレッシャーが自分にのしかかっている。いままでの人生で自由を感じたことなどなかった。まわりが思っているよりも彼女はちょっとだけ好奇心旺盛で、反抗心が強く、いまなら生まれてはじめて心のうちを態度であらわすことができる。ルームメイトたちは考えが古くさくて抑圧的。彼女には勉強に専念してほしい――でも本人は、勉強なんかクソ食らえ！　ここはアメリカ、勉強なんかしている場合じゃない！　アメリカはポップミュージックとネットフリックスとマリファナの国。そう、マリファナ天国。

　トラヴィスの説によると、ある晩、彼女は同国人の仲間たちのもとからこっそり抜けだして、男子大学生の友愛会《フラタニティ》が主催する秘密のパーティーに誘われて出かけていった（「彼女、かわいいもんな」とトラヴィスが肩をすくめながら言う）。そこで何人かの学生と出会い、彼らといっしょにマリファナを吸い、心を開いていく。どうして自分はせっかくの時間をあくせくと研究ばかりして過ごしているんだろう。どうして故郷からこんなに遠いところにいるんだろう。ところで、どうしてみんなはわたしを獣医にしたがる？　獣医は動物たちを安楽死させなくちゃならない。それも、四六時中。そんな悲しい仕事をやりたがる人の気が知れない。彼女はみずからの世界がすべて偽りだったと気づき、システムの一部になるのはごめんだ、アイ-チンはアイ-チンらしく生きなきゃならないと思った、とか？　そこで彼女は言う、もうやめる、と。いっしょに逃げてくれるマリファナ仲間を見つけて――「たぶん彼女は同性愛者《ゲイ》で、これまで気づかなかった！」――いまごろはすぐとなりのノーマルタウンにあるアパートメントに隠れていて、食事はデリバリー、水パイプでマリファナを吸い、どんちゃん騒ぎをしながら〈ブラック・ミラー〉の全エピソードを観ている。みんなが自分を探していることさえ知らない。アメリカ生活を楽しんでいる、うんうん。

トラヴィスは自説をこねくりまわして楽しんでいるだけ、とも考えられる。しかし、歴史的記録として彼の仮説を記憶しておこう。

トラヴィスはしゃべるのをいったんやめて口のなかにバーベキューを押しこみ、ぼくは彼が咀嚼《そしゃく》を終えてつづきを話しはじめるのを待つが、ふいにトラヴィスはバーベキューポークをスプーン山盛りにすくって、それをご親切にもぼくの口に突っこんでくれて、こっちは仮説を聞くのをもう少し待たなければならなくなる。ポークがいけないほうへ落ちていきそうになるのに気づいて急いでなんとかしようとすると、トラヴィスがテーブルをまわりこんできて、こっちの背中を軽く叩きはじめる。彼はぼくが呼吸困難に陥りそうだと思っているらしいが、そんなことはないので、まだたっぷり残っているバーベキューポーク・サンドイッチのほうを向き、トラヴィスに向かってうなり声をあげる。トラヴィスはふんと鼻を鳴らして「はいはい、すんませんでした」と言い、そのあとは放っておいてくれる。それでよし。

二十五分後、話題はアセンズの街にある〈ワクストリー・レコーズ〉でも働いていて、リングの眉ピアスをつけ、トラヴィスはまだ見ていないが見たいと思っている背中にカート・コバーンのタトゥーを入れ、どんなふうにウィルコを聴いているかトラヴィスに語った、例の女の子のことに戻り、次にはウィルコに戻り、ぼくとしてはウィルコの話などどうでもいいが、これはトラヴィスと過ごすときのいわばお約束みたいなもので、ぼくは適当に流す。とにかく、トラヴィスがここにいてくれてうれしいし、バーベキューはうまい。

ぼくはトラヴィスの目をのぞきこむ。そうすればぼくらは会話ができる。

ここでちょっと間をおこう。きみがぼくとともにこのささやかな冒険旅行へ出かけるつもりなら、きみはぼくが追いつくのを途中で待たなければならない。もうおわかりだろうが、ぼくは……そう、ぼくはしゃべれない。少なくとも、きみがたいていの知り合いとしゃべるようには。その裏にはひとつの壮大な物語があるわけで、まあ、ぼくらにはあり余るほどの時間があるんで、それについてはおいおいってことで。とはいえ、ぼくがトラヴィスに話しかけられないからといって、ぼくらは会話ができないってわけじゃない。ぼくは生まれてからずっとトラヴィスを知っていて、ぼくらは言葉を介さずに意思や気持ちを伝えあうことができる――双子みたいなもんだけど、双子みたいに神秘的ではない。トラヴィスはぼくを見て、ぼくはトラヴィスを見る。それで、口に出さずとも互いに言っていることを理解できる。ごめん、単純化して説明しているせいで、ここに書かれているよりも複雑に感じちゃったかもしれないね。ただぼくの言うことを信じてくれればいい。言葉を使わないやりとりを、ぼくは母とでもできるし、マージャニはここ数年をかけてマスターしてくれた。そういうやりとりを実際に目にしたとしても、なかなか理解できないかもしれない。でも、かならずぼくらにもできる。だから、ぼくについてきて。

オーケー？　クールだろ？　きみとぼくでやるんだよ？

よし。というわけで、さっきのつづき。ぼくはトラヴィスの目をのぞきこむ。そうすればぼくらは会話ができる。

〝あの子はいつもうちの近くを歩いている子だと思う〟

誰？　マリファナの子？

〝彼女はマリファナを吸ってないと思うよ、トラヴィス〟

からかってんのか？　あの子がその子かもしれないと思うんなら、呼びかけに応じてなんか言わなきゃならないだろ。

〝なんとも言えない。でも、へんだよね、毎日彼女を見ていたのに、昨日は通りかからなかったなんて。それに、彼女そっくりの子が失踪したんだよ？〟

そりゃあ、へんだな。マジで、へんだ。

〝ぼく、どうしたらいい？〟

情報受付窓口に電話してほしいか？　してやるよ。あとで。あとでいいか？　今夜とか。そうだな、今夜。

〝あとでもう一度頼んで、トラヴィスに思いだしてもらわなきゃならないね〟

まあ、そうだな。

アイコンタクトの会話はおしまいという合図にトラヴィスは肩をすくめ、今度は声に出して言う。「しまった。仕事に行かなきゃならない」トラヴィスはぼくのあごをナプキンで拭いて、〈バット・ハット〉のビニール袋をゴミ箱に放り、リュックサックを左肩にかける。「おまえのママ、いま休暇旅行中だろ？」いつものように、さっさと新しい話題に移る。「うちのおふくろが言ってた。おまえのママが戻ってくるときに、おまえんちのママと愛人の兄ちゃんを空港で拾うんだってさ」

トラヴィスはサンドイッチの最後のかけらを口に放りこみ、鍵束をジャラジャラと鳴らす。「明日までにまた寄るよ。それでいいか？　来る途中でテキストメッセージを送る。おれ用の着メロ、まだ使ってるよな？」

ぼくはニヤリと笑う。もちろん、使ってる。

「週末はいよいよ試合だぜ、ベイビー。試合の日だ！　ウーリー・マンモス！　ウーーーーリー・マンモス！」意気揚々と両腕を宙に突きだす。〝ウーリー・マンモス〟はトラヴィスがもっとも誇りとする快挙であり、ぼくらをかたく結びつけるものでもある。トラヴィスはもうすでにマンモスを解き放つときまでの分《ふん》数《すう》をカウントダウンしている。

トイレに行きたいかと訊かれ、首を振ってノーと伝えると、トラヴィスは数歩さがって道をあけ、ぼくは車輪を転がしてオフィスに戻り、パソコンに向かう。ツイッターが開いている。トラヴィスが画面にあらわれているメッセージを読む。

@SPECTRUMAIR はっきり言って、おまえはクソだし、おまえんとこの航空会社もクソだ。本気で言っている。くたばりやがれ。いま、すぐ。

#遅延

トラヴィスが腰をかがめてぼくの耳もとでささやく。秘密を告げるみたいに。「おまえの仕事、サイアクだな、相棒」

トラヴィスの訪問はいつでもあっという間に終わる。

3

彼の名前はドクター・モートンで、ぼくの身になにが起きているか説明するようにとの依頼を小児科医から受けとった神経科医だったが、ドクター・モートンから話を聞いた日以来、うちの母は彼を能なしネッドとしか呼ばなくなった。彼の名前が実際にネッドかどうかもぼくにはわからない。母はその言葉の響きが好きだっただけかもしれない。母さんはあの日の出来事を何度も語っているので、いまでは、ここで押し黙れば望ましい効果が得られる、ここで笑い、ここで息を呑み、ここで涙を絞りだせば最大の衝撃を与えられる、といったタイミングを熟知している。能なしネッドはそのたびにうめき声をあげる。

ぼくが立っているのも難しくなったため、母は病院へぼくを連れていき、その二週間後、サラ・ブッシュ・リンカーン病院の奥深く、病院のなかにある礼拝堂から三部屋先、遺体安置所から四部屋先にあるさびしげなオフィスへ、能なしネッドに会うために入っていった。能なしネッドはぼくらに会うためにシャンペーンから車を走らせてきたとかで、顔をあわせたとたんに、申しわけないがいますぐシャンペーンに戻らないといけないと言いだし、昔からの知り合いのドクター・ギャラガーに頼まれてあなた方と会っているが、ふだんは患者のひとりひとりと話をする時間はないのだと付け加えた。まるで、診てほしいという母に懇願され困っている、とでも言いたげに。息子さんの命にかかわることだからしかたなく、といったふうに。ぼくはベビーカーに乗せられストラップでとめられたまま、ドクター・ギャラガーのオフィスにいて、押すとピーピー鳴るキリンのおもちゃをかじっていた。

「まあ、とにかく」と能なしネッドは言った。「わたしがここへ来たのは、デイヴィッドが——」

「ダニエルです」と母が話をさえぎった。「この子の名前はダニエル」

「ああ、すみませんね、ダニエル」能なしネッドはつづけた。ドクター・ギャラガーとうちの母さんに睨みつけられているのに気づきもせず。「わたしがここへ来たのは、ダニエルの疾患がきわめて深刻なものだとお伝えするためです、残念ながら」能なしネッドは残念だとは一ミクロンも思っていないか、そもそもとりたてて興味はないといったふうに「残念ながら」と言った。子どもが学校で〝国に対する忠誠の誓い〟を暗唱するみたいに。義務からそう述べているように。

「最初はなにが起きているのかわかりませんでしたが、血液を用いた遺伝学的検査、及び、心電図検査とCPK値の検査をおこなったところ、病名が判明しました。何度も確認しました。間違いありません」

それから能なしネッドはうちの母を脊髄性筋萎縮症《SMA》の世界へ誘《いざな》った。

能なしネッドはその病気について長々と説明をつづけたが、母さんがこの話を語るときはそこの部分をいつもスキップする。少なくともぼくがいるときは。聞いているほうはみんな、SMAとはなにかをすでに知っているから。母さんはきっとこう言う。やつの説明なんかほとんど聞いていなかったと。「そんなアイルランド人のクソみたいなものには、なんの興味もなかったから」といつも母は言う。四分の一世紀が過ぎたいまも、ぼくにはまだ〝アイルランド人のクソ〟と〝そのほかの人のクソ〟の違いはよくわからない。とにかく、母が知りたかったのは〝息子はだいじょうぶなのか〟ということだけ。母は何度も能なしネッドの言葉をさえぎり、この肝心な質問、ただひとつの重要な質問をしようとしたが、やつは母を無視してしゃべりつづけた。授業の最後まで質問は我慢しろと言い張る教授みたいに。こっちの言い分に耳を貸そうともしないし、話しかけようとしているのにも気づかない男を前にして、母には打つ手がなく、そのうちに能なしネッドはしゃべりおえた。

母さんはテーブルに拳を叩きつけ、ドクター・ギャラガーの妻と三人の太った子どもたちの写真を倒し、能なしネッドを睨みつけた。

「息子は、だい、じょうぶ、なん、です、か？」鼻息を荒くして問いただした。

次に能なしネッドが発した言葉が、母がそれからの二十五年間を生き抜く原動力となる。母の人生が瞬時にそれ以前とそれ以降に分断されたことに、誰も異を唱えないだろう。母は生きる目的を与えられたと同時に、人生を破壊された。もうもとの自分には戻れなかった。

「残念ながら、この病気は手の施しようがありません。ダニエルの病名は慢性小児型、つまりⅡ型のＳＭＡです。これから先、歩行はできません。健常者と同じにはなれないでしょう。そしてあなたは事実から目を背けず、いまここで心の準備をしてください。ダニエルはいつ死んでもおかしくありません。適切かつ継続的なケアを受けても、高校に通う日を迎えることはないと思ってください。彼に残された時間をどうか大切に。ダニエルは恐ろしい病気に冒されています。ほんとうにお気の毒です。この病気のせいで、彼は死に至るでしょう」

母は唇を引き結んで耐えた。ドクター・ギャラガーにそっと肩を抱かれても、彼の手を振り払った。泣きはしなかった。ふたたび拳をテーブルに叩きつけもしなかった。声を張りあげもしなかった。ただ肉づきのいいずんぐりした指を能なしネッドに突きつけ、「くっだらない会議とやらに参加しにさっさとシャンペーンへ戻んなさい。あんたのアホ面なんか二度と見たくない。ただ、ひとつだけ言っておく。ダニエルは締まりのない白いケツのあんたなんかより長生きする。わたしが保証する」

　母さんがベビーカーのハンドルをつかみ、すごい勢いでオフィスを出て、廊下でものすごい大声で能なしネッドを罵ったもんだから、入院患者さんたちがなにごとかと病室から出てきた。それでもかまわずほとんど駆けるように病院を出ようとしたから、自動ドアにぶちあたってしまった。

「ダニエルを車に乗せ、自分も乗りこんで運転席にすわりこみ、一週間、泣いた」そして最後には毎回同じセリフで話を締めくくる。「そのあとは泣くのをやめた。それからは泣いてない」

4

　身体に障がいがある人間は厄介ごとをたくさんかかえている。ぼくを見てきみがなんらかの反応を示してしまうときに、きみの気持ちを楽にしてあげなくちゃと思うのもそのひとつ。

　ぼくはきみらの反応には慣れている。そりゃあ、目のやり場にだって困るよね。きみの反応を大目に見てやらなきゃならないのは、正直なところ疲れるけれど、そのことでいちいちもめるほうがもっと疲れる。まあ、そこは、こっちが引き受ける義務ってことで。反応をあらためてくれときみに頼むのは筋違いだと思うけれど、それが本音。というわけで、ぼくはできるかぎり努力してる。この問題には毎日対処してもしたりない。

そう、いまこのときも、ぼくはきみの気持ちを楽にしてあげなくちゃならない。

　ひとまず、それは脇においとく。SMAについて話すまえに長々と時間を引き延ばしたのはたまたまじゃなく、わざとだけど――ぼくがパソコンをつうじて人とやりとりするのを好むのは、〝特定のネタを話題にする会話〟を可能なかぎり後まわしにできるから――だからといって〝この人はSMAについての質問に答えるのはいやなのだ〟という考えに飛びつかないでほしい。たとえばきみの身体に障がいがあるとして、つまりSMAだったり四肢が麻痺していたり、車椅子利用者だったりするとして、きみが障がいをかかえた理由こそ、まわりの人間があえて訊こうとはしないことなんだとぼくは思う。彼らが訊いてくる内容は、おそらくお天気とか、地元を根拠地にするスポーツチームとか、荒れ狂う政治情勢とかで、けっしてその点については質問してこない。そういうとき、彼らをまじまじと見ながらきみがこう言うとしよう。「ヘイ、ここにあるボタンを押してみなよ。とたんにこの椅子はコルベットに変わる。ほらほら、ボタンを押して。**このボタンを押す**だけでいいから！」そうすると、彼らはとたんに話題を変えようとする。ネットで人気の、ボードゲームのチェッカーをやる猫の話とかに。

　ある車椅子利用者の話を引用しておく。いわく、車椅子を利用していない人たちは、車椅子について話したがらない。そう、〝利用していない〟人たちは間違ったことを言ってしまうのが心配なあまりなにも言わなくなるけれど、それって……間違ったことを言っているのとあんまり変わらない。でも、まあどっちだっていい。とにかくぼくは車椅子について話すのが好きだ！　とくに、どういう気持ちですか、と訊かれたときには。そこにすわっている人間がいると思いだしてくれるときにも。

　もちろん、わかってる。車椅子を利用している人や、四肢を動かせない人、身体のどこかの部分をみずからコントロールできない人が目の前にいると、なんだか妙な気分になる人がいるってことはぼくも知っている。きみらはそういうのに慣れていないし、どうしていいかわからない。自分が目にしているものを受け入れ、ひとりの人間の身体が置かれている状況を理解するのに一秒かかり、さまざまな感情が揺れ動くまでにもう一秒かかる。たとえば悲しみとか、同情心とか。同情心っていうのは〝ああ、なんてかわいそうなの〟ってやつで、こんなことが子どもに、純真無垢な子どもの身に起きるなんて、いったいわたしたちはどんな世界に生きているのか、と嘆く。〝なんて残酷なんでしょう、そもそもどうしてこんな目に遭う子どもがいるの？〟と。さて、ここにひとりの人間がいる。その人物はこれまでの人生で自分を見ようとしない人や、じっと見つめたあとで罪悪感を覚えたのか、目を逸らし、〝今日はほんと涼しい〟みたいな顔をしてごまかす人びとをずっと観察してきた。そういうわけで、その人物ははじめて会う人の顔にちらりと浮かぶ感情の動きのとらえ方を熟知している。きみらはみんな同じ反応を見せるけれど、まじめな話、それはそれでオーケー。いや、オーケーじゃないけれど、その人物、つまりぼくはそれにすっかり慣れているし、それで人間性を判断してはいけないとわかっている。そういう反応って、やってしまってはじめて、ああ、やってしまった、と気づくもの。わかる、わかるよ、ほんとうに。きみはただ通りをぶらぶらしたいと思っているだけ。おそらく手にビールを持ち、アトランタ・ファルコンズの試合結果を調べていて、そこでふいに目にしたものに衝撃を受け、こんなにも耐え難いほどむごい人生がこの惑星にあっていいのだろうかと考えこみ、どんな神がひとりの人間にこれほどまでにひどい試練をお与えになるのだろうかと訝しむ。さっきも言ったように、わかる、わかるよ、ほんとうに。

重要な点は以下のとおり。ぼくらが前進しつづけるつもりなら、こんなふうにきみと話す機会をこれからも持つつもりなら——もちろん、そうしたい——ぼくらはいまここで、逃げずにSMAと正面から向きあうべきだと思う。この病気はどんなものか、どうして罹ってしまうのか、どういう症状が出るのか、そういったSMAについての詳細をまるごときみに伝えることはできるだろうけれど、きみがどんな疑問を抱いているのかを推し量るのは難しい。だから、こっちから一方的に説明するのはやめる。ぼくに質問してくれ。訊きたいことをなんでも訊いて。そうやってさっさとおしまいにしよう。ぼくはきみの仰せのままにする。

ほんとう？

ほんとうだとも。

待って、ほんとになんでも？

なんでも。すでにきみのほうが主導権を握っている。

〝質問タイム〟はきっと楽しいよ。

ただ……あんまり慣れていなくて。人生でこんな機会を得られるなんて思ってもいなかったから。〈トイ・ストーリー4〉のフォーキーみたいに、ゴミ箱に入ってしまいたい気分だ。

慣れる必要なんかないさ。一時的なものだし。だからなんでも遠慮なく質問してきていいよ。

わかった。ほんとに、いいんだね？　きみの気分を害したくないんだ。こっちの質問で気を悪くしたら教えて。

なんか、面倒くさいなあ。

わかった、わかったよ。じゃあ、はじめるよ。きみは車椅子にすわってるの？　いつも車椅子？

ぼくはね、車椅子にすわって子宮から出てきたわけじゃない。歩けないのははっきりしていたけど、あちこち移動する必要はあった（それと、ぼくは車椅子にすわっ（ヽ）て（ヽ）い（ヽ）る（ヽ）んじゃない。車椅子を利用し（ヽ）て（ヽ）い（ヽ）る（ヽ）んだ。きみにしたらさして違いはないかもしれないけど、ぼくにとっては大きな違いだ）。ぼくのモデルはＫＳＰイタリア社のエアライドＰ８０１Ｅ。恐ろしいほどのスピードが出る。最速で時速二十マイルを叩きだしたことがある。母さんを仰天させてしまったけれど、気分爽快だったなあ。ところで、いいことを教えてあげる。車椅子利用者にスピードを落とせって言っちゃダメ。ぼくらは自分たちがしていることをわかっている。一日じゅう車椅子を利用しているわけだから。スピードを落とすべきなのはきみらのほうだ。きみらは誰ひとり、運転の仕方をわかっちゃいない。

症状はそれだけ？　歩けないの？　ＳＭＡのせいで歩けないの？

ＳＭＡに罹るとたくさんのことができなくなる。ここで〝はじめの一歩〟に戻ろう。ＳＭＡは四肢麻痺とはちがう。ぼくは首とか背中の骨を折ったわけじゃない。四肢麻痺の人と似たような点はいくつかある。たとえば、脊椎がダメになっているとか、排便が大仕事だとか。でも、四肢麻痺は通常は怪我を負った結果なのに対し、ぼくらのは遺伝性疾患。四肢麻痺の人たちは自分の身になにかが起きたせいで動けなくなる。一方、ぼくらは疾患をかかえて生まれてきた。

ＳＭＡに関して覚えておくべき重要な点は、この疾患は進行性だってこと。罹患したら完治しないというだけじゃない。発病したらつねにどんどん悪くなっていく病気なんだ。たとえば、浅いプールに飛びこんで首の骨を折ったとする。たしかにひどい話だが、自分の身に起きたことを受け入れることで挑戦がはじまる——これからなにができるか、なにができないかを見きわめられる。

ＳＭＡはそういうのとはちがう。じつはこの病名を聞いたことがない人に向けて、ＳＭＡとはなにかをさくっと説明する方法があるんだ。まず、きみはアイス・バケツ・チャレンジって知っているかい？　セレブのみなさんがお金を集めるために頭から氷水をかぶるやつ。立派な活動だよね？　これによってたくさんの人が支援を受けた。あれは筋萎縮性側索硬化症《ALS》、別名ルー・ゲーリック病の支援のための活動。ＡＬＳとは成人の身体を動かす神経に障がいをきたす病気で、しだいに身体が弱っていく。非の打ちどころのない頑強な人たち、たとえばフットボール選手や消防士も罹患し、発症すると脳の神経細胞が筋肉に命令を伝達しなくなり、筋肉を動かすことができなくなる。この病気の恐ろしさは広く知られている。みんなが頭から氷水をかぶり、その様子をフェイスブックに投稿し拡散させたから。べつにぼくはそういう人たちをばかにするつもりはない。ほんとうに役立ったんだし。いまではＡＬＳは最悪な病として認知されている。

　そう、いままさに話題の中心となっているＳＭＡとは、つまりはＡＬＳなのだ。ただしＳＭＡはおもに赤ん坊が罹る。ふたつの病気はまったく同じというわけじゃない。たとえば、ＡＬＳのほうが進行はずっと速い。しかしＳＭＡについて覚えていてほしいのは、つねに悪化しつづけるという点。ぼくの脚が体重を支えられないと母が気づいたときから、ＳＭＡは悪化の一途をたどっている。去年できたのにいまはできないということがいくつかある。現在よりも十一歳のときのほうが身体が強かった。毎日、この事実がぼくを少しずつ蝕《むしば》んでいる。

　思っていたよりもずっとひどい。じゃあ、きみはどこも動かせないの？

　ＳＭＡは身体の中心部から少しずつ外へ広がっていく。筋肉を鍛えあげるクロスフィットとは正反対で、いわば邪悪なクロスフィット。中心である胸部に近ければ近いほど、そこの部位はより強く影響を受ける。中心部から離れている部位はほかと比べてまだずいぶんうまく機能している。たとえば左手はわりとスムーズに動く。キーボードを叩けるし、スプーンを持てるし、壁に影絵を映しだすこともできる。でも身体の中心部に近い部位はあまり機能していない。

ぼくは左手を使って車椅子を操作する。この数年間で気づいたことがいくつかあるんだけど、どこかの部位をしばらく動かしていないと身体が動かし方を忘れ、もう動かなくなる、というのもそのひとつ。ぼくの左手は子のコントローラーは左側にあるから、ぼくの左手はいつも忙しくて、そういうわけで左手はまだちゃんと動いている。でも右手は、いまはそれほど使っていなくて、もうほとんど動かない。そういうところがこの病気のいちばんイラつく点だ。ある朝目覚めるとこんな調子。〝くそっ、もうこれもできないってわけか〟

たしか、きみはしゃべれないって言ってたよね。どうしてしゃべれないの？ 話せるようになる？

うん、またそれはべつの問題。昔はちゃんとした言葉をしゃべって、ちゃんとした会話を交わせてた。でも、二十一歳になる数週間前にベッドから落ちてあごをひねってしまってね。折れたりとか、そういうんじゃなかったんだけど、ぴったりはまってる感覚は二度と戻らなくて、もう話せなくなってしまった。少しならまだしゃべれるけど。でもうまくはないし、内容を理解してもらいたいからといって、ぜんぶの言葉を三回ずつ繰りかえして言うのもなんだかいやだし。トラヴィスとマージャニとうちの母はこっちが言おうとしていることがわかるけれど、ほかの人はわからない。車椅子に装着しているiＰａｄにテキスト読みあげソフトが入っている。スティーヴン・ホーキングみたいに。よその人と話をする方法はこれだけなんだ。そうそう、飛行機が遅れたことでどなりつけられるときにも使えるかも。

じゃあ、きみが動かせるのは左手と口だけなの？

ぼくのつま先はすごいんだ。いまも好き勝手に暴れてる。

ひとりで暮らしているの？

うん。そんなにたいへんじゃないよ。これはあくまでもぼくの意見だけど、ぼくがやっていることとって、同年代のほとんどの男たちが昼夜やっていることとまったく同じなんじゃないかな。つまり、パソコンの画面を見るか、寝てる。まさに、いまのぼくにあわせて歴史が堕落した方向へ舵を切ったんだと言われても反論できないよ。

　もちろん、ぼくは支援を必要としている。マージャニは午前中と夜に寄ってくれて、夜から朝にかけては、低所得層向け医療保険制度のメディケイド・プログラムから給料を受けとっている（実際のところ、不当に低賃金）めちゃくちゃ親切な男性たちがやってきて、寝ているぼくをひっくりかえしてくれる。というのも、間違った方向に転がっていたら、自分で体勢を戻せないから（彼らはぼくがまだ呼吸をしているかどうかも確認しなくちゃならない）。来てくれるのはチャールズだったりラリーだったりバリーだったりで、うちへ来て、ぼくをパンケーキみたいにひっくりかえして、それから帰っていく、というだけのつきあいなんだけれど、たぶん親しい間柄と言えるんじゃないかな。トラヴィスは週に何回かランチタイムにやってきて、週末はいっしょに過ごすけれど、彼はぼくの友人であって、介護士じゃない。

　こんな具合だけど、生きていくこと自体はそれほど難しくない。ぼくはイリノイ州を出てからひとりで暮らしている。メディケイドと民間会社の保険、それと数年前のちょっとした事故のあとにトラヴィスが設定してくれた〝ゴーファンドミー（アメリカのクラウドファンディング・プラットフォーム）〟のおかげで、介護士への支払いと機器の費用は賄える。家賃は母と折半していて、それは航空会社からの給料でなんとかなっている——学生街は住みやすいうえ安い。たくさんのSMAの子どもたちが、とくに少年たちが、わが子のそばからけっして離れない母親から赤ん坊のように扱われている。でもうちの母親は独り立ちするようにとぼくの背中を押してくれた。

ぼくのそばにいて〝うちの子はこれもできない、あれもできない〟と気をもむような人じゃない。大学を卒業するとすぐに、ぼくはアセンズに移住したいと母に言った。アセンズにはトラヴィスがいた。とても仲のいい友人がそばにいてくれるのはたしかにありがたいけれど、ぼくがアセンズに移り住もうと思ったのはトラヴィスが理由じゃなかった。天候がすばらしくて、世界最高の病院がいくつかあるアトランタからほど近く、カレッジスポーツ（とカレッジガール）が花盛りで、お気に入りの音楽まである。それと、車嫌いにとって車を持たずに暮らせる街だから。実際のところ、SMAの患者で車を持っている人は大勢いるけれど、誰があんな頭痛のタネをほしがる？　アセンズでは歩道が整備されているし、徒歩通学の学生だっている。

永遠に母親と暮らしたくはなかったし、本人は認めないだろうけれど、一日二十四時間、週に七日、息子を見守らなくていい生活のほうが母さんにとってずっと幸せなはずだ。母さんはだいたい二カ月に一度くらい訪ねてくる。息子を誇りに思っている。ぼくも母を誇りに思っている。ぼく自身、生きていくつもりなら、生きてゆけると思ってる。ひとりで暮らすなんて無茶だときみは思うだろう——それはきみの考えであって、ぼくのじゃない。もちろん、誰にでもできることじゃないのはわかっている。でも、ぼくにはできる。

それにぼくが自活することで母さんはもっと幸せになれる。自分の時間を持てる。母さんはぼくを愛している。ぼくも母を愛している。でも母さんはぼくに自分の人生を生きてほしいと思っていて、ぼくも母には自分の人生を生きてほしい。いまの生活は、お互いに与えあえる最高の贈り物なんだ。

それはすばらしい。でも、お母さんはいつもきみのことを心配しているんじゃない？

ぼくらはほぼ毎日、テキストメッセージを送りあっている。彼女はぼくの母親だ。でも、母には母の人生を送ってほしい。その権利がある。うちの母さんは息子に過干渉することなく、ほかのＳＭＡ患者のママたちみたいに大人になった子どもを幼児扱いすることもなく、つねにきっちりぼくの面倒をみてくれた。ぼくがもっと若かったころは、そういう世話の仕方は母にとってはつらかったと思う。自分の息子がＳＭＡだと知ると、ほとんどの母親は子どもを以前にもまして強く抱きしめ、子どもの生活をコントロールしようとし、子どもをできるかぎり守ろうとする。守りきれないことを重々承知しているから。でもうちの母さんはそういうふうにはしなかった。可能なときは、ぼくに自分で車椅子を動かすようにと言った。食事の時間には自分で食べなさいと言った。〝誰にとっても人生は厳しいの〟というのが母の口癖だった。〝あなたの問題はあなたの問題。ほかの人の問題が彼らの問題であるのと同じように〟

おかげさまで、いまのぼくはまえよりもいい人間だと思うし、それは母さんも同じ。息子が病気だからといって、母は負けはしなかった。ぼくを育てているあいだは無理だっただろうけれど、いまは人生を楽しんでいる。ぼくは母さんを誇りに思っている。

食事はどうやってとるの？

自分の手で食べ物を口に運べるように、頭を低くすることはできる。ちゃんと食べられるのはちょうどいい角度に頭を支えていられるときだけだけどね。マージャニかトラヴィスにちょっと手伝ってもらったほうがうんと簡単だ。でもいずれはたぶんチューブが必要になるだろう。飲み物や食べ物を吸いこめるように。

えーと……トイレ事情はどうなってるの？

残念ながら、ほぼ一日じゅう男性用の採尿器のコンドーム型カテーテルが必要になり、これも人の手を借りざるをえない一例だな。コンドーム型カテーテルはきみのご想像のとおりに機能する。マグナムサイズのだってあるんだよ。

それはそうと、頭のほうはだいじょうぶなんだよね？

さあね。きみから見て、ぼくの頭はだいじょうぶだと思う？　きみの頭はどうなってるの、なんて訊かれたら、きみはどう感じる？

まとめると、きみが動かせるのは、左手とつま先と口の一部。それだけだよね？　それってぜんぶＳＭＡのせい？

ほかにどんな理由があるっていうんだい。覚えてるよね。ＳＭＡは進行性の病気。この病気がいちばんに狙ってくるのは肺だ。筋《すじ》が通ってるよね？　ＳＭＡはコアマッスルを攻撃してくる病気で、コアマッスルのなかでももっとも重要なのが肺のまわりの筋肉だ。ぼくの肺近辺の筋肉は弱く、ダメージを受けたら回復しない。そうなると咳反射（異物が入りこんだり、気道に痰がたまったときに咳が出る現象）が起きなくなり、ぼくは痰のせいで窒息する危険につねにさらされ、まあ、つまり、そうならないことを願うばかりだ。どんなものであれ、呼吸機能に問題が生じたら、咳反射を助ける装置《コフ・アシスト・マシーン》を使わなければならなくなる。そういう問題、けっこう頻繁に起きるんだけどね。装置はセットアップしてあるから、問題が生じたらそこまで車輪を転がしていって、口をマスクで覆えばいい。おもしろいよ。洗車しているみたいで。

ここでひとつ重要な話。〝残された時間〟の件。きみは〝余命〟について訊くのを失念しているふりをしてるね。でも訊かずにいるのは難しいはず。

ＳＭＡには四つのタイプがある。まずⅠ型。これはもっともひどいタイプだ。乳児期に発症し、たいていは二歳になるまでに死亡する。ＳＭＡは乳児死亡の主要原因だけれど、とにもかくにもぼくは乳児の時代を生き延びた。最悪だよ、Ⅰ型は。

Ⅲ型は幼児期以降に発症するタイプで、肺への影響は比較的少なく、成長すると車椅子を利用するか、歩行する場合は下肢装具を使う。Ⅳ型は成人してから発症するタイプで、腕や脚の筋萎縮や筋力低下が起き、ゆくゆくは車椅子を利用するようになる場合もある。ところで、まじめな話、いままで身体的に不自由のない人たちをたくさん見てきたけれど、医療ミスひとつでそのなかの半数くらいが車椅子生活になっちゃうかもしれない。〈ウォルマート〉のレジ待ちの列で、前の人に先に行かせてもらうより、後ろの人にぼくのほうから〝お先にどうぞ〟と言うほうが多かったりして。なんちゃってね。

ぼくのＳＭＡはⅡ型で、もっともよくあるタイプ。一歳くらいで発症し、そこからすべてが変わってしまう。喉にくっついているほんのちっぽけなものに殺されることもありうる。転んだら二度と立ちあがれない。身体がいつの日か、もうへとへとだよ、と言いだすかもしれない。そういうことが数年前にぼくの友人の身に起きた。彼は当時十九歳、ＳＭＡ患者にありがちな、オンラインゲームに夢中の青年だった。怪しげな〝クーポン〟を添付したメッセージを送ってきてマルチ商法に勧誘してきたけど、とてもいいやつだった。彼の母親はいつでも彼にぴったりと張りついていたのに、それでも起きてしまった。誰もがぼくと同じく幸運《ラッキー》だとはかぎらない。ある日のこと、彼はベッドに入り、二度と起きてこなかった。最新の治療薬を服用し、細心の注意を払って身体をケアし、母親は献身的に息子の面倒をみていたのに、ある日、彼の身体は〝もう降参だ〟という叫び声とともに、彼を故郷の地へと送ってしまった。

彼は稀《まれ》なケースだった。ＳＭＡⅡ型患者のほとんどは二十代を生き、三十代に突入する人だっている。五十代に到達した男性をぼくは知っている。でも、なんの保証もない。時計はつねに時を刻んでいく。ぼくはいま二十六歳。もう長生きの部類？　平均的？　いつ死んでもおかしくない？

きみとぼくは同じことを推測している。でもぼくはその日が来るのをただ待つつもりはない。

　せつないなあ。〝残された時間〟の話を聞いたら悲しくなってしまったよ。

　なに言ってんだよ。きみだって永遠にここにいるわけじゃない。というか、きみはもうそろそろ行ったほうがいい。〝質問タイム〟はおしまいだよ、フォーキー。ぼくは仕事に戻らなきゃならない。飛行機は遅れそうもないけどね。

5

　どうして彼女は男の車に乗ったんだろう（あれが彼女だとして）。

　それに、なぜあの男は彼女を連れ去ったんだろう（どんな人間ならそんなことができる？）。

　去年、メイコン・ハイウェイ沿いの〈ショータイム・ボウリング・センター〉の前で真っ昼間にふたりの学生が刺された。意味のないことを大声でしゃべる男が駐車場にいて、ボウリング場に入ろうとしていたふたりの学生に近づいていき、声をかけた。ふたりのうちひとりは男の脇をすり抜けようとしたが、男は学生のちょうどウエストあたりをポケットナイフで刺した。もうひとりの学生は気が動顚《どうてん》したのか、その場から動けず、男はひとりめの学生からナイフを引き抜き、ふたりめの学生に飛びかかって、胸と首と顔を二十二回、刺した。二十二回のうちの一回は頸部に刺さった。刺された学生はわずか数分で血まみれになった。警察官があらわれた。当然、駆けつけてきたのだろうが、時、すでに遅く、彼らは男を取り押さえたものの、ふたりの名もなき者たちが、ありふれた四月の午後にありふれたボウリング場のありふれた駐車場で、なにもしていないのに、いきなり、あっさりと死んだ。近ごろの世界は物騒な場所になっている。ぼくらは傾いた地面から転がり落ちないよう、必死に踏みとどまっている。こんなクソみたいな出来事はいつでも起こりうる。どの曲がり角にもモンスターが潜んでいる。ピアノが空から落ちてくる。

こんな世界だから、家から出たくないときもあるだろう。でもきみは家から出なきゃならない。家から出るのがいかに大切か、家から出られないときに外の世界がどれだけありがたいか、ぼくからわざわざ言う必要はないよね。油断していたら、ぼくはまずいタイミングでベッドから落ち、まずい状況に陥ることだってありえる。そういう未来がすぐそこにあるかもしれないと、ぼくは毎日実感している。だから、外に出る。できるだけ頻繁に、ぼくは外出する。

家の目の前にバスの停留所があって、バスは何年もの経験（と忍耐）のすえ、どこでも行きたい場所へぼくを乗せて連れていってくれるようになった。ぼくがiPadに行き先を打ちこみ、変換された音声をガスに聞かせ、あっ、ガスっていうのはバスの運転手さんで、いまではぼくの扱いにとても慣れていて、とにかくガスに知らせると、彼はぼくを乗せ、目的地に着くと降ろしてくれる。ぼくが一日じゅうこの家に引きこもっていたがっているときみは思うかい？　きみ、アセンズに来たことある？　イリノイ州からはじめて移ってきたとき、晴れなのに外出しないときはいつも、ぼくはこう思っていた。こんないい日に家にいるなんて〝もったいない〟と。一カ月ほど住んでみて、ここでは毎日がいい日だと気づいた。この場所が太陽の表面とそれほど変わらなくなる七月と八月以外、アセンズは地球上でいちばん散歩するのにふさわしいすてきなところだ。

　火曜日、ぼくはトッドといっしょにランチデートを楽しむ。まあ、〝ランチ〟も〝デート〟も正しい言葉じゃないんだけどね。ランチデートのあいだじゅう、ぼくらはどっちも食事をしないし、しゃべりもしないから。十中八九、トッドはぼくの名前を知らない。火曜日は〈ルーク＆ポーン〉の〝アズール・デー〟だ。〈ルーク＆ポーン〉はアセンズのダウンタウンにあるバー／軽食堂で、各テーブルでボードゲームがおこなわれる。店ではおしゃれな人たちが好みそうなカクテルやサンドイッチ、奇妙なハーブで香りづけしたキュウリがおつまみにつく飲み物を出し、客はボードゲームをやる。まずは店に入って五ドルを払い、テーブルを確保し、ボードゲームをはじめる。店内には〈カタンの開拓者たち〉（三人か四人でプレイするボードゲーム）ふうな複雑きわまりないボードゲームを信奉する小社会があちこちに点在する。来店者のなかには、午前十一時に入店してブースへ行き、そこで午前零時に閉店するまで〈覇王龍城〉のようなゲームをやる人もいる。しかしきみはそこまでやる必要はない。入店し、五歳の子と〈コネクト４〉をやってもいい。ジョージア大学のフットボール選手たちがＵＮＯをやっているのをぼくは見たことがある。しかも飲酒ルールつきで（ドロー４はとくにキツい）。ここは遊びにいくには最高の場所で、誰もが十五歳に戻ってゲームができる。

　トッドは毎日、正午に入店し、サンドイッチと全粒粉のパンにベーコンとチーズをのせたオープントースト、それとアビエイション・アメリカン・ジンのロック、ライムつきをオーダーする。まずはサンドイッチを食べ、それからテーブルにやってきた対戦相手すべてと〈アズール〉をやる。

〈アズール〉はボードゲーム愛好家にとってはわりと簡単なゲームで、つまり、平均的な人間にとってはほぼ理解不能ってこと。凝った装飾のタイルで壁に模様をつくって点数を競い、四角いゲームボードがあって、得点を計算して……はあ、きみはすでにちんぷんかんぷんだね……でも、ぼくが保証する。これはクールなゲームで、ボードゲームを愛する人たちにとっては欠かせないものなんだ。

毎週木曜の晩には〈アズール〉のトーナメントがここで開催され、トッドは常勝のプレイヤーとして有名。木曜日以外はバーの奥の席にすわってプレイする。彼は伝説のプレイヤー。ほとんどしゃべらない。ジンを飲んで――中身が少なくなるとバーテンダーが席まで来てジンを注ぎたす――ゲームをやる。これがトッドの一日。傍らに《ニューヨーク・タイムズ》をいつも置いていて、それを手に取っては読み、誰かが〈アズール〉の対戦相手としてやってくると新聞を脇に置く。ゲームが終わるとふたたび新聞を手に取る。ぼくが行く火曜日も、トッドはそれを繰りかえす。彼がどこに住んでいるのか、どこで働いているのか、ジンとサンドイッチ代をどうやって稼いでいるのかは誰も知らない。彼はただゲームをやり、新聞を読み、ジンを飲む。それが彼の毎日。なぜトッドはこんな生活を送るのか、ときみは訊くだろうね。なぜ誰もなにも知らないんだ、と。

それで、火曜日のランチタイムにはトッドが目的でぼくは〈ルーク&ポーン〉へ行く。なぜかというと、〈アズール〉が好きだし、いつの日かトッドの野郎を負かしてやるつもりだから。あいにくと、その日はまだ来ていない。毎回、勝つためのすばらしいプランとパターンを考えていき、トッドは黙ってそのプランもパターンも撃破し、こっちの勝利を阻止する。いつでも敵の三手か四手先の出方を考えている。ぼくはトッドがどう出るかはまったく考えない。だから負ける。

　こっちを叩きのめしたあと、トッドはいつもかすかなうめき声――〝こんなのはゲームのうちにも入らない〟といったうめきで、それを聞くと自分がいかに〈アズール〉がへたくそかを思い知らされる――をもらし、さっさと失せな、といった傍若無人っぽいムードをただよわせる。それでも、ぼくはトッドとの対戦を待ちわびている。こっちはタイルで模様をつくるのにいちいち入力作業をしなくちゃならないから、ゲームを進めていくのに時間がかかってしまうけれど、トッドは辛抱強く待ち、けっして不平不満をもらしたりせず、同情するような目でこっちを見ることもない。毎日闘いを挑んでくる一ダースもの人たちを相手にするなかで、ぼくとの対戦はほかよりも倍の時間がかかるのに、トッドは分け隔てなくみんなに対するのと同じ態度で接してくれる。トッドには感謝しかない。

　スペクトラム・エアーでの早番の仕事を終え、店に出向くのは午後一時半。ランチ客はほとんど帰ったあとだから、トッドはいつもひとりですわっている。店員さんたちはぼくを席に案内し、顔のすぐ近くにトレイがくるようテーブルをセッティングしてくれるので、こっちはゆうゆうとストローで水が飲める（ぼくはみずからの独立独歩の精神を愛しているけれど、レストランでひとりで食事するのはほぼ無理。だから、いつも出かけるまえに食事はすませている）。

　トッドはというと、誰が同じテーブルにつこうと、いつもと変わらずにほとんど顔をあげず、かすかにうなずいて〝オーケー〟と伝えてくる。〝対戦しよう〟と。そうしてぼくらはゲームをはじめる。

　ぼくはトッドに魅了されている。この人は自分にあったやり方でいくらでも世界とかかわりを持てるはずだ。人と散歩したり話したり、誰かに罵詈雑言を浴びせたり口説いてセックスしたり、真っ裸で道のまんなかを走ったりできる。結婚も離婚もできるし、テレビゲームもできるし、全身にピーナッツバターを塗りまくれるし、スペインに行けるし、アヘンをしこたま吸えるし、自分の宗教を立ちあげられるし、ダイエットコークの瓶でジャグリングできるし、屋根の上にのぼって人びとに火を投げつけることもできる。好きなときにいつでも、したいことをなんだってできる。でも、これが彼の選択。ここにすわってジンを飲み、〈アズール〉をやってしかめっ面をし、誰に対してもひと言も話しかけないことを選んでいる。

トッドが最初のタイルをつかむ。次にぼくが最初のタイルをつかむ。一連の青のタイルに目をやり、あれをまんなかの列に並べれば得点できると考え、次にその下に赤のタイルを並べ、緑のタイルをゲットできれば列のパターンが完成し、その次は……そして十四分後、負けた。

ぼくは小さな声で〝ひぃいいいいい〟と呼びかけた。

願わくは〝いいゲームだった、ありがとう〟と聞こえるといいんだけど、たぶん無理、なんて考えているうちに、いつもとちがうことが起きる。トッドが立ちあがり、テーブルをまわりこんでぼくの車椅子のすぐ横に膝をつき、耳もとに唇を近づけてくる。ニコチンと猫のおしっこがまざったみたいなにおいがする。これはいったいどういうこと？

「あんた、いいやつだな」トッドが言う。ピクサーの映画に出てくる悪役みたいな声で。でも彼の声には静かな温かさが感じられる。彼はぼくを元気づけようとしている。「まわりのみんなはあんたを見て、顔をしかめる。それでも、ずっといいやつでいてくれ」

そこでトッドはぼくと顔を見あわせる。

「いいやつのままでいるんだぞ、若いの。先のことなんか誰にもわからない」

ふいにトッドはぼくの左の頬を指でつつき、黄色いすきっ歯を見せてニッと笑ったあと、ジンが待つ自分の席へ戻っていく。

少しのあいだ、トッドを見つめる。彼はふたたび新聞を読んでいる。ぼくなんかもういないとでもいうみたいに。

二年間トッドとゲームをしてきて、一度も声をかけられたことはなかった。それなのに、これ。ぼくは彼を見つめつづけて理解しようとするけれど、彼は次のゲームの準備に入っている。ぼくの後ろにいる子どもが小さな声で「すみません」と話しかけてきて、トッドに次のゲームをさせる時間となる。ぼくは後ろにさがり、その拍子に床に置いてあった水が入ったグラスをうっかり倒してしまい、ガラスが砕ける。小さく悲鳴をあげると、店員さんがすっ飛んできてガラスを片づけてくれる。ぼくは急いで〝ごめんなさい〟とiPadに打ちこみ、店員さんはだいじょうぶですよ、と言ってくれる。その間《かん》トッドは一度も顔をあげなかった。

〝先のことなんか誰にもわからない〟

スペクトラム・エアーでのシフトは三時に再開する。そこでふと、今週の小旅行のタイムスケジュールはトッドにさっさと負けるという想定のもとに組まれていたことに気づく——頭から負けると思っている者の態度だな、ひかえめに言っても。四つ角で次のバスを待とうと思い、車椅子を走らせて〈ルーク&ポーン〉のドアを通り抜け、そのときいきなり誰かとぶつかる。

本来、車椅子を利用している人間とぶつかるのは難しい。見た瞬間に、ふつうならみんな飛びのいて道をあけるから。まえに一度、車椅子を避けようとして車が行き交う道路に飛びだした男性がいたくらいだ。だからぼくは人にぶつかる心配はふだんはしていない。でも、おやおや、今回は女の人とぶつかってしまった。ぼくは急いでいた。いつもより速く車椅子を走らせていた。彼女はラインバッカーみたいにぼくの行く手を阻んだ。一歩も譲らなかった。

彼女は一瞬、困惑顔を見せたあと、すれちがう形で〈ルーク&ポーン〉のドアのほうへ歩いていく。そのとき、彼女が三人の友人といっしょなのに気づく。彼女を含め全員がアジア系の女性で、いきなりうなじのあたりが〝見たことがある〟という感覚でざわつく。全員、疲れて打ちのめされているような顔つきだけれど、どことなく断固たる思いが伝わってくる。ふたりが紙ぺらが入った箱を運んでいる。ほかのひとりはマスキングテープと黒のマジックペンを持っている。

ぼくとぶつかった女性は手に紙を持ち、マスキングテープをつかんで、ドアへまっすぐに向かう。ぼくは途方に暮れる。彼女はいったいなにをするのだろう。その直後に気づく。彼女は貼り紙をしようとしている。

ぼくはじっと見つめる。一秒で気づく。一秒もかかっちゃいけないのに。得意事項なんだから。人と話すのに多大な努力を要する者に、ふつうは誰も話しかけたりしない。その場合、こっちは気を散らされることもなくあたりの様子を観察できる。気づかれることもなく、長い時間をかけて目の前の人びとを眺めていられる。望むと望まざるとにかかわらず、その人たちの顔が自然と記憶に焼きつく。

あれは彼女だ、と確信を持つまでに一分。あらかじめ言っとくと、写真のなかの時間は朝の七時二十二分じゃない。夜だ。彼女は青いリュックサックを背負ってどこかの崖の縁に立っていて、耳の下あたりで切りそろえられた黒髪が揺れている。眼鏡を、それもばかでかいやつをかけている。八〇年代の映画でどっかのパパがかけているみたいな眼鏡を。両手を宙に突きあげている。タッチダウンを決めたみたいに。それか、レースに勝ったときみたいに。笑っている。それもにこやかに。世界でいちばん幸せ、とでもいうみたいに。彼女は笑っている……ぼくに笑いかけてきたときのように。

車に乗りこむところをぼくが目撃した女性は、アイリーチン・リャオだった。

6

いま、車椅子のなかで自然発火的に燃えている気がする。炎に巻きこまれているような感じがする。首をぐいっとひねって、さっきぼくがぶちあたった、ポスターを手にしている気の毒な女の子を見ようとする。彼女は彼女の友だち！　彼女に知らせなくては！　でも、その姿は消えていた。いったいどこへ行ったのか。

車椅子をくるっと方向転換させるぼくを、まばらに集まっている人たちがじっと見ている。そりゃあそうだろう。女性と激突したあと、車椅子を回転させ、永遠と思えるほど長いあいだボードゲームカフェのドアを見つめ、そのあいだじゅうずっとうなり声みたいな音を立てていたのだから。ぼくだってぼくを見つめるだろう。
口をぽかんとあけてこっちを見ている人とアイコンタクトをこころみる。彼は背が高くてひょろっとしていて、ぼくを取り囲んでいる大学生たちよりも年上に見える。ここの従業員さん！〈ルーク&ポーン〉の帽子をかぶっている！ 願ってもない人材！ ぼくはちょっと唾を飛ばしながらうなり、彼の注意を引き、なにかを伝えようとしていることをわかってもらおうとする。彼が腰をかがめる。ぼくは一心不乱にiPadに文字を打ちこみ、打ちおわり、読みあげボタンを押す。

「女の子」

「ポスター」

「どこ？」

スピーカーから聞こえる音声がスティーヴン・ホーキングの声みたいに聞こえないことにみんないつも驚く。ぼくのは感じのいい、なんとなくイギリス人男性みたいな音声だ。ちょっと機械的で、気取ったコリン・ファースみたいな。音声の種類はいくつかのなかから選べるけれど、ぼくはイギリス人っぽい話し方がかもす洗練された感じが好きだ。

〈ルーク&ポーン〉の従業員はぽかんとした顔でぼくを見ている。ぼくはなんとなくイギリス人っぽいコンピューターの音声を繰りかえす。

「女の子」

「ポスター」

「どこ？」

こっちの言わんとしていることを彼はようやく理解する。「ああ、ごめんよ」片手にコーヒーの入ったカップを、もう片方の手に紙を何枚か持っている。「彼女は〈40ワット〉へ行ったと思うよ」ぼくはなんとか会釈してから、車椅子の向きを変える。彼女をつかまえなくては。

〈40ワットクラブ〉はアセンズの有名なライブハウスで、〈ルーク&ポーン〉から通りを渡ったところにある。そこは地球上でもっとも影響力のあるライブハウスのひとつに数えられている――R・E・M・はもともとここで活動をはじめ、ニルヴァーナは爆発的な人気が出る直前の一九九一年十月にこのライブハウスで演奏した――が、昼間は打ち捨てられた店みたいに見える。〈ルーク&ポーン〉と〈40ワット〉のあいだには横断歩道がないので、通りの端まで急いで行って信号が青になるのを待たなければならない。そのうえ、携帯電話に見入っている阿呆な大学生が赤信号で道路を渡らないよう気を配り、一方でぼくとぼくの車椅子のばらばらになった部位がすぐとなりの〈クリーチャー・コンフォーツ醸造所〉一帯に散らばらないよう、細心の注意を払わなければならない。ぼくは待って待って待って待って、ようやく信号を渡る。

〈40ワット〉へ向けてほぼ直角に左折したとたん、車椅子がひっくりかえりそうになる。ぼくが飛ぶように走りすぎると、男がヒッと甲高い声をあげ「スピードを落とせ!」と叫びかけてくるけれど、うるさい、黙れ、と言いかえしたい気分。〈40ワット〉へ向けて猛スピードでひた走る。〈40ワット〉ととなりのダイナーの壁に貼ってあるポスターが見えてくる。でもアジア系の女性と彼女の友人たちはいない。車椅子を左、右にと方向転換させてみるけれど、彼女たちの姿はどこにも見えない。いまのぼくはさぞかし奇妙に見えるだろう。ウェスト・ワシントン・ストリートの歩道で車椅子を三百六十度回転させて、涎《よだれ》を垂らしながらうなっているのだから。まわりの人は車椅子が壊れたと思うかもしれない。誰かが駆け寄ってきて助けようとするまで、あとどれくらいクルクルしていられるだろうか。まだ少しは時間がありそうだ。そうだ、ときどきこの〝クルクル〟をやろう。世間を騒がすドッキリ番組をつくってやる。

彼女は行ってしまった。友人たちも。みんながどこにいるのか見当もつかない。あの人たちに伝えなきゃならないのに。ぼくが彼女を見たことを知らせなくてはならないのに。〝女の子〟〝ポスター〟〝どこ〟

こうしていても見つけられないだろう。ぼくは家へ帰るバスを待つために道路の端へ向かう。

7

帰宅。バスに乗ったとき、運転手のガスに「なんだかあんた、犬の幽霊みたいだ」と言われた。どういう意味かはわからない。たぶん、よくない意味だろう。

就業日の息抜き。スペクトラム・エアーのツイッターは火曜日はいつもゆったりとしている。活況を呈するのは金曜日で、その日はスペクトラム・エアーがカバーするエリア全体に点在する、カレッジフットボールの試合がおこなわれるさまざまなスタジアム目指して、南部全体で人びとがいっせいに移動する。世の中には一定レベルの怒りというものがあり、空港でゲートをさくっと通り抜けできずに立ち往生しているカレッジフットボールのファンだけがそのレベルに到達でき、秋の毎週金曜日の夜と土曜日の朝にぼくはそれを目の当たりにする。

（おっと、いま気づいたよ。ぼくがどうやって文字を打ちこんでいるのか、きみが謎に思っているかもしれないって。謎でもなんでもなく、なーんだって思うほど単純なんだ。特別仕様のキーボードの上でマウスを動かす小さなボールがあって、それで文字をクリックできるようになってる。まあ、マウスを使ってるってこと。きみのと同じように機能する。クリックはめちゃくちゃ速いよ――〈スペースインベーダー〉できみを叩きのめせるくらい）

夕食の時間になり、マージャニがやってくる。なにかがおかしいと勘づいているらしい。口を開かないけれど、なにをするにもいつもより一秒か二秒、長く時間をかけている。間《ま》を引きのばしているみたいに、こっちがなにか知らせるのを待っているみたいに。ちょっとだけいつもよりていねいにぼくの髪を梳《と》かし、食べ物を口に運ぶときに少しだけ長くぼくを見て、視線を受けてぼくが目を伏せると眉を吊りあげる。マージャニはぼくをよく知っている。こっちのしゃべる準備が整う頃合いをわかっている。でもこの件についてはまだしゃべる準備は整っていない。ぼくはとことん疲れている。

マージャニはひと言も口をきかずにキッチンの後片づけをして、ぼくをバスルームへ連れていき、服を脱がしはじめる。昨日洗髪したので今夜はさっさとすみ、マージャニはサンフランシスコ・フォーティナイナーズのパジャマをぼくに着せる。どうして自分がフォーティナイナーズのパジャマを持っているかは謎だ。カリフォルニアへは行ったこともないのに。マージャニはこの手の作業を手際よくこなすので、いつもは十五分くらいしかかからない。今夜は二十分、かかってる。

あのポスターについて考えるのをやめられない。マージャニはこれ見よがしにため息をつき、ベッドに入るまであと十五分だと告げる。ぼくはみずからの自主独立を誇りに思っているし、なんといっても二十六歳の成人男性であり、どうにもならない事情——ぼくはひとりでベッドに入れない——を理解してはいるものの、ほかの人に、たとえそれがぼくの幸せを第一に考えてくれる人だとしても、就寝時間を決められ、こっちはそれに従うよりほかないと気づいたとき、毎晩のことながら、どうしようもなく意気消沈させられる。いつものようにぼくは最後の十五分間をパソコンの前にすわって過ごすことにする。アイ‐チンのことでますます盛りあがっているレディットのページを開く。そして長いことそれを見つめる。

トラヴィスに情報受付窓口に電話するよう催促すべきだった。あいつは絶対に忘れてるはずだから。基本的な指示に従うのを忘れるのは、トラヴィスの性格的特性の顕著な点だ。すぐに電話しろと、いまから言ってやろうか。でもあと十五分しかない。なら、どうするかって？　ぼくにだって自分でこれくらいできるんだよ、おかげさまで。

生まれてはじめて、ぼくはウィンドウを開いて書きこみはじめる。

こんな具合に打ちこむ。

ファイブ・ポインツ在住の者です。もしかしたら勘違いかもしれないけれど、たぶんたしかに、ぼくはアイ‐チンがうちの近所を歩いて通るのを毎日見ていました。彼女が行方不明になった日にも見たと思います。あれは彼女だったと思います。確信はないけど。でも彼女は近くに住んでいて、どうやらあの朝、授業があったらしいことはわかっていて、ぼくは彼女を見たと思います。彼女がうす茶色のカマロに乗りこむのを見たと思います。どなたか、これでぴんとくる人はいませんか？

ぼくは頭がおかしくなっているのかもしれないし、

ことを余計に混乱させているだけかもしれない。
でも、自分が見たものを知らせなきゃいけない気がして、それでいまこれを書いています。

それから五分間、投稿ボタンの上にカーソルをうろうろさせているうちに、マージャニがもう寝る時間だと知らせにくる。ぼくはクリックしてからシャットダウンし、眠ろうとする。どうしてもなにかを知らせなきゃならなかった。そうだよね？

水曜日

8

マージャニの主《しゅ》たる仕事は人の死を看取ること。彼女の仕事はそれだけじゃないけど、「それがわたしの唯一、重要な仕事」とまえに言われたことがある。マージャニは掃除をし、料理をし、モップがけをし、人に服を着せ、風呂に入れ、金持ちの白人のために汗水たらしてあくせく働き、毎日雇い主と顔をあわせるけれど、相手は彼女を気にもとめない。〝死にゆく人のそばにいるのは、世界でただひとつ、意味があること〟だとマージャニは知っている。

マージャニがそう話したのは、手が空いたときになんとなく雑談モードになったときのことで、ぼくらはまだお互いをほとんど知らなかった。数年前、もう少しうまくしゃべれていたころ、マージャニにお風呂に入れてもらいながらも、ぼくは腹とペニスとタマは自分で洗うと言い張り、当時はそう主張するくらいにはプライドがいくらかは残っていたけれど、そのうちにそういうことさえも、もうどうでもよくなってしまった。マージャニとの雑談はかなりまえの出来事で、あのころは死について語るのがまるで現実味のない会話に感じられた。まだまだぜんぜん死にそうにない誰かと気軽に死について話す、といったふうに。ずっと遠い先に待っている死を話題にあげるのは気楽なもので、当時はそんな具合だった。この二年ほど、ぼくがいるところでは誰も死に言及しないのは、おそらく注目すべきことなのかもしれない。

　当時、マージャニはもう少し若くて、もうちょっと痩せていて、もっとあっけらかんと笑う人だった。あけすけにしゃべり、たとえば息子さんのことなんかもうれしそうに話していた。そのころ息子さんは十二歳で、いまはそろそろ高校を卒業するんじゃないだろうか。で、ここからはぼくの推測。もう何年もマージャニは息子さんを話題にはあげておらず、ぼくが知っているのは彼が死んでないってことくらい。なぜ知っているかというと、もし息子が死んだら休暇をとるはずなのに、マージャニはここで仕事をはじめて以来、一日も休みをとっていないから。あのころから数年がたち、マージャニは個人的なことはあまりしゃべらなくなり、ぼくが黙ったり、うなったり、うなずいたり、首を振ったりするのが、ぼくらだけの有効な言語になった。ぼくらは互いの目をのぞきこんで会話する。ぼくがトラヴィスとするように。ぼくが成人になってからのほとんどの期間、マージャニにつつかれ、小突かれ、持ちあげられ、こすられ、ひねられ、運ばれ、なでられてきた。ぼくらはダンスのパートナー同士のように互いの態度を読んで反応し、ぎくっとしたり震えたりするのはどういう意味か、次にはどうするべきかを理解しあっている。マージャニほど隅から隅までぼくを知りつくしている人はいない。それでも、彼女がぼくを好きかどうかはいまだに確信はない。まあ、好きだろうし、少なくとも嫌ってはいないと思う。マージャニは親切でやさしい。でも、ただ仕事をこなしているとも言え、自分では動けない、もしくは動こうしない、べつの白人の少年の面倒もみている。ぼくの世話をし、心地よく過ごせるようにし、こちらが必要なときはいつでも手をさしのべ、雇用条件として要求されること以上の仕事をしてくれる。

でも、メディケイドがマージャニに金を払ってくれなくなったら、彼女は辞めるだろうし、そうなるとぼくは二度と彼女には会えなくなる。彼女はほかの仕事をつづけ、ぼくはこの家で汚らしくシラミにたかられ、ひとりぼっちで死ぬ。そういう結果になるのを自分でわかっているし、なにより、マージャニもわかっている。この仕事を長くやっているから、どれほど気にかけようと、もしくはまったく気にかけていない場合でも、公私はきっちり区別しなければならないと承知している。いままでも死にゆく人たちの世話をしてきたわけだし、これからもつづけていくだろう。感情に左右されていてはつづけたくてもつづけられない。

でも四年くらい前は、マージャニはいまほどエキスパートではなかった。そのときはまだ必要以上に好奇心旺盛で、ぼくの世話を担当するにはちょっとだけ軽率だったのかもしれない。まあ、会話をしようとしただけなんだけどね。あのときの出来事と同じことが、いまもぼくのまわりではよく起きる。ぼくといると、なぜかみんな話をしたくなるらしい。今度きみが誰かと部屋でふたりっきりになったとき、以下のことをためしてみてほしい。十五分間、しゃべらない。三分もたたないうちに、相手はしきりにしゃべりはじめるだろう。意味のないことでも、とにかくなんでも話題にして、沈黙をうめようとするはず。というわけで、ぼくといっしょにいると、人はしゃべって、しゃべって、しゃべり倒す。ぼくのぶんまでしゃべる。空白は言葉でうめなきゃならないとでもいうように。

当時、マージャニはぼくの沈黙に慣れていなかった。というか、ぼくが〝イタっ〟とか〝うまい〟とか〝もっと〟とか以外はほとんどしゃべれないことに慣れていなくて、それで自分が話しはじめた。話したのは、出身地はどこだとか（パキスタン）、結婚しているかどうかとか（してる）、この二年間にアセンズに住んでみての感想とか（丘ばかりで自転車にも乗れやしない）とか。次の四年間でそれらの話題がふたたび口にのぼることはなかったと思う。少なくとも、ここのところはない。それはマージャニにとっては一度きりの、情報の大量流出だった。ということで、人はしゃべって、しゃべって、しゃべりまくるもの。

あのとき、マージャニは生活のためにどんな仕事をしているかも話した。彼女は人生の半分くらいは不規則な仕事に従事していて、ギグエコノミー（非正規雇用者が単発または短期の仕事を請け負う働き方で成り立つ経済）の一部として受けられる仕事はなんでもこなしている。清掃員の手伝いをし、大学でおこなわれるスポーツイベントのあとにゴミを拾う仕事もするし、学校の学期中はダウンタウンにある〈ジェイソンズ・デリ〉のシフトに入ったりもする。あちこちで仕事をするためにマージャニはいつでも忙しい。まえに聞いたところによると、いまは息子さんが一日じゅう学校に行っているので、できるだけ多くの現金を得るためにどんな仕事でも引き受けている。なお、夫はダウンタウンのレストランで働いている（働いていた？）。

でもマージャニの本業は死に直面している人たちの面倒をみること。まえに聞いた説明によると、彼女は看護師ではないが、必要とあらば基本的な医療はおこなえるらしい。といっても、彼女の仕事は痛みをやわらげるとか、そういうたぐいのものではない。

「その瞬間にそばにいてあげるのが仕事なの、利用者さんがほら……」マージャニはバスタブのなかでぼくの背中を洗いながらそう言っていた。「自分の仕事を言葉にすると、そんな感じ。人ってね、死ぬときにその人本来の姿を見せるのよ。知ってた？」

ぼくは「うぅん」とうなった。同意したというよりも、死んでいく見知らぬ人の話を聞かねばという義務感から。人には〝話を聞いていますよ〟と知らせてもらいたいときもある。

「最期にその人の本来の姿を見られるのは、とても幸運なことなの」とマージャニは言った。この人は誰に対してもこういうふうなのか、それとも言葉を返すことができない相手に対してだけなのだろうか、とぼくは考えた。「それはね、贈り物なの。だからわたしはそういう仕事をしている。贈り物をいただくのがわたしの仕事。わたしはほんとうに運がいい」マージャニは少し咳きこんだあと、バスルームを出て、戻ってきて、ぼくをベッドに寝かせた。

死を見守ることについて、マージャニは二度と口にしなかった。一度話したきり、封印した。あの日より以前に誰かが死に、それがまだ頭から離れなかったのだろうか。ふいに、次はぼくの番だという思いに打たれたのだろうか。次に彼女に幸運を与えるのはぼくだと。

そういうことだったのだろうかと、ぼくはいまでもあのときの会話を毎日思いだしている。

マージャニはうちにやってきて、自分の仕事をし、やさしい笑みを浮かべ、さようならと言って帰っていく。身のこなしには善意があふれ、みずからの仕事に喜びを感じているのがわかる。でも、仕事は仕事。ぼくは彼女の仕事に感謝している。彼女を愛している。彼女を必要としている。彼女もぼくを必要としているだろう。もっとなにかがあってもいいような気がする。もっとなにかがないのはぼくのせいかもしれない。

マージャニはまだここにいる。いままでまわりにいた誰よりもぼくの近くに。でも、ぼくがマージャニを知っている以上に、マージャニはぼくをよく知っているのだろうか。家に帰ったら、ジャケットを脱ぐみたいにぼくを脱ぎ捨てるのだろうか。これは彼女の仕事。彼女がやってきたことだし、ぼくに与えてくれたこと。マージャニはぼくの生活のまんなかにいる。ぼくは祈っている。ぼくがいなくなっても、どうかさびしがらないでと。

9

ぼくは目覚めている。いつものとおり、朝はマージャニがうちにいる。「メモがあるわよ、ダニエル」マージャニが言い、ぼくをしっかりと支えてパジャマのボタンをはずし、顔を拭く。「チャールズからの。読んだほうがいいみたい」

チャールズというのはほぼ毎晩うちに来て、寝ているぼくをひっくりかえして寝返りを打たせてくれる介護サービスの人。ぼくは彼の名前をちゃんと覚えている。チャールズは身体を拭いて、ぼくがまだ呼吸をしているか確認してくれる。ぼくはチャールズが大好きだ。じつはチャールズは作家兼政治家のステイシー・エイブラムスの遠い親戚。ステイシー・エイブラムスは去年ジョージア州知事選挙に出馬し、もう少しで勝つところだった。ぼくは車椅子の後ろにエイブラムスのバンパーステッカーを貼り、チャールズは四六時中、選挙の話をしていた。なんでも二回ほどエイブラムス本人に会ったことがあるとかで、彼女はとてもいい人だと言っていた。二〇一八年の選挙の日、夜の早い時間から選挙結果を見るためにうちにやってきて――「きみんち、ケーブルテレビがあったよね」――その晩はぼくをほとんど寝かせずにテレビに向かって声を張りあげていた。ぼくは彼といっしょに選挙結果を見た。エイブラムスは敗れ、彼は泣いた。チャールズはクールなやつだ。

チャールズは火曜日、水曜日、木曜日、金曜日、土曜日の担当で、べつの男性――痩せた白人で、名前はどうしても覚えられない。ハリー？　フランク？　たぶん、フランク？　いや、やっぱりハリーかも――が日曜日と月曜日の担当。彼らはひとつの鍵を共有している。入ってくるときに解錠し、帰るときに施錠する——少なくとも、施錠してくれていると信じたい。こっちから見ると、彼らは真夜中に浮かびあがる影そのもので、荒い息を吐く幽霊たちは無言でぼくを抱きあげ、身体を拭く。彼らはやさしくて手際がよく、いつも申しわけなさそうにしている。こっちが目覚めている場合は、彼らは仕事がやりにくい夜を過ごすことになる。午前二時ごろに裏口から抜き足差し足で入ってきて、ひと仕事したあと、抜き足差し足で裏口から帰っていく。夜のあいだにぼくを死なせないという目的のためだけにふたりはやってくるので、昼間に彼らを見てもこっちには誰だかわからないかもしれない。ふたりがどれほどの金をもらっているか知らないが、おそらく割にあわない額だろう。

朝食の用意のために手を洗いながら、マージャニがメモを読んでくれる。

ダニエル、昨日の晩、パソコンがつけっぱなしだった。きみが安眠できるようにぼくがシャットダウンしておいた。言っとくけど、ぼくは誓ってなにも見ていない。もっと気をつけなきゃね。きみのクレジットカード情報を盗んで、ぼくはいまごろバハマに行く途中かもしれないよ。☺

——チャールズ

「チャールズっておもしろい人ね」とマージャニ。なんとなんと、スクランブルエッグをつくるのと、床を掃くのと、テレビをつけるのをいっぺんにやっている。

「わたし、何年かまえに病院で彼といっしょに働いていたことがあるの。彼、親切でね。四人のかわいい子どもたちと奥さんが、チャールズが夜じゅう外出しているのを心配している」そう言いながら車椅子のシートベルトを締め、ぼくをテーブルまで運ぼうとする。

「ごめんなさい、昨日の晩にあなたのパソコンの電源を切るのを忘れたのは、たぶんわたし。でも、チャールズの言うとおりね、自分のパソコンのこと、あなたはもっと気をつけなきゃ。パソコンは目にも悪いし」

マージャニはいつもちょっとピントがずれた感じでぼくの健康に気を遣ってくれる。彼女が世話をしているのは身体の筋肉が萎縮している男なのに、おもしろいことに、ぼくらがしゃべることといったら、そのほとんどが日々の生活のささやかなあれこれについてで、本来ならそういう会話は治療法もないような病気とは無縁の人たちが交わすものだろう。ほらほら、さっそくマージャニは、歯と歯のあいだをデンタルフロスで掃除することについて熱弁をふるいだす。先週、ぼくの靴下に穴がひとつあいていて、それを見つけたマージャニは凍傷についての五分間にわたる講義をおこなった。十月に。ジョージアで。

ぼくは小さくうなずき、眉を吊りあげ——トラヴィスはこの動きを〝グルーチョ〟（アメリカの俳優。コメディアンのグルーチョ・マルクスのこと。太い眉毛で有名）と呼ぶ——マージャニは笑う。今朝のマージャニはやけに陽気だなあとぼくは思う。そして、うれしくなる。

まず、パソコンをチェックしよう。マージャニに起こしてもらって顔を拭いてもらって髪を梳かしてもらって服を着せてもらって、そしていまぼくはうなり声をあげ、パソコンのほうを向いて訴える。あそこだよ、あそこ。あそこ、あそこ、あそこ、あそこだってば。

「あなた、パソコン依存症みたいね」マージャニはそう言って、車椅子をパソコンの前につけてくれる。

「十分したら朝食ですからね。脳を壊さないように」

ぼくは昨夜のほとんどを投稿した内容について考えて過ごした。アイ-チンの友人たちの誰かがそれを見て、投稿者はもっとなにかを知っているはずだと考えたらどうしよう。彼女たちに過大な期待を抱かせたら？　それって残酷だよね？　そもそも、あれがアイチンじゃなかったら？

ぼくみたいに四六時中ひとりでいたら、きみだって夜には自制心を失ってしまうはずだ。まわりには誰もいなくて、気をまぎらしたり注意をほかに向けることができないときには。ぼくらは毎日、あとさきも考えずに衝動的にことを起こしてしまう。しばらくして心が落ち着き、ふっとわれに返るまで、それがどんな結果を招くかなんてまるで考えない。そもそも衝動的に突っ走っているときに、心を落ち着かせようなんて思わないだろう。でもいまぼくは、すっかり心を落ち着かせている。

失踪人捜しは警察の仕事だ。あとでトラヴィスに頼んで警察に電話をしてもらおう。こんなふうにネットに噂のタネをまくようなまねは誰のためにもならない。希望を与えたり奪ったりするだけで、なんの結果ももたらさない。真実っぽく感じるけれど、けっして真実ではない。

投稿のせいで誰かがおかしな行動を起こすまえに削除しなければ。

ページが開いている。昨日の投稿はまだそこにあり、中指を立ててこっちを睨みつけてくる。クソ忌々しい投稿め。おまえを投稿したのは弱かった自分だ。今日のぼくはもうちょっと強いはず。

更新ボタンをクリックするまえに、息を大きく吸いこむ。うっかり深呼吸したせいで喉がざわつき、軽い発作みたいなものが起きる。マージャニがパソコン部屋に入ってきて発作を落ち着かせる。落ち着いたころにはもうマージャニがぼくを朝食の席につけている。

グレープフルーツを食べさせてもらっているあいだにも、ぼくはパソコン部屋に視線を向ける。こっちの希望をわかってほしくて、マージャニが持つフォークをはじき飛ばす勢いで顔をぐいっと左側に向けると、果汁があごを伝い落ちてくる。

「ダニエル！」ぼくに噛みつかれたとでもいわんばかり

りに、マージャニがさっと身体を後ろに引く。「今日はどうしちゃったの？」ぼくはパソコンのほうへ頭を振る。マージャニが肩を落とす。顔をしかめる。ひどい言葉を投げつけられたとでもいうように、じっと見つめてくる。

「ご機嫌斜めのようね、ダニエル。こんなことをするなんて、まるで意地悪なロボットみたいよ」

ぼくはもう一度、頭をぐいっと振る。

「意地悪で偏屈なロボット」マージャニは言い、ぼくをふたたびパソコン部屋へ運んでくれる。そしてぼくを見る。

話ができるよう、ぼくはマージャニの目をのぞきこむ。基本的にはトラヴィスと話すのと同じやり方で、まだまだ熟練とまでは言えないかもしれないが、この二年でマージャニはコツをつかんだ。

〝なに？〟

今日はランチタイムに戻ってくる。よく聞いて、ダニエル、そのときにあなたがまだパソコンの前にすわっていたら、窓から放りだすからね。

〝冗談だよね？〟

そう、冗談。気に入った？

〝気に入ったよ。さあ、あとのぼくのことはパソコンにまかせちゃって〟

こっちが微笑むと、マージャニも笑みを返してきて、これで彼女がパソコン部屋を出ていき、ぼくが例の投稿を消去すれば、すべてオーケーになる。

更新ボタンをクリックする。

投稿したものはまだそこにあって……無視されている。誰も返信を寄こしていないし、なおありがたいことに、レディットのユーザーから見当違いで無意味とみなされ、反対票として〝クソの絵文字〟が押されている。思うに、きみはぼくよりも外出する機会が多いだろうから、レディットの活用法をあんまり知らないかもしれないけど、基本的に誰かが反対票を入れるとその投稿は下のほうに押しやられて、あまり人の目には触れなくなる。ユーザーたちがとくに疑わしく思っているのは、一回の投稿のためだけにアカウントをつくる者や、スパムやボットを送りつけていると思われる者、コミュニティ・ガイドラインを遵守せずにコミュニティでなにかをプロモートしようとする者。ぼくはここ何年もレディットをのぞいているけれど、これまで実際に投稿したことは一度もなかった。レディットやツイッターというのは、みんなで寄り集まって互いに言葉をぶつけあう場所で、たとえると金魚鉢とか水槽だとぼくは考えている。自分たちの生態系のなかでおもしろおかしくやっているので、よそ者のぼくがごっつい手を突っこんでかきまわしたりしちゃいけない場所ってこと。仲間になろうとしても、棲んでる魚はそれこそ多種多様。よそ者が来たっていうだけでガラリと態度を変えもする。ぼくはどこのクラブであってもメンバーの一員になりたいとは思わない。ビジターとして遊びにいくだけならいいけれど、そこに住みたいとは思わない。わかってくれたかな?

でも今回は自分のルールを破っている。水槽に指を突っこんでいる。で、魚たちはみんなぼくに反対票を入れている。

魚たちはぼくのお願いを聞き入れてくれている。ぼくの考えなしの投稿を下のほうに押しやって、なるべく人に見せないようにしてくれている。投稿を消去すると、とたんに気分がよくなる。さあ、警察に電話しよう。警察官にみずからの仕事をさせよう。トラヴィスが来たら、ぼくたち自身の午後の活動をはじめよう。

10

オンラインの仕事に就けて、ぼくはラッキーだ。そう、一日じゅう〝腑抜けのチンコなめ野郎〟呼ばわりされても、一日じゅうインターネットのなかにいられるんだから、まさに理想的な仕事。ぼくのネットとのかかわり方はきみのとはちがう。ぼくはネットを変身できる場と考えている。人びとからモンスターとか憐れむべき施しの対象とはみなされない唯一の場所。ネットの住人たちはぼくの姿を目にすることはないから、ぼくを自分たちとはちがう存在として扱うこともない。ぼくはほかのみんなと同じように単なるネットオタクのひとり。

ネット上では——とくにツイッターは陰険かつ不愛想な態度で互いに接することができるよう特別にプログラミングされている——ぼくに親切にすべきとか、礼儀正しく無視すべきとか言う人間はいない。だからみんな〝すべき〟とは思わないし、実際にしない。ぼくは〝チャイルディッシュ・ガンビーノの新しいアルバムは好きになれない〟といったツイートだってできて、ツイートしたとたんにみんなはぼくを叩きはじめる。ばかたれだとか、人種差別主義者だとか、ミレニアル世代はなにも知らないし、知ろうともしないとか。そして、ぼくはムカつく。でもこれってすばらしい！だからツイッターのプロフィール画像は顔のドアップにしている。アホガキみたいに見えるようにニタニタ笑ったやつに。車椅子にすわっている写真なんか載せようもんなら、みんなは叩く手をとめて警戒するか、身体に障がいがある者をネタにしたジョークを山ほど投稿するだろう。でもネットの住人たちはぼくがSMAだなんて知る由もないし、彼らとぼくにはなんの違いもない。ぼくは叩かれまくる匿名のぼんくら。気の毒に思われるくらいなら嫌われたほうがうんとマシだ。きみもそう？　みんなもそうかな？

たしかに、警察にまかせるべきだと言った。でも、ちょっとくらいネットで検索したって、傷つく人は誰もいない。

アイ-チンについて読めば読むほど、ぼくはますます知りたくなる。

彼女はネット上にわずかな足跡を残していた。インスタグラムのアカウントを持っていて、投稿したのは二回。八月にブサイクな猫のピンボケ写真を投稿し、二週間前に、通りの先にある家の塀にとまっている鳥の写真を投稿している。彼女が一生懸命、英語を覚えようとしてるのが見てとれる。写真の下に英語で〝これはわたしのかわいい鳥で、わたしの朝の友だちです〟というコメントを入れている。その下には中国語のコメントがずらりと並び、三十四個の〝いいね〟がついている。

調べたかぎりでは彼女はフェイスブックはやっておらず、ツイッターもやっていないようだけれど、実際問題として、本人を特定するために〝リャオ〟をツイッターで絞りこむのはほぼ不可能に近い。彼女について見つけられたのはニュース記事にあった略歴だけで、誰かのことを調べるための方法としては、まったくもって一九九〇年代っぽい。

朝の日課はつづく。マージャニに支えられて、顔と首と肩を洗ってもらう。ぼくが上半身裸で寝たがるのをマージャニはいやがっている。シーツをもっと頻繁に洗濯する必要が出てくるからだそうだが、こっちからすると、毎朝、汗まみれのパジャマを身体から引きはがす手間をはぶいてやれるのにと思う。この二、三年、うすくて白い、白黴《カビ》みたいなものが眠っているあいだに首まわりに発生しはじめている。それがなんなのか、ぼくには見当もつかないが、正直なところ正体を知るのは恐ろしい。マージャニは毎朝その〝物質〟をぬぐいとっているのに、どういうわけか、それを話題にしたことは一度もない。

シャツを着せてもらうときにうなり声をあげると、マージャニは謝ることなんかないのに謝る。ぼくの腕はほとんど動かないので、朝いちばんに誰かが頭の上まであげようとすると、こっちは引っぱられて四つ裂きにされそうな気がするけれど、それはマージャニのせいじゃない。人はシャツも着ないで世界をうろつきまわってはいけない。たとえジョージアであろうと。

マージャニに車椅子に乗せてもらって、キッチンまで連れていかれる。今朝の彼女はほんのちょっとだけ乱暴で、急いでいるみたいだ。〝どうしたの？〟という表情を向けてみるけれど、気づいていない様子。こっちの口に黙々とシリアルを運び、テーブルを拭く。夜の巡回担当の男性がカウンターにビールの缶を置きっぱなしにしたようで、マージャニならそのツケを彼に払わせるだろう。

見つけた記事からアイ‐チンについて知り得た情報を頭のなかで並べていく。

・年齢は十九歳。
・中国で生まれ育った。
・大学に通いだしたのはほんの二カ月前。
・ジョージア大学で獣医師になるための勉強をしている。あそこにはレベルの高い獣医養成コースがある。
・こっちに来たときにはメリッサ・レイ以外に知り合いはいなかった。メリッサが彼女に会ったのは、単に両者の家族が中国で知り合いだったから。
・彼女はジョージアについても、大学についても、アメリカについてもなにも知らなかった。アセンズでのいちばん親しい友人のひとりが、知らないうちに毎朝自分を見ていた身体の不自由な男だった可能性がある。彼女は一度、その男に手を振った。
・彼女が話す英語はたどたどしく、つっかえつっかえ。
・彼女はうちの前の通りをほんの数日前に歩いていた。
・彼女はうちの前の通りを歩いているときに、うす茶色の古いカマロに乗った。
・それ以来、誰も彼女を見ていない。

「ぐううううううううううう」へんな声を出したのはぼく。マージャニが髪をちょっとだけ強く梳き、ぼくがうめくと「ごめんなさい」と言う。

「トラヴィスったら、いったいいつになったら来るの?」とマージャニ。トラヴィスへの不満を口にするチャンスをものにするまえに、当のトラヴィスが勢いこんでドアを開き、入ってくる。

「よっ、元気か、マー」トラヴィスはそう言い、マージャニの手からバナナをもぎとって、自分の口に突っこむ。マージャニは〝マー〟と呼ばれるのが大嫌いで、トラヴィスはそれを知っていて、だからわざとそう呼ぶ。マージャニはひそかにその呼び名を気に入っているんじゃないかとぼくは思う。彼女はどの部屋にいても透明人間になる方法を会得していて、そうして過ごすのを心地よいと思っている。トラヴィスは直感でそれを見抜いていて、それゆえ、なんとかして透明人間にさせないようにする。マージャニはトラヴィスの余計なお節介にイラつく反面、ついつい笑みを浮かべてしまう。それ以外のときにマージャニの笑顔を見ることはほとんどない。

「おまえのベイビー・ガールはどうした?」トラヴィスはキッチンテーブルに腰かけ、大きなかばんのなかからiPhoneとiPadを何台かずつと、ヘッドホンと、あとはなにやらよくわからないものを取りだして、あちこちに置く。どうやったらこんな大荷物を持って歩けるのだろうか。現代的な生活のせいで、ぼくらはみんな荷運び用のラバになっている。

「こっちは遅れそうだっていうのに、もう、トラヴィス、またそんなに散らかして」マージャニはトラヴィスが広げたガラクタをきちんとまとめて、そっとソファの上に置く。「今日はほかの場所でやらなきゃならない仕事がごまんとあるのに」マージャニは誰にでもこんなふうにしゃべるけれど、トラヴィスに話しかけるときだけ、声に少しだけ陽気な感じがまじる。ちょっとまえに気づいたのは、マージャニは誰からにしろ、感情がこもった反応を求めていないってこと。彼女はめちゃくちゃ忙しく、それゆえ効率よく動くから、ありのままの事実以外の言葉は求めない。トラヴィスだけは例外。マージャニはトラヴィスがちょっかいを出してくるのが好きで、どうしてかというと、ほかに誰もそんなことはしないから。

「おれらはマージャニのよそでの仕事を邪魔したいわけじゃないよ、プロの暗殺者としての仕事をね」とトラヴィス。「おれが近くにいないときは、そういう仕事をしてんだよね? 誰かに雇われて黙って人を殺すんだろ」

ぼくはくすくす笑い、マージャニはカウンターの上を拭いていた布巾でトラヴィスの腕をピシャリと叩く。

「まあ、それはそれとして、おれらだって午前中は忙しいんだよ」水曜日はいつもトラヴィスが午前中にやってきて、ランチまでの数時間、ぼくらは近所を散歩して、しゃべって、しゃべって、しゃべりまくるトラヴィスの横でぼくは電動車椅子を走らせる。彼はぼく専用のトレーナーを自称し、散歩を〝セッション〟と呼ぶけれど、そのセッションとやらはたいていの場合、二時間ほど歩きまわるだけで、そのあいだにぼくは数分ごとに車椅子をとめて、トラヴィスがぼくの脚をのばしてストレッチ運動をさせる。これがぼくの一週間のハイライト。

　でも今日は特別だ。今週はフットボールの試合《ゲーム》がある週《ウィーク》で、ジョージア大学の公式マーチングバンドの〈レッドコート・バンド〉が校内のフィールドでリハーサルをやり、ぼくらはピクニック用のブランケットを敷いてバンドの演奏を聴き、まわりでは子どもたちがフットボールを投げあってタックルしあう。トラヴィスは出かけるまえにいつもマリファナを吸い、現地に着くとぼくらはただじっと音楽を聴く。たいていトラヴィスは眠ってしまう。女の子を眺めるときはべつだけど。それはそれは楽しい時間だ。

　そういうわけで、今日のトラヴィスのわが家での滞在時間は短い。でもぼくはトラヴィスに頼みたい仕事がある。

　マージャニは自分の荷物をまとめて帰っていき——でもそのまえにトラヴィスがドアまで行こうとするマージャニの行く手を阻んで彼女とハイタッチをし、そのあとようやくマージャニは車へと向かう——ぼくは自分の部屋のパソコンをあごで示す。トラヴィスがぼくの向かいにすわる。

〝わかっていることを投稿した〟

　なんにもわかっていないじゃないか。わかってるのは、おまえがおばかだってこと。いつもそう言ってるだろ、相棒。

〝いや、アイ-チンについてわかってること、っていう意味。レディットに彼女に関する内容を投稿した〟

はあ？　まあ、いい。おまえはおばかじゃないな。

大ばかだ。気に入った。じっくり見てみよう。

11

というわけで、この件について綿密にチェックしたあと、ぼくはトラヴィスにぼくのかわりに警察に電話してくれと頼みこんだ。ふたりとも、いままで警察に電話したことは一度もない。警察に電話するのって、きみが思っているよりも難しいんだよ！

警察官をつかまえるいちばんの近道は、もちろん九一一に電話をかけることだけど、現状ではそれで警察を動かせるとは思えない。キッチンは火事になっていないし、誰も家に押し入ろうとはしていないし、いまのところトラヴィスが殴りかかってきてもいない。ただし、ブレインストーミングの最中にガスをつけっぱなしにしておけば、状況が変わるかもしれない。

さて、まずはグーグルに相談だ。〝アセンズの警察〟と検索バーに入力する。検索結果で最初に出てきたのはアセンズ-クラーク郡警察東警察署の電話番号。ぼくがアイ-チンを見たのはキャンパスの東側だから、東警察署でいい？

〝かけてみて〟

くっそー、おもしろくなってきたな。

トラヴィスのママが二階で眠っているあいだ、ぼくらはクロゼットの奥に隠れて、しょっちゅうトラヴィスが高校にいたずら電話をかけていた。彼は電話で話をするのが好きで、電話をかけること自体が忘れられた技術になりつつあるのを残念がっている。「おれは生まれた時代を間違えた」これがトラヴィスお気に入りのフレーズ。さて、トラヴィスはうちの母さんが〝おうち〟らしく見えるようにとキッチンに設置した、古いダイヤル式電話のダイヤルをまわす。

「はい、名前はトラヴィスです、えっと、電話したのは例の失踪……はい、女の子……中国人の女の子？……どうやらおれの友だちが彼女を見たらしく……いいえ、ですから、おれは見ていませんが、彼が……どこでだって？　キャンパスの外です、ファイブ・ポインツの近く……ああ、そうですか、すんません、この番号がいちばん上に出てたもんだから。担当者につないでくれますか？……わかりました、それならそっちの番号を教えてもらえますか？……できない？　すぐそばにないって？……わかりましたよ。さいわい、この電話はそれほど緊急じゃないんで……はい、わかってます、緊急だったら九一一に電話すればいいんですね……ご親切にどうもありがとう、これでアセンズ-クラーク郡、ひいては一般的なアメリカの公共サービスに関して抱いていた疑念が確信に変わりました……よい一日を」

つまり、東警察署はだめ。次はバクスター・ストリート署だ。会話はさっきよりフレンドリーだけれど、彼らの話ではこの件は管轄外で、べつの番号を教えてくれて会話は終了。次はダウンタウン署。ぼくらはメッセージを残す。西警察署は？　そこでは大学内警察に連絡してみろと言われる。おそらく大学内警察の警官には銃も支給されていないだろうが、まあそれはどうでもいいか。それで、大学内警察に電話してみるけれど、ずっと話し中で、正直なところ、ほんとうにこれが話し中の音なのかもわからなかった。

トラヴィスは肩をすくめ、こっちの高さにあわせて腰をかがめる。

「もしかして、電話が殺到しているとか？」

〝電話が殺到してるって感じはしないよね〟

「あとでもう一度するか？」

すでに記憶にあったはずのことをふと思いだす。

〝待って。たしか情報受付窓口があったはず〟

トラヴィスは携帯電話をスクロールして、マシュー・アデアが書いた《アセンズ・バナー＝ヘラルド》の記事を見つける。

そこで声に出して読みあげる。〝情報をお持ちの方はアイ＝チン・リャオに関する情報受付の七〇六‐二三四‐四〇二二まで電話をしてほしいとのこと〟

〝はじめっからトラヴィスがこのことを覚えていてくれればよかったのに〟

トラヴィスはあらためて番号をダイヤルする。呼び出し音が一分かそこら鳴る。そこでこっちを見て眉を吊りあげ、口を動かして〝留守番電話〟と伝え、珍しもう一度、大学内警察に連絡してみよう。

〝思ってたよりも難しいもんだね〟

「おれ、行くわ」トラヴィスはそう言い、三サイズは大きそうなジャケットを着る。彼を見ていると、マペットの人形たちがお互いの肩に乗っかって本物の人間のふりをしている場面が目に浮かぶ。「それじゃあ、今夜、マーチングバンドのリハーサルを見にいくときにまた会おう。うんうん。おまえ、カマロの男にまた出くわしたら、おれのかわりにその車椅子でやつを轢《ひ》いといてくれ」


く疲れたような息を長々と吐く。「はい、おれはトラヴィスという者で、うんうん、友だちがここにいて、アイ－チンが失踪した日に彼女を見たと思うと彼は言っている。誰か話を聞いてくれる人をつかまえようとしてて、この番号には電話が殺到しているみたいで、おれは自分たちが正しかったと思ってて、でもとにかく電話しなくてはと思って、いまこうして電話してる、うんうん。とにかく、おれはトラヴィス。友人はファイブ・ポインツのアグリカルチャー・ドライブ七六四番地に住んでいて、協力したいと思ってる。彼に電話してくれ、番号は七〇六－二五八－八四六三。もう一度言っとくと、おれはトラヴィスっていう者。えーっと……よい一日を？」

トラヴィスがこっちを見て肩をすくめる。


〝ぼくの名前を言い忘れてたみたいだけど〟

どうせ誰もメッセージを聞いてくんないよ。今晩、

12

ぼくはまえにロン・ターナーに会いにいったことがある。

おっと、たぶんきみはロン・ターナーが誰だか知らないよね。

七歳のとき、ぼくと母さんと、身体に障がいのある騒がしい子どもたちは、イリノイ大学に招かれてシャンペーンにあるメモリアル・スタジアムのフィールドへ行き、フットボールチームのコーチたちに会った。試合前に車椅子の子どもたちをフィールドに登場させるとき、地元のスポーツチームはなにかすばらしいことをおこなっていると勝手に考えて鼻高々になる。死にゆく子どもたちの最後の願いを叶えてやっている、みたいな。人生でぼくが抱くただひとつの夢が、ビッグ・テン（カレッジスポーツのカンファレンスのひとつ。十四校が加盟）に加盟する成績がそこそこのチームのヘッドコーチに会うことだとでも思いこんでいたんだろう。ターナーコーチはいい人だったけど、七歳の子と握手をするよりも、なんかもっとマシなことをしたがっているみたいだった。それはぼくも同じだったけどね。ターナーコーチはにやりと笑ったあと走り去り、プレイをデザインするとか、キックをブロックするとか、ウィッシュボーン（アメフトのフォーメーションのひとつ）の指示を出すとか、とにかくフットボールのコーチがやることをやりにいった。

こういうふうに互いにぎこちなく〝会ってご挨拶する〟のにはいつもうんざりしていた。表向きは〝関心を高めるため〟で、そのためにぼくらを地域の人たちに会わせ、みんなに〝問題を認識してもらう〟ってことだったけど、問題とはなんなのかはいっこうに不明だった。実際のところ、このちょっとした広報活動—

—まさに、これ以外に言いようがない——は、なによりも苦痛だ。フットボールのスタジアムに連れていかれ、イリニ（イリノイ大学のスポーツチームは〝戦うイリニ族〟と呼ばれている）のジャージを着た人たちと写真を撮るためにポーズをとるけれど、その日の終わりにSMAとはなにかを語れる人の数はゼロ。SMAと闘うために行動を起こす人の数は言うまでもない。ぼくらは関心を高めるためにそこへ行かされるんじゃない。ぼくらがそこへ行かされる理由は次のとおり。フットボールのスタジアムには大勢の健康な人たちがいて、ビールを飲みたがったり、自分たちがかかえている問題から逃れたがったり、声をかぎりに三時間、叫びたがったりしている。まあ、なにをやろうとその人たちの勝手だけど。で、彼らは、一定数の貧乏学生を含むたくさんの学生たちが、人さまのお楽しみのためだけに無報酬で頭を衝突させあう過酷で野蛮なスポーツを心から愛しているわけで、そのことに幾ぶんかの後ろめたさを覚えている。ぼくらがそこにいれば、彼らのなかなか消えない罪悪感は払拭される。試合前にぼくらを見て、彼らは〝よかったなあ、あの子たち、楽しんでるよ〟と言い、いつもなら抱くはずの後ろめたさをいい気分のうちに忘れ去り、午後の残りを快適に過ごす。というわけで、ぼくらがスタジアムを訪れるのはぼくら自身のためじゃない。それは彼らのためで、当の彼らは本来なら多少は気がとがめているはずなのに、気分がぐっとよくなるのだ。ぼくらは小道具にすぎない。小道具として使われるほどいやなことはない。

　ひとつ言っておくけど、ぼくはフットボールを嫌っているわけじゃない。世界にうんざりしているときにフットボールはよい気晴らしになるし、躍動する身体からみなぎる生《なま》の迫力を称賛せずにはいられない。実際に車椅子を押していってもらい、どでかい選手たちが恐ろしいスピードで相手方のどでかい選手たちのほうへダッシュする現場から五十フィートのところへ行ってはじめて、フットボールがいかに激しいものか理解できる。まえに観たイリニのゲームで、ワイドレシーバーが、待ちかまえるディフェンシブバックに向かってサイドライン沿いを爆走してきた。ふたりは激突し、ワイドレシーバーがラインの外に吹っ飛ばされ、ゲータレードのカップがのったテーブルをひっくりかえして、ちょうどぼくの足もとにどさりと倒れた。ぼくが怪我をするのを心配したのか、サイドライン上にいた選手たちがわらわらとぼくのほうへ集まってくるなかで、ぼくは倒れこんでこっちを見あげている気の毒な選手を見つめた。彼の目は顔から飛びださんばかりで、複数車輛の衝突事故に巻きこまれた人みたいな表情をしていた。あんなふうに吹っ飛ばされて、どうしてゲームを続行できるのかは謎だ。それでも彼は立ちあがり、次のプレイに向けてハドルを組んだ。すべてがありえなくて、スリリングで、恐ろしい。ぼくはついつい、ひそかな喜びにぞくぞくしてしまう。

時は流れ、フットボール観戦にうってつけの街にぼくは越してきた。イリノイにいたころはフットボールには多少の興味があるだけだったけれど、この街ではフットボールこそがここに住む理由となる。文字どおりの意味で。ジョージア・ブルドッグスのホーム、サンフォード・スタジアムはキャンパスのどまんなかに位置している。大学をつくった人がスタジアムを囲むようにキャンパスを配置したとしか思えない。主要なアメリカの大学は規定に従って巨大なスタジアムを建設しなければならず、このスタジアムもばかでかいすり鉢の形をしている。でも、使用するのは一年に七日だけ。キャンパス内のどの建物からでもサンフォードを見ることができる。このスタジアムはアセンズの太陽であり、崇拝の対象でもある。

ゲーム・ウィークには、試合そのものはいつもそっちのけになる。アセンズでは今週がゲーム・ウィークで、ここに越してきて六年、ぼくは毎年欠かさずにゲーム・ウィークを楽しんできた。対戦相手が強かろうが弱かろうが、試合が重要なゲームだろうがそうでもなかろうが、街全体が活気に満ちあふれる。木曜日にはキャンパーたちがぞくぞくと街に到着しはじめ、興奮を煽るようにどのトラックにもブルドッグスのロゴやキャラクターが描かれている。朝早くから夜更けまで、校内のフィールドで〈レッドコート・バンド〉が演奏している曲が聞こえてくる。同じく木曜日には卒業生や同窓生が集まるパーティーも次々に開かれ、そのせいでマージャニはゲーム・ウィークのあいだはいつも少しだけ遅刻する。カクテルをつくって出し、こぼれた酒をモップがけしなくてはならないから。大学にはぼくがひそかにあこがれている伝統的な学生たちの社交クラブがあって、ゲーム・ウィークにあわせて女子学生クラブ《ソロリティ》や男子学生の友愛会《フラタニティ》の面々がフォーマルな装いでパーティーに参加する。いつもなら朝目覚めたときに最初に目にしたTシャツをつかんで着るような学生たちが、ゲーム・ウィークにはタキシードやロングドレスに身を包む。それがゲーム・ウィークを華やかに彩る。すばらしいのひと言に尽きる。

でもぼくは、その雰囲気を楽しむくらいが精いっぱい。アセンズの市民はゲーム・ウィークを楽しむために外に出て友人たちとのひとときを過ごす。ファイブ・ポインツでは木曜の夜にご近所さん総出でストリート・パーティーっぽいものが開かれ、たいていは二、三人の選手が顔を出して熱烈な歓迎を受ける。水曜日は〈レッドコート・バンド〉がリハーサル風景を公開するため、校内のフィールドに何百もの人が繰りだしてピクニックをしたり、ゆったりと過ごしたり、市民同士が互いに交流を深めたりする。政治的なものはいっさいなくて、論争も起きず、喧嘩沙汰もない。芝地で大勢の善良な人びとが寝転び、大学生たちが大きな帽子をかぶってチューバを吹きながら行進するのを聴き、眺める。そこまでたどりつくのがぼくにとってはめちゃくちゃ難しい――カレッジ・ステーション・ロードを走らなければならないんだけど、この道路には高速道路への進入車線もあっていつもこんでいるうえ、車はどれも正気を疑うくらいのスピードを出し、歩道はない――が、参加を断念したことは一度もない。トラヴィスが連れていってくれるからで、彼は芝地に敷くためのブランケットやサンドイッチを用意し、ぼくらはバンドの演奏を聴き、子どもたちがはしゃぎまわるのを眺める。みんながひとつの場所に集まって仲よくする。その光景は二〇一九年のものとは思えない。
　これが今夜ぼくが体験すること。気温はおよそ二十四度、通りはにぎわい、人びとはすれちがうときに笑みを交わしあう。試合自体はそっちのけでも、こういう雰囲気を味わえるなら、フットボールの存在意義は大きい。

13

@spectrumair のアカウントにログインし、送られてきたメッセージに目を通しはじめる。ナッシュビルにいるお客が機内のＷｉ－Ｆｉがつながらないと怒りまくっている。煙草を吸っている緑色のカエルのアバターを使っている男性が、客室乗務員が無礼だったと文句を言っている。プロフィールに〝けっして屈しない〟と書いてある女性が、スキー板を乗せるのに料金はいくらかかるかと訊いてきているけれど、南部のどこへスキー板を持って飛ぶのか、ぼくにはまるで見当がつかない。誰かがぼくをクソ野郎呼ばわりしている。
@spectrumair ク《L》リントン・ナ《I》ショナル空《T》港のあ

んたんとこのゲート係員には学習障がいがある

@spectrumair そういう人間に仕事を与えるのはいいことだと思うが、そのおかげでわたしは早く家に帰れない

@spectrumair おまえはクソクソクソクソクソクソクソ #おまえはクソ

オンラインでは今日もおもしろい一日が過ぎていく。とはいえ、仕事に関しては不愉快な点もあり、その筆頭は、ぼくがこの仕事をいかにじょうずにこなしているか、誰も気にもとめないことだ。もちろん、スペクトラム・エアーの人間も。そもそも彼らはぼくがSMAだってことも知らない。もし気にとめているなら、よく知りもしない若輩者に、ソーシャルメディアにあがってくる苦情をすべて自分たちのかわりに答えさせたりしないはずだ。彼らが望んでいるのは怒りの爆発を避けることだけ。苦情担当をひとり配置しております、と言いたいだけ。お客たちだって気にもとめていない。実際に問題を解決してほしいとか、情報を寄こしてほしいとかは思っていない。どなりつける相手がほしいだけだ。ぼくはこの分野で圧倒的にいちばん優秀な人材、いままでに世界が見つけたなかでもっともすぐれた、地域航空会社におけるフリーランスのソーシャルメディア担当になれるだろうけれど、ぼくの仕事の結果は、すべての苦情メッセージにくしゃみをしている猫のGIFをつけて返信しているのとさして変わらない。いまそれについてつらつら考えてみると、すべての苦情メッセージにくしゃみをしている猫のGIFをつけて返信すれば、いままでに世界が見つけたなかでもっともすぐれた、地域航空会社におけるフリーランスのソーシャルメディア担当になれるかもしれない。

ひとつだけよいのは、どうしても気分が乗らない日や疲れている日、うちの無線LANの調子が悪い日、

風邪をひいてそのせいでもろもろが危うくなりはじめる日には、基本的に苦情なんか無視すればいいし、そうしても誰にも気づかれない点。暇な二月のある週末に仕事をしていたときのこと。なにも起きずに時間が過ぎていたのに、いきなり呼吸がしづらくなりはじめた。きみに知っていてほしいんだけど、呼吸がしづらくなると途轍もなく苦しくなる。誰かが肋骨を取りだして、空いたところに紙のかたまりを押し入れてくるような感じがする。そういう発作が起きたらマジで深刻な状態。ヤバい出来事にそなえてｉＰａｄに緊急事態を知らせるアプリを入れている。そこからマージャニにメッセージを送ることができ、それが届くとマージャニの携帯がいきなりビー、ビー、ビーと鳴りながら振動しだし、マージャニ本人かほかの誰かに至急うちまで来てほしいと伝えられるようになっている。こっちはただｉＰａｄの iMedAlert アプリを開いてクリックするだけでいい。とたんにアラーム音が鳴りだす。同時にｉＰａｄが振動しはじめる。これは非常事態を知らせるボタン。

マージャニと知りあってからの数年間で、ぼくは二回だけこのボタンを使ったことがある。最初はここへ越してきたときで、そのころはマージャニをよく知らず、この家にも不慣れで、うっかりポーチから下の茂みに落ちてしまった。その結果、背中と肩に切り傷をたくさんつくり、一ヵ月のあいだ血尿を出していた。あれはひどい一日だった。二度目はさっき言ったとおり、この二月に呼吸がしづらくなる発作が起きたときで、ポーチから落ちたときよりもずっと恐ろしかった。ポーチのときは一度落ちただけですんだ。呼吸がしづらくなる発作のときは、たとえて言うなら、一度茂みに放りだされたあと、拾いあげられてまた放られるといったふうで、それが何度もつづき、それがすむと今度は何者かがこっちの胸郭に穴をあけて、そのなかに茂みの葉っぱなんかを詰めこんで、そこに火をつけたあげく、またこっちを拾いあげて茂みへ放り投げ、とどめにシャベルで胃を突き刺し、傷口に硫酸を流しこむ、といった感じだった。あれは途方もなくひどい一日だった。

　とにかく、ぼくはそのあと二日間の休みをとった。ぼくの不在にスペクトラムの人間はひとりとして気づかなかった。ふたたびツイッターにログインしたときに、ほかの〝管理者〟が誰もぼくの穴をうめていなかったことがわかった。気の毒なまぬけくんが三日間にわたってぼくを罵りつづけていた。飛行機が遅れてもいないうちから罵りはじめ、飛んでいる最中もそれはやまず、そのあとの二日間も罵りっぱなし。さぞお怒りだったのだろうと、ご同情申しあげた。

　今日のところはほぼ誰もどなりつけてきておらず、いまはテネシー大学のフットボールチーム、テネシー・ボランティアーズのファンに、スペクトラム・エアーのアプリをアップルストアからダウンロードしていただければ、ナッシュビル経由での経路に切り替えられます、という説明をこんこんとしていて、そのときふいにドアベルが鳴る。一年のこの時期になると、熱心な大学生たちが自分たちが推す政治家候補を売りこむために家を一軒一軒訪問するので、ぼくはいつもどおりベルを無視する。でも今回の訪問者はベルを鳴らしつづけ、しまいにはドアを叩きだす。

　しかたなくパソコンの前から離れ、ドアのほうへ向かう。窓ごしにのぞいてみると、訪問者は大学生でもフェデックスの配送員でもなく、トラヴィスが自分の鍵を忘れてきたわけでもない。訪ねてきたのはひとりの警官だった。

14

でかい。警官はみんなでかい。身体が大きくなくても、警官はでかい。実際は小さくても、相手の前では大きく見えるよう訓練しているにちがいない。フグさながらに。でもこの警官はそもそも規格外にでかい。携帯電話を操作し解錠してドアをあけたあと、彼はドア枠をくぐり抜けるためにひょいとかがまなくてはならず、およそ三十度の角度に上体を曲げた拍子に、ドアをあけて出迎えたのが誰か気づいたようだった。濃いフー・マンチューのあごひげを生やし、髪はうすめ、カメラ内蔵のオークリーのサングラスをかけている。最初に目に入るのは彼の拳銃。どの警官を見ても、最初に目に入るのは拳銃と決まっている。みんなの目にも最初に入るのはこれだろう? 拳銃、だよね? 彼はひとりきりで、ありえないくらい汗をかいている。彼についてわかるのはこれくらい。というのも、サングラスをかけているし、なにもしゃべらないから。ただ家のなかを見まわして、ほかに誰か住んでいないかたしかめようとしている。というのも、ぼくが相手じゃ話にならないから。制服の名札には〝アンダーソン〟と書いてある。

彼は手持ち無沙汰っぽく突っ立ったまま、片足から片足へ軽く体重を移しつつ部屋じゅうを見まわし、ぼくのほうは〝この警官、若いなあ〟という考えが頭に浮かぶ。せいぜい二十代なかばってとこで――まさか、ぼくより年下?――自分の家に制服姿の警官がいるという事実と彼の大きさに慣れてくると、彼が堂々とした体軀を押しだしてくるのも気にならなくなる。たかが子どもじゃないか(拳銃は持ってるけど)。あらかじめ見当をつけて乗りこんだつもりだったのになにやら様子がおかしいと気づいた子ども、といったふうで、いまなにをどうすればいいかよくわからないとみえる。

彼がサングラスをはずす。視線がさっと動く——少し、怖い。こういう表情には見覚えがある。

「えー、トラヴィスさんはご在宅ですか」彼は言い、視線をおろすがぼくを見はしない。

テキスト読みあげソフトに文字を打ちこむ。

「いいえ。トラヴィスはここには住んでいません。住んでいるのはぼくです」

彼は手帳に目を向ける。「ああ、そうですか、えーっと、アグリカルチャー・ドライブ七六四番地のトラヴィスさんから電話がありまして、情報があるとかで、うーんと、行方不明者の件で。あなたはトラヴィスさんとやらをご存じですか？」

彼に向けてうなずくけれど、彼はしばらくしてようやく、こっちが痙攣を起こしたのではなく〝はい〟と答えたのだと気づく。この警官はどこまでも若い。

「トラヴィスはぼくの友人です。椅子におかけになりますか？」

警官の視線が玄関前のリビングルームからキッチンへ、ベッドルーム、裏口のドアへとめぐって、最後にポーチへと移る。体重をふたたび左側へ移すと同時に、かすかにピーピーと鳴っている咳反射を助ける装置《コフ・アシスト・マシーン》にぶつかる。ピーピー鳴っているのは充電の最中だからだけど、彼にしてみれば爆弾が爆発しそうな音に聞こえるかもしれない。「ああ、失礼」彼は言い、単なる機械に謝ったことに気づいて、なにごとかぶつぶつつぶやく。そうかと思うと、口蓋を舌で弾いて音を立てる。最初のデートがうまくいかず落ち着きをなくした少年みたいに。

たぶん、この人はすぐに帰ってしまうだろう。

「えー、わたしが立ち寄ったことをトラヴィスさんに伝えてもらえますか？」彼は言い、ぼくは焦る。こっちが握っている情報を伝える時間は数秒しかないかもしれない。

「わかりました。でも、彼はどこかをぶらついていると思うんだすだす」

彼がこっちを見る。困惑し、怖がっている。残念ながら、オートコレクト機能はついていない。あれがないと打ち間違えずにタイプするのは難しい。

彼はドアのほうを向きながら言う。「わかりました。うーんと、そうだ、名刺を置いていきます。わたしは警察官のウィン・アンダーソンです。トラヴィスさんがここへ来たら、わたしに電話するよう伝えてくれますか?」

彼は身体の向きを変えてドアノブをつかみ、いまにもドアをあけようとしている。こっちには彼に伝えるべきことがたくさんある。なのに彼は出ていこうとしている。

「まあああああああっって」ぼくは力のかぎり大声を張りあげる。彼は振りかえり、驚き顔でこっちを見る。ぼくがいま言ったのはたった一語。でも彼には意味がわからない。わかっているのは、その一語が車椅子にすわった男から発せられているらしいということだけ。この警官にはたぶんあと七件くらい夕食のまえに精査しなきゃならない情報があって、そのなかのどれをとってもこの現状とは関係ない。〝この現状〟とはなんなのか知らないけど。

「ダニエル」iPadのスピーカーが声を張りあげもせず言う。

彼は悲しげな表情でこっちを見たあと、顔をしかめる。自分でも気づいたのか、しかめた顔をすぐさま笑顔に変える。おそらく同情心から。「時間を割いてくれてありがとう、ダニエル」そこでさっきキッチンのカウンターに置いた、アセンズ警察署のロゴが入った名刺を指さす。「トラヴィスがなにか、もっと具体的に、えっと、話したいことがあれば、わたしに電話するよう言ってください」

そこで間をおく。「それと、あの……お大事に」そう言って玄関ドアをあけて出ていく。以上、これが警官がうちに来たときの顚末で、もう家にはぼく以外に誰もいない。

15

水曜はスペクトラム・エアーにとってはいちばん暇な日。ともかく、昼のシフトでは。夜のシフトを担当する男性が気の毒でならない。カリフォルニアのどこかの刑務所にいるらしいその男性は、あとでひどい目に遭うだろう。ナッシュビルとシャーロットを結ぶ夜の便はたびたびキャンセルになるから。まあ、昼のシフトには関係ないんで、そろそろこっそりゲームでもやろうか。子どものころに参加した身体に障がいがある人用のキャンプで出会った知り合いは、みんなオンラインゲームが好きで、一日じゅうゾンビやモンスターや（どんどん増える）ナチを撃っていて、ぼくにも参加しろといつも誘ってくるんだけど、ぼくはそういうゲームは得意じゃない。指と腕がボタンの連打についていけるほど強くないから。だからぼくは昔ふうのニンテンドーなんかのゲームをよくプレイする。左右、左右、上下、上下、BAセレクトスタートの〈魂斗《コント》羅《ラ》〉タイプのやつ。PS4やXboxを起動させなくても、ブラウザから直接プレイすることもできる。もちろん、目の片隅に入る、ペニスのサイズを大きくする方法についてのフラッシュ広告を我慢しなくちゃならないけれど、ゲームにどっぷり集中していればマイク・タイソンをノックアウトできるし、大汗をかかずにプリンセスを救出できる。

でも今日はやらない。頭はアイ‐チンのことでいっぱいだから。彼女の失踪の件のレディットを繰りかえし更新していくと、新たな情報が次から次へとひっきりなしにあらわれる。彼女の家族がアメリカに到着した。どうやら彼らはとても金持ちのようだ。アイ‐チンと同じ授業をとっていたという女性の投稿によると、アイ‐チンはおとなしい人で一度も会話を交わしたことはなく、〝ああいう人がどういう人間か知ってるよね〟（〝〟内は投稿からの引用）とのこと。ほかの投稿者はアイ‐チンが行方不明になるまえの週に授業に来なくなったと言っているけれど、それに対する返信では彼女は一度も授業を欠席したことがないと言っていて、すぐあとにその返信は偽情報だと言っている返信があり、それから返信者をファシスト呼ばわりする投稿があり、そこまで読んでぼくはそのスレッドをチェックするのをやめた。

でも、べつのあるスレッドがぼくの目を引いた。

今夜〈レッドコート・バンド〉のリハーサルで徹夜の集会

ハイ、わたしはアイ‐チンの友人のメリッサ・レイです。わたしたちは校内のフィールドで徹夜の集会をおこないます。〈レッドコート・バンド〉のリハーサルを聴きに人びとが校内に集まってくるだろうから、彼女を知っている人がいないかたしかめるため、世界を広げるために人の輪をつくっていこうと思っています。みんなに参加してもらえるよう、これからプレスリリースをおこない、内容を《アセンズ・バナー - ヘラルド》とテレビ局に送ります。彼女をいっしょに捜してくれる協力者が必要です。彼女のご家族にも出席してもらえるよう、おふたりに連絡をとる段取りになっています。とにかく、五時半ごろに現地に集合し、ひと晩じゅう情報を集めてまわるつもりです。拡散をお願いします。

「この集まりに参加するの?」いつの間にかマージャニが来て背後にまわり、またしてもこっちの肩ごしにパソコンの画面を読んでいる。彼女にのぞかれるのはしょっちゅうで、こう頻繁だと、もはや偶然ではなく意図的にやっているとしか思えない。

マージャニがこっちの首の後ろを拭きながら言う。「ここのところ、夜にあなたがこういったサイトを見ていることにわたしはちゃんと気づいてた。あなた、外に出なくちゃ。太陽の光にあたらなくちゃ」

ぼくはうなずき、彼女がおそらく理解している〝言語〟に切り替える。

〝行方不明の女の子。徹夜の集会。校内のフィールドで〟

マージャニはすわっていた椅子から立ちあがり、布巾をたたみはじめる。「はい、はい、わかってますよ、トラヴィスからもう聞いているから。あなたたちふたりで、今日の午前中はさぞかし興奮してたんでしょうね」彼女はキッチンをせわしなく動きまわり、こっちには目を向けもしない。トラヴィスはランチがすむとなにごとかをやりに出かけていったけれど、じきに戻ってくるはずだ。これこそ水曜の夜のアクティビティ。トラヴィスは徹夜の集会の件をまだ知らない。

「男の子たちが趣味を持つのはとても大切だと思うわよ」マージャニは言い、そこでぼくは気づく。彼女はいまピクニック・バスケットにものを詰めこんでいる。ばかでかくて仰々しく、見ようによってはマンガっぽい、いかにも〝ピクニック・バスケット〟といった籐のピクニック・バスケットに。と思ったら、今度はぼくの車椅子の下にブランケットを二枚、そっと入れている。オーブンがピーピー鳴り、マージャニがディナー・ポリッジを取りだす。実際のところマカロニ・アンド・チーズなんだけど、トラヴィスが一度だけそれをディナー・ポリッジと呼んだことがあって、その名前がついた。マージャニが涎かけをかけてくれる。ぼくは食べさせてもらいながら、彼女の目をのぞきこむ。

〝今夜、ぼくらといっしょに行くの？　どうして食べ物とブランケットの用意をしてるのかな？〟

　マージャニの顔が赤らむけれど、どうしてかはわからない。

「そう、あなたとトラヴィスといっしょに行こうかと思って。これを逃したらたぶんもやもやすると思うから」そこで笑う。きっとフットボールがらみの行事だからだろう。フットボールに夢中になっているマージャニを見ているとこっちまで楽しくなる。バンドを見るだけできっと大興奮のはず。「あなたたちふたりがなにをしているのかも気になるし。あなた、いたずらっ子みたいな顔をしてるわよ」

　マージャニの言葉が合図だというみたいに、トラヴィスがすごい勢いで家のなかに入ってくる。「遅れてごめん」何時に来てくれとも言ってなかったのに、トラヴィスが謝る。そもそも、何時までに行かなきゃいけないとか、そういう縛りはない。たぶんいつもの習慣で言ってるんだろう。なんたって、なにをするにも、どこへ行くにも、いつでもトラヴィスが遅刻するっていうのが前提だから。例の徹夜の集会について知らせるためにパソコンをあごで示す。これでトラヴィスもアイ-チン失踪の件の関係者にはじめて会うチャンスが来たことを知るだろう。

トラヴィスは画面を見て、比喩じゃなくほんとうに跳びあがる。「やったね、相棒、絶対に行かなくちゃ。おまえが知っていることをみんなに伝えなきゃ」

〝警官が来た〟

なんだって？

〝ほんとに。警官がトラヴィスを捜してここに来た。ぼくがトラヴィスじゃないから警官は困惑してた。だから言っただろ、ぼくの名前を警官に伝えてくれって〟

警官はなんて言ってた？

〝ぼくにビビってた。アンダーソンっていう名前だった。キッチンテーブルに彼の名刺がある。あの警官、あんまり役に立たなさそう。でもとにかく、彼に電話して。べつの警官に話を聞いてもらったほうがいいと思う〟

まあ、あっちにも警官はいると思うよ。なんたって徹夜の集会なんだから！　徹夜の集会には警官がつきものだから。

〝徹夜の集会がなんなのか、きみは理解していないんじゃないのかな、トラヴィス〟

こっちの言葉に顔をしかめながら、トラヴィスはウィン・アンダーソン巡査の名刺をポケットに突っこむ。「さあ、調査開始だ」とトラヴィス。「ここ何年かでこのあたりで起きた、いちばんわくわくする出来事だからな」

「ご家族が困っているっていうのにそんなにわくわくするなんて、ほんと、わたしとしてもうれしいかぎりだわね」とマージャニは言うが口調は厳しくない。「さあ、わたしたちの場所を誰かにとられないうちに出かけましょう」

「自分を見てみなよ」とトラヴィス。「元気いっぱいのおてんば娘だ」

16

たとえば、子どもとどこかへ行くとする。目的地に着くまでのあいだ、ほぼずっと〝早くしなさい〟って子どもに小言を言わなきゃならないし、もうすぐ着くっていうときになると、子どもはいきなりずんずん前へ進んでいって、子犬みたいにあっちからこっちへ跳びはね、会う子みんなのお尻のにおいを嗅ぎ、目についたものにおしっこをかけてまわるって、きみ知ってた？　それがぼくらがどこかへ行くときのトラヴィス。彼は歩いているあいだずっと顔を伏せて携帯電話ばっか見て、ときどき赤ちゃんがズッコケる動画を見つけて口笛を吹いたり、くすくす笑ったりしていたかと思うと、マージャニとぼく以外の人――とくに女の人――

―を見かけたとたんに、声をかける間もなく、いなくなる。

昨晩は少し雨が降ったようで、校内のフィールドは湿って、場所によってはドロドロになっている。ぼくは勢いをつけるために車輪を余計に回転させなきゃならず、途中でマージャニの医療用スクラブに水たまりの水を飛び散らせてしまう。〝ごめん〟をあらわすためにうなずいた拍子に、スクラブの左脚の向こうずねあたりに血のあとがぽつぽつとついているのに気づく。今日うちに来るまえにマージャニはいったいなにをしていたんだろうか。彼女はたくさんの仕事をかかえていて、それにあわせて制服や帽子をたくさん持っているから、いつどれを着てなんの仕事をしているかを追うのは不可能だ。その血液はぼくのである可能性もある。二、三週間おきに、目覚めるとシーツかまくらに血のあとが点々とついていることがあるから。その血がどこから出たのか、なぜそこについているのか、さっぱり見当がつかない。以前は不安になっていたけれど、このごろは不安がるのをやめた。自分ではどうしようもないから。

マージャニは気に入ったらしき場所を見つけ、ブランケットを敷きはじめる。そのブランケットは二十年も昔に母さんがセントルイス・カージナルスの野球の試合でもらったやつで、どういうわけかぼくにくっついてアセンズまでやってきて、いまだにビールと煙草の灰とピーナッツのにおいをただよわせている。ぼくはこのブランケットが嫌いだけど、手もとに置いている。イリノイと母さんと背の高い大人たちを思いださせてくれるから。マージャニはトラヴィスに手を振る。トラヴィスはもうフィールドから離れていて、一度も会ったことがない人と、いっしょに育った者同士みたいに話をしている。一度うなずき、いま話しかけている女性に〝ちょっと待ってて〟といったしぐさをしてから、ぼくらのほうへ全速力で走ってくる。火災に巻きこまれているぼくとマージャニを助けなきゃ、とでもいうように。

「ヘイ、ヘイ、ヘイ、景気よくワインをあけようぜ」

ぼくには理解できない理由から、うちの母は訪ねてくるたびにキッチンにワインのボトルを並べていく。人生のなかでぼくは一度もワインを飲んだことがないし、マージャニの宗教に反しているのに（とはいえ、置いておけば、いつかは母さん自身のためになるのかもしれない）。ワインを飲むのはトラヴィスだけで、いつもやってきては、何本か手に取って家に持って帰るか、そのままいて、ぼくとだらだらしているあいだに飲む。ああ、そうか、だから母さんはいつもキッチンに並べておくのか。理由がいまわかった気がする。

「相棒、あれを見てみな」トラヴィスが言い、遠くのほうを指さす。見えるのは楽器を運んだり吹いたりしている〈レッドコート・バンド〉だけ。それにしても、チューバっていうのはほんとうに不思議な楽器だ。金属をひねりにひねって一台の楽器を完成させるわけだけど、求めている音を出すにはこういう形が必要だとわかるまで、いったい何通りの形をためしたんだろう。

ぼくはトラヴィスに向けて首を振る。「ちがう、ちがう、バンドのとなりを見てみろって」とトラヴィスが言い、ぼくは徹夜の集会がはじまっているのに気づく。

それにしても、ここは徹夜の集会を開くには最悪と言える場所かもしれない。まず、チューバの存在。大きな赤い帽子をかぶった大学生たちが金管楽器を吹き鳴らす一方で、芝生にすわった酔っぱらいたちがワインを飲み、子どもたちが金切り声をあげて走りまわるなかで、沈痛で厳かといった徹夜の集会の場にぴったりの雰囲気をかもすのは無理がある。いまや、やかましいマーチングバンドのすぐとなりで集会がおこなわれている。六歳児の誕生日パーティーの場でまじめな集会を開くようなものだ。

でも、彼らが注目を集めたいなら、状況的には満点と言える。〈ルーク＆ポーン〉の前にいた女性、ぼくが車椅子で轢きそうになって、そのあとアセンズの街を歩く人たちをビビらせながらも見つけられなかった女性が折りたたみ式のテーブルにつき、その上には押さえておかないと吹き飛ばされてしまいそうな紙の束が積まれている。彼女のとなりに置かれているのはアイーチンの巨大な写真。オンラインで何千回も目にしたのと同じ写真で、そこには電話番号も書かれている。彼女の失踪に関する情報を持っている人はそこに電話をしてほしいということなのだろう（トラヴィスがその番号に電話し、話し中を示す音を聞いて、こっちに向けて肩をすくめる姿が目に浮かぶ）。〈ルーク＆ポーン〉の女性といっしょにほかの三人がテーブルについていて、ふたりが中国人、ひとりがほかの人よりも年上っぽい白人女性で、ぱっと見た感じはいままでにぼくが会ったどの教授にも似ている（みんなきっと同じ店で眼鏡を買っているにちがいない）。みんなでチラシを配り、どうやら立ち寄る人たちに嘆願書みたいなものに署名してもらおうとしているらしい。

そのとなりにいるのが、アイーチンの両親らしき人。彼女の両親にちがいない。ふたりとも疲れきっているように見える。そりゃあそうだろう。ひと晩じゅう寝ずに飛行機で飛んできて、一度も訪れたことのない見知らぬ国に降り立ち、まわりの人間がわけのわからない言葉を話しているとしたら、こういう表情を浮かべるはずだ。ふたりともジョージア北東部の温かい十月の夜にしてはずいぶんたくさん服を着こんでいるし、夕暮れどきだというのにぶ厚いサングラスをかけている。そして、誰ともしゃべっていない。

彼らを見ているうちに気分が悪くなってくる。彼らが気の毒でならない。こんな事態になっているなんて気の毒にもほどがある。

「よーし、行くぞおおおお！」トラヴィスが言い、情報収集の場に向かっていき、ぼくについてこいと合図する。ぼくはマージャニを見る。マージャニは行ってきなさいとばかりに手を振る。

〝トラヴィスはどうするつもりだろう〟

あそこへ行かないんなら、ダニエル、あなた、どうしてここにいるの?

マージャニはつねに、口に出さずとも、心のうちで多くを理解している。

「彼はどこかおかしいの?」

今回にかぎり、誰かにこう訊かれて〝だよね〟と心から思う。いつもなら〝そんなことない〟と思うんだけど。どういうわけか、今回の悲しい出来事はトラヴィスの機能不全の共感シナプスに〝沈痛〟ではなく〝めちゃくちゃスリリング〟なものとしてインプットされたらしい。アイ－チンに関する情報収集の場にいる人に、誰彼かまわず質問しまくるつもりのようだ。

彼女ってどんな子だった? 最後に彼女に会ったのはいつ? 彼女は優秀な学生だった? ファイブ・ポインツにある大学院生用の集合住宅のあたりをぶらぶらしていたことはあった? 彼女は衝動的だった? 彼女はシャイだった? ハイになりたい、とか言ってなかった?

トラヴィスは両親には近づかないくらいの良識はあるようだけれど、その場にぞくぞくと集まってくる人をつかまえては、質問を浴びせまくっている。

ぼくの目の前にいる女性はほかの人たちほどトラヴィスに面食らっていないようで、彼はだいじょうぶかとぼくに訊いてきている。性格証人として出廷してくれと頼まれるのはもちろん、誰かに意見を求められるなんて非常に稀《まれ》なので、ぼくはすでに彼女を好きになっている。

それで、眉を上げ下げし、そうすることで〝ちょっと待ってて、テキスト読みあげソフトがあるから〟と言っているのが伝わりますようにと願う。〝ちょっといま、発作が起きてるんだ〟ではなく。彼女はこっちが伝えたいことを理解して、待っていてくれる。

「彼ならだいじょうぶ。人と話すのが好きなだけ」

彼女にはビビっている様子はない。スティーヴン・ホーキングふうな音声を使っていないことで、今回も得した気分。

「わあ、クールだね」と彼女。説明できるほどはっきりした理由はないけれど、そこでまた一段と彼女が好きになる。「わたしはジェニファー」いつもの習慣からか、彼女は手をさしだしたあと、すぐに引っこめる。ぼくはうなずく。意味は〝よくあることだから、気にしないで〟

「ダニエル」

「ほんと、恐ろしいよね」とジェニファー。自分のサイズより三サイズくらい大きなぶかぶかのTシャツを着て、髪をポニーテールにしているから、明らかに大学生。大学生と新人ママさんと身体に障がいがある人だけが、イベントで何百人も集まる場所にパッとつかんだものを着ていく。ぼくはうなずく。

彼女は視線を上から下に移動させてぼくを見る。

「あなた、SMA？」とジェニファー。記憶にあるかぎり、この質問をあけすけにぶつけられたのはこれがはじめてだ。たしかに、ぼくらが引っぱりだされたチャリティー・イベントや、資金集めの五キロ・ランニング大会みたいなところでは同じ質問をされた。そういう場では誰もが自分たちがいかに恵まれているかという思いに後ろめたさを覚え、見たこともないような大きな金額の小切手を切る。そうそう、そんなふうだった。でも誰ひとり彼女みたいにいともあっさりと訊いてきた人はいなかった。

こういった胸のうちのつぶやきがぜんぶ顔に出てし

まったにちがいない。だって、彼女はぴょんぴょんと小さく跳ねているから。野球場の大型ビジョンに映しだされる、〝どの帽子の下にボールが隠されているか〟ゲームの当てっこをしてるみたいに。「まえからSMAを知ってるの！　わたしが参加してた〈ヤング・ライフ〉のグループにSMAの子が何人かいて、いっしょに活動してたから。この病気って、いろいろとイラつくんだよね？」そこでほんの少しだけ顔をしかめる。「ところで、あなたの車椅子、すごいね」

自分がなにをしているのかあんまり自覚がないまま、ちょっとした得意技をご披露とばかりに、ぼくは車椅子を三百六十度、回転させ、ふたたび彼女と向きあったときに大げさにお辞儀をしてみせる。彼女は満面の笑みで歓声をあげる。ぼくも声を出す。彼女が立てた声とはぜんぜんちがうけれど、相手の歓声に応えるつもりで。彼女にもそれがわかり、こうしてぼくらはスムーズに気持ちを伝えあう。互いにちがうふうに喜びの声をあげるけれど、同じ気持ちで喜びの声をあげている。

そこにトラヴィスがぼくらの〝大騒ぎ〟を目にして飛んでくる。トラヴィスは重力の作用で大騒ぎに引っぱられるから。「おふたりさん、ずいぶんと楽しそうですなあ」トラヴィスは言い、わざとまじめな顔をする。「この深刻な状況下でばか騒ぎはいかんな」

それでなにかのスイッチが入ったのか、ジェニファーは背筋をのばしてトラヴィスと向きあう。そして彼を見つめる。怒っているみたいに――トラヴィスに対して、誰かに対して。それから顔を曇らせ、わっと泣きだす。この場に到着してからはじめて、トラヴィスはまわりで起きていることの重大性を理解したらしく、片手でジェニファーを抱くと、ジェニファーはトラヴィスの肩に顔を押しあてて泣きつづける。このふたりは初対面。はじめて会う女性をトラヴィスはまるまる一分間、抱きしめる。

しばらくして、ジェニファーは大学院生用の集合住宅でアイ-チンと同じ階に住んでいることが判明する。ジェニファーはアイ-チンをあまりよく知らなかったそうだが、そもそも誰もアイ-チンをよく知らなかったにちがいない。ふたりは午前中の同じ時間に授業があったので、今学期の最初の数日はいっしょに大学まで歩いていったけれど、そのうちにジェニファーは遅い時間の授業にも出るようになり、それで大学までは車で通うようになった。ジェニファーの話では、アイ-チンはかなり英語で苦労していたが、懸命に努力して、少しずつわかるようになっていたそうだ。ファイブ・ポインツのいくつかある広い通りを混同していて、何度大学へ歩いていっても、いつもどこかで道を間違えていたらしい。通学の途中では中英の学習テープを聴いていた。本人によると、新しい街をもっとよく知りたいし、〝わたしが中国語で犬が死にそうだと呼びかけても、ここの人は誰も耳を傾けてくれそうにないから〟とのこと（ジェニファーはそこで小さく笑い、鼻ちょうちんまで飛びだし、それが弾けてぼくの足もとに落ちた）。アイ-チンについてジェニファーが知っていたのは、アメリカでの暮らしを不安がっていたこと、両親をよろこばせたいと思っていたこと、両親は娘を異国へ送りだすことに消極的だったけれど、娘はしっかりやってくれると信じていたこと、それとアイ-チンは動物を深く愛していたこと、だけだった。

アイ-チンが行方不明になるまえは、ジェニファーはそれほど彼女のことを考えていなかった。「もっとやさしくしてあげればよかった」とジェニファーは言う。ぼくとしては、彼女は人として充分にやさしく見える。それでも、彼女の言うとおりなのだろう。

「誰かに彼女を見つけてもらいたい」とジェニファー。「彼女からもう一度チャンスをもらいたい」

トラヴィスがふたたび彼女の肩を抱く。「ぼくらは……少しだけこの件について自分たちで調べているんだ」とトラヴィスが言う。ジェニファーがこっちを見るから、ぼくはグルーチョする。つまり眉を吊りあげる。彼女は笑みを浮かべたあと、トラヴィスとともにぼくの耳が届かないところへ歩いていく。情報を共有しあう輪みたいなもののなかに、いまトラヴィスが話をしている感じのいい女性が加わった。結局のところ、加わるべき人が輪に加わったということだろう。

アイ－チンの両親を見やる。ふたりは大勢の人たちに囲まれている。すでに驚くほど多くの人たちが集まっている。でもぼくらがここに到着してから、アイ－チンの両親は一ミリも動いていない。ふたりは立ちつくし、地面に視線を向けている。そこに娘がいるんじゃないかと思っているみたいに。その場所がほかのどこにもまして重要なんだとでも言いたげに。

自分でもぶしつけに思えるほど長くふたりを見やる。マージャニが背後にやってくる。「ほんとうに、心から気の毒に思う」

アイ－チンのお母さんが顔をあげて目もとを拭き、夫のジャケットの肩からなにかを払い落とす。ハンカチを取りだして夫に手渡す。夫は顔をあげずに鼻をかむ。ハンカチを妻に返す。アイ－チンのお母さんはハンカチをポケットに戻して左側を向く。

まだ彼女を見つめているぼくと目があう。彼女は小さな笑みを浮かべ、右手をあげる。〝こんにちは〟の挨拶。それから右手をさげ、ふたたび地面に視線を戻す。彼女の〝こんにちは〟は、娘さんがぼくに〝こんにちは〟と右手をあげたときのしぐさとそっくりだった。

17

帰宅。アイ‐チンの両親を見たあと、雨が降りはじめた。青天が一転して暴風雨になるというジョージアではおなじみの天気で、十分間どしゃぶりの雨が降り、降りはじめたときと同様にいきなりやんだ。情報収集大会は散り散りになった。これからの何日か、チューバからは水がぽたぽたともれるだろう。

車で家に帰る途中、トラヴィスはアンダーソン巡査に電話をしたが留守番電話につながり、マージャニは巡査の名刺をかばんにしまって、明日の朝に電話してみると言った。

ぼくはアイ‐チンの両親のことを考えずにはいられない。こちらがふたりを見た直後に、彼らは立ち去った。表情は疲れきっていて、いったいここで自分たちはなにをしているのか、これはいったいなんなのか、といった具合にとまどっているようだった。そんなふたりに、ぼくはなにを言えただろうか。

あてもなくレディットの投稿に次々と目をやり、心をさまよわせる。

あれはWIZoメーターが外はすばらしい天気だと告げた直後だった。彼女は歩道を歩いていた。もしかしたらバス停へ向かっていたのかもしれない。彼女がヘッドホンをつけていないのをずっとおかしいと思っていた。誰もがみんな、いつでもヘッドホンをつけているのに。

ただひとつ注目に値するのは、まわりに人がいなかった点だ。いつもなら、通りに彼女がひとりだけ、ということはない。

それに、彼女はぼくに手を振った。

マージャニはぼくをベッドに寝かせるまえに掃除を

しはじめ、ぼくは眠くて、疲れていて、これほど疲れきっているときに無理をしちゃいけないんだけど、とにかくメールを開く。ぼくを待っていたのは以下のメッセージ。

From: Southview Drive <wellbegyourpardon@hotmail.com>
To: flagpolesitta1993@yahoo.com
Subject: こんにちは

　さて、さて、さて、さて、これはいったいなんだ？　なんと言うか、こんなささやかなクソみたいな投稿に出くわすとは、ちょっとした驚きだったよ。

>>>ファイブ・ポインツ在住の者です。もしかしたら勘違いかもしれないけれど、たぶんたしかに、ぼくはアイ - チンがうちの近所を歩いて通るのを毎日見ていました。彼女が行方不明になった日にも見たと思います。あれは彼女だったと思います。確信はないけど。でも彼女は近くに住んでいて、どうやらあの朝、授業があったらしいことはわかっていて、ぼくは彼女を見たと思います。彼女がうす茶色のカマロに乗りこむのを見たと思います。どなたか、これでぴんとくる人はいませんか？

　これはたしかに驚くべき投稿だった。あそこでは誰の姿も見なかったから。まあ、せっかくだから教えてやろう。こっちはこんなふうだった。あの通りを二十分間、流していたが、人っ子ひとり出くわす者はなく、そうこうしているうちに彼女が歩いてきた。どうしてきみに気づかなかったのか、自分ではまったく見当もつかない。きみはわたしの車を見たってことだよな。なのにこっちはどうしてきみの車を見ていない？
　さて。きみはズルいやつらしい。明らかにきみはあそこにいた。きみはわたしの車を知っている。でたらめな仮説ばかりが目立つレディットのなかで、きみの情報はかなり正確だ。どうしてわたしはきみを見ていないんだ？　友よ、きみはどこに隠れていたんだい？

いくら自問しても答えは出てこない。だが、わたしはかならず答えを見つける。だって、ほら、われわれは互いを知ろうとしているんだから。

だから、挨拶しておく。インターネットってやつは、正しい人へつながる道をかならず見つけてくれるもんだな。ネットっていうのはほんとうにすばらしい。さて、わたしたちはじきに親しくなれる。そちらもどうかそのつもりでいてくれ。

よろしく。

きみのレディットのファンより

「さあ、もう寝る時間よ」とマージャニが言う。

木曜日

18

喧嘩をしたこともないのに、どうやったら自分の実力を知ることができる?

トラヴィスは高校生のとき〈ファイト・クラブ〉（アメリカ映画。原作はチャック・パラニュークの同名小説）に危険なほどハマっていた。まあ、高校生がそうなってもおかしくはない。あの映画は有害な男らしさを風刺したもので、心が破壊されてバラバラになっていく悪夢のような物語だが、ティーンエイジャーはそもそも風刺がなんであるかすらよくわかっていないし、あの映画のように夢中になって見入ってしまうエンターテインメントに仕上がっていたら、なおさらわからない。トラヴィスは〈ファイト・クラブ〉を観て、誰かの顔を殴りたくなり、誰かに顔を殴られたくなり、世界全体に火をつけてまわりたくなった。きみが〈ファイト・クラブ〉を観てトラヴィスと同じ欲求を持ちながら、実際にそんなことはしちゃいけないんじゃないかと不安になったとき、たぶんほかの誰かに〈ファイト・クラブ〉を観させて、その人が自分と同じように感じているかをたしかめ、自分はひとりじゃない、自分の頭はおかしくないと確認しようとするだろう。

トラヴィスもさっそくそこに思い至った。ただし不思議なのは、彼が〈ファイト・クラブ〉を観させたのは、身体的な問題があって誰かを殴ったりできず、ブラッド・ピットかエドワード・ノートンのパンチを顔に食らったら（もしくはミート・ローフかヘレナ・ボナム＝カーターかジャレッド・レトのパンチだけれど、どうしてもと言われれば、ジャレッド・レトのパンチなら受けられると思う)、肺をやられて一時間以内に死ぬのが確実と思われる人物だという点。パンチを食らったあとも死なずに生きられると確信できれば、殴られることに酔うのはもっとずっと簡単だろう。

当時のぼくはまだ少しだけ腕を持ちあげることができ、〈ファイト・クラブ〉の殴り合いのシーンでは、トラヴィスに向かってうなり、〝かかってこい〟みたいなしぐさをした。「いいいいくぞおおおお」とぼくは言い、曲がった右手を丸めて拳にした。

「その意気だ、相棒!」とトラヴィスは言った。「ガンガン行け! やっちまえ!」

あらんかぎりの力をこめてトラヴィスの顔をめがけて腕を押しだしたところ、情けないペシャッという音とともに拳が頬にあたり、その音はマンガの〈バットマン〉でよく見かける〝バシッ〟には程遠く、生の豚肉がカウンターに落ちたときの音に似ていた。トラヴィスは気を遣ってくれて、トラックの荷台から吹っ飛ばされたとでもいうように、後ろ向きに倒れた。ぼくは自嘲気味に笑ったあと、トラヴィスにまじめな顔を向けた。

〝お願い、ぼくを殴らないで〟

トラヴィスはくっくと笑い、ぼくのあごを殴るふりをした。

でも、ぼくはわかってる。テストステロンが減少しているかもしれないけれど、ぼくはまだ男で、さらに時を遡ると、かつては頭が混乱した、感情を制御できないティーンエイジの少年だった。だからあの映画を観ていて、とにかくなんでもかんでもぶち壊したくなった。言ってみれば、少年でも、大人の男でも、みんながみんな、じつのところそういった衝動をうちにかかえている。どんなに落ち着いているふうに見えても、どれほど冷静さを保っていても、ぼくらの心のなかには世界が燃えているのを見てみたい、といった根源的ななにかが存在する。実際に燃やしたいとか、そういうんじゃないし、年をとるにつれてなにかを壊したいという衝動はうすれるし、わけもわからずにためこんだ怒りを忘れようとするものだ。だから五十五歳のテロリストはいない。少なくともFOXニュースをみんなが見るようになるまではいなかった。ものをぶち壊すのは若者のすることだ。車椅子にくくりつけられていようといまいと、ぼくは若かった。いまでも若い。だから血が煮えたぎることだってある。

ほかの人たちみたいに怒りで髪が逆立つこともある。

この病気のせいで被《こうむ》る不利益のうち、いちばんイライラさせられるのは、〝きみはえらいね〟と誰からも思われること。病気にかかったら自動的にまわりの人たちは親身になってくれる。当人はそれをうれしがっていると思われがちだけれど、じつのところぜんぜんうれしくない。

行動全般のなかで、ほかの子どもたちはできるのに自分には絶対にできないことがあるという事実を、ぼくは幼いころに学んだ。でも、できることとできないことがあるって、どんな人にも言えるんじゃないかな。ぼくはまだ生きていて、自分なりの考えがあるし、不安をかかえているし、妄想にとりつかれもするし、もちろん怒りに駆られもする。なにかを感じるという点ではきみとなんら変わりはない。まあ、きみがどう感じているかなんてぼくにはわからないけど。ぼくはぼく。ふつうの人と同じだと思ってる。だってこれがぼくにとってのふつうだから。

でも顔をあわせているときにきみが見せる態度によっては、自分はふつうの人とはちがうと感じざるをえなくなる。たとえば、〝かわいそうに〟という雰囲気をただよわせてきみがこっちを見たり、自分が苦労してなにかに取り組んでいるってことをぼくに誇示したりするとき。それと、自分が健康でいることに感謝するべきなんだから、昇進できないくらいでイラついたり動揺しちゃいけないときみが思っているとき。きみらはかわいそうがる対象としてぼくを見る。ぼくを見て、〝この人みたいじゃなくて、ああよかった〟と考える。誰かがこっちをそういうふうに見ないかぎり、ぼくは……平気だった。そう、ぼくはまったく平気だった。いま、なにかが間違っている気がする。

だから、ぼくは腹を立てている。だから、闘いたい気分になっている。

こういう瞬間の衝動は、いわゆる闘争・逃走反応。危害を加えてきそうな相手を前にして、闘うか、とっとと逃げるか。

どういうわけか、この件に関する自分の考えを知ってほっとしている。ぼくは闘いたい。

〝わたしたちはじきに親しくなれる。そちらもどうかそのつもりでいてくれ〟

そのつもりでいてくれだと？　どういうことになるか、そのうちにわかるだろう。

19

クソ野郎がメールしてきた。なんの前触れもなく。レディットの投稿を削除するのが遅すぎたようだ。

ぼくのメールアドレスはレディットのプロフィールにリンクさせてあるが、そこからはこっちの名前はたどれない（さいわいなことに）。インターネットは世界を広げるためのもののはず。ところが、結局は世界は狭いと実感させられる。

マージャニに身体を拭いてもらったあと、パソコンのところまで運んでもらう。驚かせるといけないから、メールの件はマージャニにはまだ言えない。朝食の用意をしてもらっている最中に、もう一度、例のメールを読んだ。最初に気づいた点は？　彼は間違いなく孤独。自分のことをどう思っているか、本音で話してくれる人があまりいない人物。多くの時間をひとりで過ごす誰か。つい、親近感を覚えてしまう。

彼はぼくに気づいていなかった。もちろん気づかないだろう。ぼくはポーチという背景のなかに溶けこんでいたし、たとえばきみが警戒しているのがふつうの体格をした人物だとしたら、車椅子を利用し、ちょっと外の空気を吸ったあと、怒れる旅行者たちにどなれるためになかに戻る〝引きこもり〟は警戒の網には引っかからないだろう。そもそも彼には誰かに見られているという意識はなかったにちがいない。朝の通りをふだんどおりに車を走らせる、ごくふつうのドライバーと見かけはまったく同じだっただろうから。たぶんなにかを言ったのだろう――いったいどんなことを？　彼女に車に乗ってもいいと思わせるなにかを。彼女は彼を知っていた？　ほかの誰かと間違えた？　ついいろいろと推測してしまう。重要なのは、彼女が車に乗ったということ。そう、乗ったのだ。そして彼は走り去った。それだけの話。誰も彼を見ていない。

ぼく以外は。ぼくは彼を見た。彼女を見た。いまはわかっている。話をつくってなんかいない。想像上の話でもない。スラッシャーズの帽子と先っぽが光るブーツをたしかに見た。あれは実際に起きたことだった。

自分が大いなる安堵感を味わっていないと言ったら嘘になる。

そしていま、彼は知っている。ぼくが彼を見たことを。こっちが誰かは知らない、と思う。どこで見ていたかも知らないだろう。こっちがなにをやったかも、この情報をもとにこれからなにをするつもりなのかも。彼にわかっているのは、逃げきったと思っていたのに、いまは確信がないってことだけ。彼は驚いている。腹を立てている。しかしなによりも、彼は怯えている。

彼は恐れている。そしてもうひとつ。今回の件に関しては、彼はもう孤独じゃない。

孤独ではないと感じるのがうれしいときもある。

さて、ぼくはなんて返信しよう。

ちょっと待った。返信するのか？　一度も会ったことがないのにすぐさま脅しをかけてくる男になんて言えばいい？　地域航空会社のソーシャルメディア対応係として、ぼくはすぐさまこの特別な問題に対する回答を返信すべきかもしれない。なんといっても、地球上に住む九十九・九パーセントの人間より脅された経験が多くあるのだから。

メールをまるごと無視する案に賛成する根拠は盤石だ。返信すれば、目撃証拠——つまり、うす茶色のカマロを見たという事実——があると本人に確信させるだけでなく、目撃者とのつながりも確固たるものにさせることになる。目撃者とは……ぼくだけど。返信しなければ、あっちが知っているのはメールアドレスがひとつと、消去されたレディットの投稿だけ。返信すればそのぶん、彼をこっちに近づけることになる。もちろん、目撃談を投稿したのはアイダホに住むティーンエイジャーで、ネットで失踪の記事を読み、悪ノリしてレディットに投稿し、みんなをからかってやることにした、と彼が解釈する可能性も捨てきれない（レディットの投稿者の少なくとも半分は、人をからかってやろうとするアイダホ在住のティーンエイジャー、というのがぼくの仮説）。もし返信したら、そこからゲームがはじまり、ぼくにはそのゲームを闘うのに必要なスキルはないかもしれない。

返信せずにいたら、こっちがビビって逃げたと彼は思うだろう。理にかなった推測だ。もしくは、ぼくのことをうそばっかりついているクソガキと思うか。そして彼はこれまでにやってきたことをそのまま継続できる。つまり、逃げきれると再度、確信する。彼になにかしらの返事を送れば、事件を目撃していた者がいることを確実にする。そうなれば、目撃者が何者なのかを突きとめたいというあちらの欲求を増大させることになるだろう。けれども同時に、彼の心臓をバクバクさせることにもなる。

ぼくは彼の心臓をバクバクさせてやりたい。

彼はぼくからなんらかの情報を得ようとして、こっちの反応を引きだそうとしている。何者かが自分を見たのを知っているのだから、相当の不安を抱いているのは間違いなく、こっちにも不安を抱かせたくてしかたないのだろう。ぼくをビビらせたりビクビクさせたがっている。相手をもっともっと困らせるために、なんとしてもこっちに返信させたがっているはずだ。

彼に返信するのはいかにもまずい。あっちの思うツボになる。自分を危険にさらすことになる。彼をつかまえるのがさらに難しくなるかもしれない。とんでもない考えで、期待する結果も得られないだろう。

でも、いまだに彼は彼女の自由を奪っている。

まずはこのメールをトラヴィスに転送する。トラヴィスはあと数時間はここには来ないだろうが、どうしてもすぐにこれを見てもらいたい。証拠のメールがあれば、ぼくの思いこみではなかったと納得してもらえるだろう。転送する際に、こう付け足す。

びっくりだろ、この危険人物からのメールを見てくれ。まだあの警官の名刺を持っているかい？　これを彼に送ってくれ。ほんとに、びっくりだよ。

次のメールに移り、空白の画面を見つめる。三十分が過ぎる。もう三十分。マージャニが朝食の用意をしにくるまえに文面を完成させなきゃならない。彼女はぼくの身を案じて、返信させないようにするだろうから。じっとしたまま、ぼくは空白のメールの先頭で点滅するカーソルを見つめる。

見知らぬあなたへ――

メールをもらえてうれしいです。自分の想像にすぎないと思っていたから。アイ-チンと、あなたのイカれた車のことですけど。あなたがあらわれるまで、ぼくの生活はどっちかというと退屈でからっぽで無意味でした。あなたのおかげでふたたび鼓動を感じられるようになりました。あなたがやるべきことを与えてくれたからです。目的を与えてくれた。ありがとう。

こんなのは送れない。反社会的人間の同志にめぐりあったと相手が思ってしまいそうだ。（もう、思ってる？）

消去消去消去。

きみなら自分を殺すかもしれない人間になんて言う？　この男は殺人に手を染めてもおかしくない人物だよね？

見知らぬあなたへ――

あなたがなにを言っているのかわかりません。あなたはぼくを怖がらせている。厄介ごとはごめんです。ぼくはなにも見ていない。ちょっと冗談を飛ばしただけ。ぼくはアイダホ在住の単なる子どもです。アイダホに来たことはありますか？　ここには、えっと、たしか、じゃがいもがあります。言いたいのは、ぼくが話をぜんぶでっちあげたってこと。どうぞふだんどおりに過ごしてください。これはなかったことにしましょう。

消去消去消去。

知らない人間に対して、きみならなんて言う？

見知らぬあんたへ――

あんたは最低のクソ頭だ。

消去消去消去。

ぼくは深くため息をつき、そのせいで呼吸が荒くなりはじめ、数分のあいだメール送信どころではなくなる。最悪の事態を避けられたあと、点滅するカーソルにふたたび目を向ける。

こうなったら〈ファイト・クラブ〉だ。


見知らぬおまえへ――

おまえがしたことをおれは見た。そっちがメールを送ってくるまで確信はなかったけど、いまは確信している。おれはおまえを見た。彼女はおまえの車に乗りこんだ。彼女はどこにいる？　まだ生きてる？　おれか警察に真実を話せば、たぶん警察はおまえを死刑にはしないだろう。

おまえはメールを送るという間違いを犯した。かならず尻尾をつかまえてやる。後ろには気をつけるんだな、このクソ野郎。おれがおまえを終わらせてやる。


気分はよかった。航空会社をどなりつけているみたいだった。

でもどういうわけか、ぼくはトッドを思いだしている。対戦相手とどう向きあえばいいかを知っている男を。〝いいやつのままでいるんだぞ、若いの。先のことなんか誰にもわからない〟

この男には話す相手がいない。彼は気づいてもらおうと手をのばしてきている。ぼくには理解できる。たぶん彼女を助けるためには、彼も助けなければならないんだろう。


見知らぬきみへ――

ほんとうだ。間違いない。ぼくはきみを見た。

ぼくは力になりたい。話をするのは大歓迎だ。彼女は無事かい？　彼女が無事なら、まだ間にあう。

ぼくはここにいる。きみを見た。ぼくは知っている。だから彼女を解放して。それか、きみの名前を教えて。

ふたつをいっぺんにやってもいいよ。

ドアがあく。朝食はもうすぐだ。トラヴィスはあと数時間は目覚めないだろう。

マウスポインターが〝送信〟の上をうろうろする。

クリック。

ビュン。行ってしまった。さあ、来い。

20

マージャニが一歩一歩踏みしめるように近づいてくる。なにか言いたいことがあるみたいに。

あるらしい。「これ、見た？　今日なの。というか、今晩」

マージャニがパンフレットを手渡してくる。またべつのイベントがあるようだ。アイ‐チンが行方不明になった件を周知させるための集会が。でもこれは、走り書きされて〈ルーク＆ボーン〉の壁にテープで貼られた即席のチラシとはちがう。公式なやつだ。大学のレターヘッドが入っていて、ラミネート加工されたパンフレット。これは……規模がより大きい。これは本気。

アイ・チン・リャオを捜す会

ジョージア大学中国系アメリカ人会主催

今晩午後六時、アイ・チン・リャオ捜索のために夜を徹した集会を開きますので、チャペル・ベルにお集まりください。アイ・チンは大学院生であり、今週行方がわからなくなりました。この女性を見た方はいらっしゃいますか？

出席者は合衆国上院議員のデイヴィッド・パーデュー、ジョージア大総長のジェレ・モアヘッド、フットボールチームのヘッドコーチ、カービー・スマート、並びにキッカーとしてオールアメリカンに選出されたトーマス・ジョンギン・クラッグスです。ジョージア大学では全学をあげて一致団結します。**われわれはかならずアイ・チンを見つけます。**

マージャニがぼくを見る。「この女の子、街じゅうで見かける」

カービー・スマートが出席すると知ったいま、必要とあらばマージャニはぼくを自分の車まで引きずっていくだろう。静かで穏やかな人だけれど、ひとたび誰かがテレビをつけ、たまたまスポーツの試合をやっていて、そのなかで無報酬の大学生たちが互いに自分たちの脳みそをプリンに変えあっていようもんなら、とたんに野蛮人に早変わりして、コロッセオで血を求めて叫ぶ観客のひとりになる。中年の温厚なパキスタン人女性が、いつのころからフェイスペイントをした狂信的なジョージア・ブルドッグスのファンになり、テレビに向かって「スパリアー（元カレッジフットボールの伝説的なコーチで、引退後はスポーツ番組に頻繁に出演している）、この悪魔め。おまえの顔に唾を吐きかけてやる！」と叫びだすようになったのかは定かではないが、この事実は、注意を怠ると人はアセンズという街から多大な影響を受けてしまうという決定的な証拠となる。
キャンセル待ちとはどういうものかを理解していないらしい@sabanmaga27さんとのやりとり――ハイライト：〝死ね、おまえの屍《しかばね》を蹴りつけてやる〟――が終了したあと、トラヴィスからのメールを受信する。

マジかよ、相棒。なんなんだ、これは？　な・ん・な・ん・だ。ひとまずおまわりに転送しておいたが、あいつらがメールをチェックするとは思えない。もしかして、するかも？　とにかく、いったいどうなってんだ。

集会とやらで今夜会おう。昨日の晩に会ったジェニファーを覚えてるか？　おれら、いっしょに街をぶらついた！　彼女も来るってさ。とにかく、現地で会おう。

いったいどうなってんだ。

習慣から、すぐにレディットのジョージア大学《UGA》のページを開き、アイ-チン関連の投稿をチェックする。いままでこのページはふざけた犯罪者予備軍がぽつぽつと投稿する閑散とした場だったのに、ここ二十四時間でちまちました陰謀論の投稿先に変わってしまい、それらはすべてトラヴィスの〝アイ-チン、マリファナでハイになる〟説よりもずっと突飛なものばかり。たとえば、アイ-チンは大学がいやでしかたないのに、両親をがっかりさせたくなくて思わず姿を消した、とかいうやつ。行き先は、同じジョージア州内のワトキンズビルにある、性の奴隷たちが集まる秘密のクラブ。または、彼女は獣医学部が実験用ラットを使っておこなっていた実験の存在を知り、公表しようとしたせいで口封じのために殺された、とか。この事件はどういうわけかヒラリー・クリントンと結びつけられている。そんなのよりもずっと好評を博している仮説は以下のとおり。アイ－チンは中国から亡命しようとしており、中国政府は面目を失わないようにするために彼女を消すことにした、うんぬん。思うに、語るべき物語がない場合、人びとは好き放題に話をでっちあげるみたいだ。

メールの画面に戻って、送信したやつにもう一度目を通す。われながら正気の沙汰とは思えない。それでも……自分なりに理解していることがある。みんなはぼくについていつもどう思っているんだろう。きみだってなにかを思うだろう？　なにも思わない人なんている？

後ろからハッと息を呑む音が聞こえてくる。

「ダニエル！　これはなに？」こっちがパソコンに向かっているときに背後からのぞきこむのは無作法もいいところだ、と、もう何度もマージャニに言っているのに……ヤベっ、見つかっちゃったね。

当然のごとく、マージャニは警察に電話をかけると決めた。ぼくはトラヴィスに送信済みのわずかばかりの情報をマージャニにも送るけれど、彼女はそれをほとんど読もうともせずに、メールについての不安を繰りかえし口にする。

マージャニは、警察に電話するべきだと最初に提案したのはわたしですから、とほのめかす態度をとり、この二日のあいだにトラヴィスとぼくが電話をしようとしては失敗した件も、つい昨日、この家に警官が来た件も、なかったことにしているふしがある。でも、マージャニがことあるごとに警察に通報したがるのには致し方ない面もある。彼女は移民一世として警察を信頼していて、自分が生まれた国とはちがって、アメリカでは警察はつねに公平で偏りがなく、厳格な警察官が混乱を落ち着かせ、騒動が起きてもきちんとおさめてくれるものだと信じている。ぼくはあえて真実を告げないようにしている。

今回はマージャニが考えているとおり、警察を頼ったほうがいいと思う。でもぼくだってただ単にすわっているだけのまぬけじゃない。ぼくは目撃者。いまや街をあげてみんながアイ－チンを捜している。彼女の友人たちは通りで涙にくれている。ぼくはというと、〈11Alive〉のキャスターがうちのすぐ前で起きた出来事を語り、そのあとすぐに気象予報士のチェスリー・マクニールに画面が切り替わり、彼が今日のWIZoメーターの数値は10のようです、みなさん、外は絶好のフットボール日和ですよ、としゃべるのを見て、ふいに自分がどこにいるのかわからなくなった。

レーザーポインターであちこちを指している人をぼーっと見ている場合じゃない。

マージャニはシーツを引きはがし、まくらについた、いままで見たこともないし、原因もわからないゾッとするようなシミを拭く一方で、車椅子のストラップをとめる。

いますぐ警察に電話をする。名刺を置いていった警官に電話するわね。

〝うん、うまく連絡がつくといいけど。彼になんて言うつもり？〟

あなたがなにかを見たって警察に伝えなきゃ。あなたが男を見たって。それと女の子も。それとこの脅しについても。

〝ぼくがやろうとしていたのもそれだよ〟

マージャニが電話のダイヤルをまわす。ぼくは壁に掛かっているうちの電話を誇らしく思い、エプロンをつけた女性が受話器を取って、黒いスーツを着てフェドーラ帽をかぶった男性に手渡す場面を夢想している。思い浮かべるだけで、自分が五〇年代の連続ホームコメディの世界に住んでいるような気がしてくる。びっくりなのは、うちに来る人はみんな、この電話は使いものにならず、飾りとして壁に掛けてあるだけと思いこんでいるってこと。

　アンダーソン巡査に電話をかけている途中で、マージャニは顔をしかめ〝留守番電話〟と声を出さずに口だけ動かす。そして自分の名前と電話番号を告げる。次に大学内警察に電話をかける。

「もしもし、えっと、マージャニと申します……はい、はい、そうです、まえにお電話した者です……はあ……それで、はい、お忙しいのは存じておりますが、今日電話したのはですね……いいえ、ちがいます、それはわかっています、わたしが言いたいのは……いいえ、えっとですね、お手間をとらせるつもりはなくて、ただ協力できればと……はい、すみません、わたし――ちょっと！」

　どうやら電話に出たのは、フラタニティのパーティーが遅くまでつづいているとか、通りの向こうの裏庭で迷い猫がニャーニャー鳴いているとかの件でマージャニが電話をするときに応答する人物らしく、今日その人はマージャニの話を聞く忍耐力を持ちあわせていなかったとみえる。有名大学のキャンパスで中国国籍の人物が行方不明になった件を全国ニュースが取りあげたばかりの翌日なのだから。それにまえから決まっていたこととはいえ、大学では週末にとても重要なフットボールのホームゲームを主催する予定で、現地ではカーク（カーク・ハーブストライト。元フットボールプレイヤーでキャスター）とコルソ（リー・コルソ。元フットボールのコーチ、フットボール放送局のアナリスト）にどちらが勝つか訊いてみよう、というノリなのだから。マージャニは叩きつけるように受話器を戻し、ウルドゥー語（パキスタンの国語、及びインドの主要言語のひとつ）でなにやらつぶやく。おそらくパキスタンのテレビ放送では禁じられているフレーズを。

　それからもう一度ダイヤルし、切り、ダイヤルし、切り、ダイヤルする。話し中。話し中。何度も何度も、耳のなかでガチョウが鳴いているような音が繰りかえされているのだろう。マージャニは少しのあいだイラつきながら椅子に腰かけ、それから額を拭いて、シャツのしわをのばす。

「もう行かなくちゃ。この件はあとでかならずやるからね、ダニエル」とマージャニ。「警察署までわたしの車で行って、そこで降ろしてほしいっていうならべつだけど」

いいや、それはけっこう。

〃いや、それはけっこう〃

「わかった」マージャニはそう言って、わざとらしく咳払いする。「今夜もう一度、電話してみましょう。そのときまでに警察がその男を逮捕していなければ。それでいい？」

〃いい〃

マージャニはもう一度ぼくの顔を拭き、こっちを見て顔をしかめる。

今夜、例の集会に行きましょうね。それまで、だいじょうぶ？

〃わかった。だいじょうぶだと思う〃

マージャニは心配しまくっている。彼女があんまり心配するもんだから、ぼくまで心配になってきて、だからできるかぎりにっこりと笑いかける。

だいじょうぶだろう。ぼくらは感情的になりすぎている。いまはやるべきことをやれ。

マージャニは長いことこっちを見つめたあと、椅子に掛けている上着をつかむ。外はすばらしくいい天気で、玄関ドアをあけてぼくを玄関ポーチに連れだす。

そこでぼくの膝をぽんぽんと叩く。「気をつけなさいよ、ダニエル」そう言って、自分の車へ向かおうとする。「たいへんよ。ほんとにたいへん」

マージャニはいったん歩きだしたあと、足をとめて振りかえる。でも、もうなにも言わない。

21

あなたがスペクトラム・エアーの常連客で、本日、一定レベルのサービスを希望されているとしたら、どうかぼくを許してほしい。お気づきだろうけれど、ぼくは若い女性を殺したかもしれない男とメールのやりとりをしていて、いま彼からの返信を待っている。座席がリクライニングできないというあなたの苦情に対してぼくがおざなりな対応をしても、どうか許してほしい。

とはいえ、仕事は忙しい。試合がおこなわれる週末が間近だから。通常は活気に乏しいぼくらのちっぽけな空港もフットボールの週末となると人でにぎわう。さて、ぼくが住む美しくも一風変わったこの街には嘘のような事実がいくつかあり、ここでそのひとつを紹介しよう。ジョージア大学フットボールチームのホームゲームが開催される週末には、オープン・コンテナ法（公共の場で栓をあけたアルコール飲料を持つこと、及び飲むことを禁止する法律）の執行が一時停止となる。これは実際に市の憲章にある。市の観光局は大喜びでこれを宣伝する。ふつうのときは、大学生やそのほかの酒呑みたちによる未成年の飲酒や違法な飲酒の罰金で郡の財政は潤い、予算にも余裕が出る。トラヴィスのおばあちゃんはアセンズのレストランで酒を飲むのに身分証の提示を求められた。おばあちゃんは八十四歳で、一九八三年ごろの写真でだって死人みたいに見えるのに（しかも歩行器を使っていたのに提示を求められた！）。違法飲酒はこの街の生命線で、現状では市民生活に関する財政上の問題を解決するための切り札なのだ。ところが、ジョージア大学フットボールチームのホームゲームが開催されると、すべてのルールは忘れ去られる――この禁欲を旨とする大学の街はニューオーリンズと化す。

とはいえ、街全体がきみが思うほどはめをはずしまくるわけでもない。フットボールの週末に、たとえばミシシッピ州オックスフォードにただようお上品ぶった雰囲気――ゲーム・ウィークの土曜日に、映画の〈ゲット・アウト〉ふうなパーティーが開かれ、みんな蝶ネクタイを締め、麦わら帽子をかぶる――はアセンズにはないが、かといってルイジアナ州立大学《LSU》の頭のおかしい人たちみたいに、燃えている火を見たいという理由でそこらじゅうに火をつけてまわるわけでもない。ただ単に一年に七回ある特別な週末の休日というだけで、そのあいだは選手以外のほぼすべての住人が三十六時間ぶっとおしでひたすら酒を飲む。といっても、酔いつぶれない程度に。週末のあいだじゅう、うっとりと陶酔状態になり、あちこちで起きる文明の崩壊を忘れさせてもらう……でもゲームがはじまるまえに気絶するほどは飲まない。言っとくけど、全員がこうなる。帽子を前後逆さまにかぶった、フラタニティの選ばれし連中だけじゃなく。人びとが州全体からやってくる。ジョージア北部からは気取り屋の連中が、アトランタやアトランタの郊外からはつい最近大学を卒業したばかりの若者たちや、若い黒人のフットボール専門家たちが、ジョージア南部からは農業従事者たちが、ジョージアとフロリダの州境からは怪しげで見るからにおっかなそうな人たちが。

アセンズは大学の街という立場のおかげで、ありとあらゆる面で進歩的な都市だ（市長はみずからを民主社会主義者だと公言している!）。しかしフットボールの週末には、この街はジョージアのすべてが集まる場所となり、年寄りのヒッピーや話し方が間延びした南部出身の白髪頭の判事、サッカー・ママやラッパーや牧師やコカイン中毒者や音楽オタク、会計士や学校の教師や物理学の教授や養鶏農家が、みんないっせいに身体のなかにアルコール度数六十五パーセントのバーボンを詰めこみ、ブルドッグスのために叫ぶ。

文字どおりアセンズのまんなかにあるフットボールのスタジアムは、ぼくたち全員を手招きする光そのもの。一年のうちの七度の週末、ジョージア州全体でスタジアムこそがただひとつの大切なものとなる。それはもう、見とれてしまうほど美しい。この世界ではなにに関しても全員の意見が一致することはないし、多くの時間を割いてまで全員一致に持っていきたいとも思わないのに、よりにもよってフットボール、大学生たちが労《ねぎら》いの金を一ダイムも払ってもらえないのに互いの脳を壊しあう、この凄まじいまでのゲーム、脳みそのかわりに頭に筋肉が詰まっている者たちの最後の砦、そう、フットボールこそが有無を言わせずぼくらをひとつにし、そしてぼくらは一致団結して赤いものを身につけ、お互いに向かって吠え、遅くとも火曜日には向きあわなきゃならないけれど、ひとまず面倒なことはすべて脇に押しやる。ぼくらはこれを一年に七回やり、一年に七回、ほかのことはいっさいそっちのけで生きることができ、言わせてもらうと、あれこそがまさに〝生きている〟と実感できる時間なのだ。

フットボールの週末に関してもうひとつすばらしいのは、ジョージアの週末には珍しく車の使用が推奨されないし、少なくとも賢い人たちは車を使わない点だ。アセンズの住人は金曜日に車をどこかに駐車し、日曜日の午後までそのことを思いだしもしない。フットボールの週末、街は徒歩で進む者たちの聖なる宮殿となり、ぼくにとってもこの状況は願ったり叶ったりだ。歩行者が多ければ多いほど、ドライバーは歩く人たちに気づきやすくなり、彼らの親愛なる隣人である、電動車椅子で動くSMAの人物に向かって確認もせずに右折することは稀になる。

アセンズに住みはじめてからの六年で、ぼくはすでに二度、車にぶつけられたことがあり、どちらの場合も、ドライバーがフロントガラスのすぐ向こう側にも世界が存在することを失念していた。一度目は軽くあたっただけで、一時停止を怠った身体のでかい年配の白人が、こっちを見た瞬間に急ブレーキをかけた。その直後にトラックから飛びだして、ぼくのところに駆け寄ってきた。こっちはぜんぜんだいじょうぶで、車椅子の塗装が少し剥げただけだった。当時ぼくはまだ少しはしゃべれて、「平気です、ぼくは平気、だいじょうぶ」と言うと、彼はその場でおいおい泣きだした。それはちょっとした見ものだった。体重が三百ポンドはありそうな、バンパーに〈おれを踏みにじるな（Don't Tread On Me）〉（現在は人種差別主義と白人至上主義をあらわしているとも言われている）のステッカーを貼ったあごひげの男が、鼻水を垂らして泣き叫び「すまない、ほんとうにすまない」とうめいていたのだから。そんなこんなで、彼が着ているものはでろでろになった。二度目は一年半ほどまえで、フォード・エスコートに乗った女子学生にぶつけられた。彼女は当然のごとく携帯電話を操作中で、赤信号でスクロールしている最中に足がブレーキペダルから離れ、ぼくはその車の前で横断歩道を渡ろうとしていた。このときは一度目よりももう少しひどい目に遭った。ぼくは三フィートほど先へ弾き飛ばされ、通りすぎる車に轢かれかけた拍子に車椅子から転げ落ちて右手をつき、その衝撃で手首の骨が折れた。彼女はほかのドライバーがクラクションを鳴らすまで気づきもしなかった。気づいたとたんに車から降り、道路で身もだえるぼくを呆然とした表情で見つめた。ぼくはというと、テーザー銃で撃たれた人、もしくはペナルティーキックの判定をもらおうとしてわざとペナルティーエリアで倒れるサッカー選手みたいだったにちがいない。おそらくけっこうな事故だったのだろう――個人的にはなかば気絶していたので覚えていない。二、三時間後に病院で目覚めると、すぐ脇にマージャニとトラヴィスがすわっていた。ふたりはぼくの呼吸を正常に戻すために咳反射を助ける装置《コフ・アシスト・マシーン》を使わねばならなかったが、それよりも擦り傷だらけの顔の左側と手首がひどいことになっていた。怪我をしたのが電動車椅子のコントローラーを操作するほうの手ではなかったのが不幸中のさいわい。手首を折ったのが左手だったらもっとひどいことになっていたかもしれない、というか、絶対にもっとひどいことになっていたはずだ。トラヴィスが大声をあげて泣いていたのを覚えているものの、ほとんどの時間、ぼくはずっと眠りっぱなしだった。ぼくらはその女性を告訴しなかったけれど、間違いなく彼女の保険料は跳ねあがり、この先二十年は貧乏暮らしが待っているだろう。お嬢さん、ようこそぼくの世界へ。

　ドライバーが歩行者に気づきやすくなるとはいえ、フットボールの週末には誰もが右を見て、左を見ることを忘れない。今週ジョージア大はミドルテネシー州立大学と対戦し、誰もがフットボールを観戦しに大学へ足を運ぶ。ぼくにとっては人間観察をする絶好の機会となる。キャンパスまで行って、何時間もじっとすわって人びとを眺めていられる。酔っぱらった大学生たちがフリスビーを放って遊んでいる。フラタニティの男子学生たちがミレッジ・ホールのポーチにすわり、心躍るなにかを、もしくは誰かを探している。子どもみたいに見える若い女の子たちが、ソロリティの正装なのか、伝統的なガウンに身を包んでいる。週末の試合をどれも見逃さないように〈ディレクTV〉に加入している筋金入りのフットボールファンたちは、隅のほうにしゃがみこんで、ブルドッグスが大きな試合でいっこうに勝てない理由をあげつらっている——おれたちは呪われているんだ、おれたちは勝てないよう運命づけられているんだ、壁を乗り越えるためには、コーチのカービーになんとかしてもらわねばならない。卒業生たちはアセンズへの週末の巡礼とばかりにあちこちから里帰りしてくる。自分たちがかつて統治していた場所へ。かつての自分たちを思いだし、またあのころの自分に戻れると思いこむ場所へ。あちこち走りまわっている子どもたちは、今週はいつもよりもちょっぴり自由に遊べると知っているけれど、どうしてかはよくわからない。

ぼくの仕事が〝旅行業〟と呼べると仮定して、旅行業界につとめるぼくらにとって、秋の南部では木曜日が忙しくなるのは周知の事実。うちの航空会社を利用する旅行者の〝カレッジフットボールにおける贔屓《ひいき》先〟を把握しておくべしと、会社側は通達を出す。把握していれば、フロリダ州タラハシー行きのスペクトラム・フライト二二七便に遅延が出ている場合、返信に〝セミノールズ（フロリダ州立大学のフットボールチーム）にとってすばらしい週末になりますように〟としれっとひと言付け加えることができる。最初のうち彼らは〝わかってる、だからわたしはそこへ行こうとしているんだ〟と返信してくるけれど、しだいにこちらが彼らの旅行の重大性を理解していることに感謝するようになる。ネット上ではみんな〝なかの人〟を延々とどなりつけ、〝なかの人〟が自分たちと同じ世界に生きていて、試合の開始時刻を知っていると気づくと、少し驚く。〝なかの人〟もきみたちと同じ人間なんだよ。

テネシー州チャタヌーガから来た男性に、うちの母親の家にパイプ爆弾を投げこむのはやめてくれと説得のメッセージを打ちこんでいる最中に、おなじみのGメールの着信音が聞こえてくる。

画面を切り替え、息を呑み、読みはじめる。

フラグポール――

申しわけない。きみの投稿にびっくりして、わたしはあわててしまった。あれを見てあわてないやつなんかいるか？　きみとの対決も辞さないみたいな態度をいたずらにとってしまった。すでに察しがついているかもしれないが、今週は少しばかりあわただしい一週間で、わたしとアイ-チンがはじめて出会ったところを誰かに見られていたと知って、どうしたらいいかわからなくなってしまった。あれはわたしとアイ-チンにとって、ごくごくプライベートな瞬間で、わたしたちふたりだけのものだと思っていた。誰かがわたしたちを見ていたと知ったときには、ほんとうに驚いたよ。そのことを彼女に話したら、彼女も驚いていた。

というわけで、やりなおそう。思ったよりもわたしたちには共通点があるようだし、こういったメールのやりとりをつづけるつもりなら、男同士、腹を割って話そうじゃないか。結局のところ、それがわたしたち。わたしたちは男だ。きみは男だよな。男だとわたしにはわかる。生まれつき、男は女よりもやさしい。男同士、胸襟を開こう。きみは名乗りをあげ、考えていること、望んでいることを話してくれた。女はそういうことはしない。その点が、アイ-チンとわたしがとてもうまくいっている理由のひとつ。彼女は自分が望むことを話してくれる。女にしては稀だ。

きみとわたしは秘密を共有している。世界じゅうで三人だけがこの秘密を共有している。きみは彼女がわたしの車に乗りこんだことを知っていて、わたしは彼女がわたしの車に乗りこんだことを知っていて、彼女は自分がわたしの車に乗りこんだことを知っている。テレビを見たかい？　誰もが彼女を見つけようとしている。こうなることを予想しておくべきだった。女の子が行方不明になると、誰もがみなあわてる。たとえば、わたしがこのオフィスで死ぬとする。おそらく数週間放置されて腐りはじめてからようやく、誰かがわたしを捜そうと考えるだろう。だが、アジア人の女の子が二日、三日行方がわからなくなると、世界的な事件になる。われわれはそういう世界に住んでいる。

知っているのはわたしたち三人だけ。きみがどうして知っているのかはわからない。だが、きみが知っているのは明らかだ。というわけで、友だちになろうじゃないか。

わたしたちは友だちになれるかな？　きみ自身のことを教えてほしい。そちらが協力的であれば、こちらもわたし自身のことを少し話そう。

わたしの名前はジョナサン。ほら、ほら、見てくれ。わたしは自分の名前を伝えたぞ。きみよりも一歩前へ進んだ。こちらはきみに自分の一部をさらした。次はきみがさらしてくれ。

よろしく。

ジョナサン

本日の業務は以上で終了。

22

彼が手をさしのべている。なら、こっちもさしのべよう。マージャニにチャペル・ベルの集会に連れていかれるまえに、やってしまおうと思う。

ジョン——

きみをジョンと呼ぶ。ジョンのほうが文字数が少なくてすむから。こう呼ぶことを許してほしい。

まず重要な質問。アイ‐チンは無事かい？　彼女はとても元気そうに見えた。何回かしか見かけたことはないけれど。彼女のご両親が娘を捜しにはるばる中国から来ている。ぼくは彼女のママに昨日会った。お母さんがアメリカまで来て娘さんを捜しているとアイ‐チンに伝えてくれ。きっと知りたがっているだろうから。アイ‐チンみたいにぼくが消えたら、うちの母だって恐慌状態に陥るだろう。きみのお母さんは？　きみのお母さんだってきっとそうなるはずだ。

きみはぼくのことをもっと知りたがっている。ぼくはきみと同じく、呆れちゃうくらいレディットを見て多くの時間を過ごしている。ぼくはふつうの男。家で一日じゅうパソコンに向かっている。それにしても、きみはすてきな車を持ってるね。アイ‐チンみたいな女の子を引っかけるのに役立っている？　そうに決まってるよね。ぼくは女の子とはなかなかうまくつきあえない。なにを話したらいいか、マジでわからないんだ。たぶん、だから一日じゅうレディットにかじりついてるんだね、ははは。

で、ぼくはやや困惑している。アイ‐チンはきみといっしょにいる？　きみの家でいっしょに過ごしているのかい？　きみは中国語をしゃべる？　きみたちは友だち同士？

こういうふうにやりとりするのは楽しいかい？　ぼくは楽しい。きみもそうだといいけど。

あと、ぼくの名前はトム。そのままトムって呼んでいいよ、ははは。

トム

送信。送信。送信した。送信。荒っぽくパソコンを閉じ、証拠を隠す。

その直後に、マージャニがあわててやってくる。

「遅れちゃう、行かないと。カービーが、カービーがあそこに来るんだから」

〝それと、ぼくが見たことを警察に伝えなきゃ〟

ああ、そうね、伝えなきゃね。

ぼくも早く現地に行きたい。インターネットを見ていると、こう思わずにはいられない。考えうるすべての世界のなかで屋内の世界が最低だと。ぼくらはこんなに急いでいるのに、アグリカルチャー・ドライブをなかほどまで進んだところで、玄関ドアを施錠し忘れたことに気づき、いったん戻って、しっかり鍵をかけてこなくちゃならなくなる。家に戻ったところで、マージャニが立ちどまる。

「ダニエル、昨日の晩、遅くにトラヴィスが来た？」

〝来てないよ、なんで？〟

「玄関ポーチが泥だらけだから。すごく汚れてる」玄関ドアまで行くと、マージャニの言うとおりだった。何者かが玄関ポーチを泥のついた靴で歩きまわったようだった。泥は階段にも、二枚の窓の前にも、去年母さんが訪ねてきたときに買ったロッキングチェアの脚もとにもついている。あたりは泥だらけですごく汚れている。玄関の網戸のそばには、ブーツの足跡らしきものがついている。

〝どうしてポーチに足跡がついてるの？〟
不思議よね。どうしてかはわからない。

マージャニがため息をつく。いまはこれにかまっている時間はない。この後始末をしなきゃならないとは、腹立たしいことがもうひとつ増えた。
「たぶん、酔っぱらった大学生が迷いこんだんでしょう」とマージャニが言う。トラヴィスは昨晩はうちに来なかった。少なくとも、彼が来たことを告げる物音は聞こえなかった。でもきっとトラヴィスが来たんだよね？　それか、介護サービスの人かもしれない。でも、介護の仕事には細かい点まできっちり決められた業務規程がある。ポーチじゅうを泥がついた靴で歩きまわるなんて、あの人たちがするとは思えない。

でもいまはとにかく時間がない。マージャニは乾いた泥をひとまずポーチから掃きだし、ぼくを押してスロープを下り、ぼくらはふたたびキャンパスを目指す。

23

アセンズはすでににぎわっている。大半の教授たちは学生が公然と反乱を起こさないよう、フットボールの週末が迫る木曜日の午後二時以降の授業を休講にし、金曜日のは無視する。美しい日の午後、ファイブ・ポインツからダウンダウンまでの道のりは長く、マージャニは〝運転するスピードが速すぎる〟と言われるのが嫌いとみえる男のあとを延々とついていき、目的地に到着するころには汗でぐっしょりしている。ノース・キャンパスに近づいていくと、アイ-チンのための集会がはじまる一時間もまえなのに、すでにスローガンを叫ぶ声が聞こえてくる。

「正義を！ アイ-チンのために！ 正義を！ アイ-チンのために！」

昨日の晩の集会とはちがって、ウェスト・ブロード・ストリートからジョージア大学の噴水広場までのチャペル・ベルを囲む一帯は人であふれ、落ち着いた雰囲気は微塵もない。どうやら集まっている人たちは政治集会とか抗議集会に参加している気分でいるようだ。昨晩は気の毒なご両親と彼らの苦悩を慮《おもんぱか》り、会場は悲しみの気配がただよっていた。しかし今日の集会は明らかに怒りの空気が満ちている。二十代後半とおぼしき女性がメガホンを持って噴水の端っこに立ち、そのすぐそばで数人の学生たちがせっせと演壇を設営している。おそらく大学の総長と上院議員、それとカービー・スマートがあとでそこに立つのだろう。女性はアイ-チンの写真と〝われわれはけっして黙らない〟というキャプションがついたシャツを着ている。この数日の短い期間でシャツをつくろうと思いつき、実際につくってしまうなんて、すばらしいとしか言いようがない。

女性は予定されている登壇者ではないようだが、話すことはたくさんあるらしい。「ジョージア大学は長いあいだアジア系の学生たちを軽視しつづけてきました」声を張りあげる。「アイ‐チンの身になにが起きたかを調べる際の対応の遅さは、軽視の新たな例と言えます。行方不明になった白人のソロリティの女子学生を捜しはじめるまで、二日もかかると思いますか？われわれが声をあげ、ようやく大学側はアイ‐チンのために立ちあがると決め、今日集会が開かれます。アイ‐チンのために立ちあがりましょう！」

五十人くらいの人びとが反応して大声をあげる。

「アイ‐チンのために立ちあがれ！」

ぼくは女性と彼女の演説に魅了され、勢いをつけて前進する。ぶっちゃけ、マージャニがいっしょにいることさえ忘れて（とはいえ、マージャニはすぐに追いついてきて、勝手に離れるなといわんばかりにぼくの耳をぴしゃりとはたく）。女性はもう二、三分しゃべったあと、ほかの誰かにメガホンを手渡す。噴水の端っこから降りると同時に、ぼくの車椅子に接触する。ぼくが彼女に近づきすぎたせいなんだけど。

「ああ、ごめんなさい。失礼しました」彼女はそう言い、すぐに顔の表情をゆるめる。汗をかき、髪は乱れ、スピーチ自体に途轍もないエネルギーを消費したように見える。ぼくは〝だいじょうぶ〟と小さくうなってから、〝こちらがぼくの代弁者です〟とばかりにマージャニをあごで示す。女性はマージャニに怪訝そうな顔を向ける。

「こちらこそ、ごめんなさい」とマージャニ。「わたしはマージャニといいます。ダニエルをここへ連れてきました」

「こんに、ちは」ぼくはテキスト読みあげソフトをとおして言い、照れ笑いを浮かべてみる。

「ほんとのことを言うと、この人がわたしを引きずってきたんですけどね」とマージャニが言う。「ダニエルはあなたが立ちあげたものについて、もっと知りたがっていると思います。わたしも興味津々ですけど」

女性は微笑み、人だかりから離れるよう手を振ってうながす。「よろこんで」彼女はこっちの腕にさわるかわりに車椅子に触れ、ぼくはふいに温かみを感じる。彼女が語るところによると名前はレベッカ・リー、アトランタのほうへ向かって六十マイルぐらい離れたところにあるグイネット郡で育ったという。ご両親はふたりとも中国からの移民一世で、どちらもエモリー大学の教授とのこと。本人はジョージア大学に通い、大学院で哲学科の修士課程を終え、いまは博士号を取得中。将来は教職に就きたいそうだ。話している最中、彼女がマージャニではなくぼくを見ているのに気づいた。そうされると、いつでもうれしくなる。

レベッカはいままでずっと、大学内のアジア系アメリカ人団体の一員として活動し、アイ‐チンの失踪に関して大学側が動きはじめるまでこんなにも時間がかかったのは、大学内だけではなくアメリカ全体にはびこるアジア系市民への蔑視のあらわれだと強く思っている。「人びとはわたしたちを無視するか、わたしたちに乗っ取られると考えるかのどちらかです」とレベッカ。「わたしたちはほかの人たちと同様に、この学校、この州、この国の一員になりたいだけなんです」

マージャニが言う。「彼らはアイ‐チンの捜索をすぐにはじめたようだけれど、ちがうの？」

レベッカが顔をしかめる。「〝すぐに〟とはとても言えません。最初の二十四時間が重要なんです。もうすでに数日が経過して、まだ手がかりはひとつもありません。残念ながら、どこかに差別意識があったと言わざるをえません」

そう言ってからレベッカがこっちを向く。「来てくださってうれしいです。わたしたちには得られるかぎりの協力が必要なんです」そこでカードを手渡してくる。「ここにわたしのメールアドレスが書いてあります。いつでも連絡してください。もっともっと関心を持ってもらいたい」

〝ぼくはあなたが関心を持ちそうな情報を握っている〟この女性には情報を共有しあう輪にぜひとも加わってもらいたい。

文字の打ちこみを終える。「ぼくは、彼女を、見た」テキスト読みあげソフトをつうじて伝えたあと、マージャニがいままで見たことのない顔をこっちに向けているのに気づく。レベッカに感動しているのか？ それともこの集会に？ いや、そうじゃない。その顔は嘆きとか悲しみとか共感を超えたなにかに心を打たれているふうに見える。怯えているようにも見える。いや、それよりも、恐怖に駆られている表情と言ったほうがいい。ぼくの背後にクマがいる、みたいな顔をしている。

マージャニが大声で「ああ！」と言うと、レベッカが即座にマージャニと同じ表情を見せる。

なにが起きているのかわからないまま、しばらくしてようやく〝ああ〟の意味がわかり、どうしてふたりがそんなにあわてているのか理解する。いまこの場で、ぼくが呼吸できていないからだ。だからふたりとも大騒ぎしている。

息ができない。こっちが気づくまえにふたりは気づいてくれたらしい。

いま、ぼくは気づいた。

24

ところで、きみがなんとなく疑問に思っているといけないんで言っとくけど、ぼくは吸いこむことはできる。なにをあたりまえなことを言いやがって、ときみはムッとするかもしれないけれど、ぼくはこの能力を誇りに思っている。SMA患者の誰もが吸いこむことができるわけじゃなく、仮にぼくがこの能力を失ったら、二度と取りもどせないだろう。きみがぼくの唇にストローを突っこむと――そうしてもらわないとならないんだけど――ストローをとおして水を口のなかに吸いこめて、喉の奥へ、食道へと送りこめる。SMA患者のぼくの友人のなかにはこれができない人もいるし、一度もできなかった者もいるけれど、ぼくにはできる。えっへん。

でも、ぼくは咳をすることはできない。ほとんどの人にとって咳は出たからといってうれしいとか悲しいとかいうものじゃない。咳をして楽しい、なんてもんでもない。咳は咳で、ただ出るもの。出ると、かゆいところを引っかくような感じがして、目はしょぼしょぼするし、舌が震える。SMA患者じゃない人たちが日常的にあたりまえだと思っていることについて、ぼくは考えないようにしている。考えたら頭がおかしくなりそうだし、それに誰にだって他人にはできないのに自分にはできることがあるから。だからといって、目が見えるってすごい、地球上の至るところに目の見えない人がいるのに、ぼくは見えるからラッキーだ、なんて考えながら一日を過ごしているわけじゃない。きみらに対してはこう言っておくね。いつもできていて、できないなんて思いもしないことがきみらにはいくつもある。健常者にはそのひとつひとつをありがたいと思って一日を過ごしてほしい、なーんてぼくは思ってないよ。好きにやってくれ、相棒。

さて、咳の話。咳は誰もがあたりまえにするもの。きみだってごくごく当然だと思っているだろうから、咳ができない日常がどんなものかなんて想像すらしないはず。咳ができない知り合いなど、いままでにたぶんいなかっただろう。

ところが、ぼくはできない。一度もできたためしがない。ＳＭＡは筋肉を攻撃して萎縮させる病気——〝Ｍ〟は〝筋肉の《muscular》〟の頭文字——で、筋肉のなかでもいちばん重要なのは肋間筋。肋間筋は文字どおり肋骨と肋骨のあいだにあり、基本的に呼吸に深くかかわってくる。でもＳＭＡに罹ると肋間筋は弱くなる。まあ、生まれつき弱いとも言えるかな。ＳＭＡに罹って弱まった筋肉は、年を重ねても強くはならない。ぼくらが呼吸をするときに重要な役割を果たすのが横隔膜。ところが横隔膜は肋間筋の助けが必要で、もしきみがＳＭＡを患っていたら、お察しのとおり、肋間筋は横隔膜をあんまり助けてやることはできない。そういうわけで、ぼくらの肺は弱くなり、きみたちと同程度の二酸化炭素をつくりだせず——ここんところ、雑な説明になるけど、ごめんね——ぼくらの筋肉は咳に耐えられるほど強くなれない。脚を例にするとＳＭＡを理解しやすいかな。きみの脚には筋肉があり、ＳＭＡは筋肉に悪さをするから、きみは歩けなくなる。咳をするのにも歩くのと同様に筋肉を必要とする。たとえば歩けなくても、いや、歩けないのは最悪だが、それで死ぬことはない。一方で、咳をすることができないと、きみは死ぬ。

食道、もしくは気管、または肺のなかにあってはいけないものがある場合、きみは咳をしてそれを吐きだす。これがまさしく咳の役割。吐きだせないと、きみは死ぬ。たぶん、窒息して。それにおそらく、どんな異物であっても感染症を引き起こし、細菌が身体じゅうに広がる（それゆえ、SMA患者の多くにとって、肺炎は死刑宣告となる）。入りこんだものが気道をふさぎ、きみはそれを取り除けず、それで、まあ、一巻の終わり。SMA患者がどうやって死ぬか知りたいかい？ じつのところ、異物を取り除けなくて、SMA患者はよく死ぬ。口から肺までのどこかに異物が入りこみ、これが除去されない場合、ほんの二、三分ほどで、シュッ、さようなら。くだらないクイズ番組を見ながら、この司会者はかつらをかぶっているのだろかと考えるのに一分、次の一分できみは呼吸ができなくなる。つまり百二十秒後に重要な質問の答えを得ることになる。警告はいっさいなし。

ぼくの身にもこんなことが百回起きたけれど、いつも大事には至らなかった。眠っているときに異物の除去が困難な状況になっても、ぼくは気づきもしないだろう。寝るときはいつもマスクをしているから。このマスクは咳反射を助ける装置《コフ・アシスト・マシーン》につながっていて、息を吸うと空気が送られてきて肺がふくらみ、息を吐くと今度は肺のなかに吸引力が生まれ、気道をふさぐ可能性のあるものを引きあげてくれる。気道をふさいでいるものがなんであろうと、完全にふさいでいないかぎり、気道から肺まで空気が行ったり来たりして異物を除去してくれるので、自分で咳をする必要がない。眠ってしまうと暗くて心細いから、眠るのが怖いと感じることはないかな？ ぼくの場合、夜は昼よりずっと安心できる。目覚めているときでもそのマスクをつけていれば安全に世界じゅうをまわれるかもしれないし、実際にやってる人がいるかもしれないけれど、ぼくは遠慮しとく。ストームトルーパー（〈スター・ウォーズ〉シリーズに登場する、銀河帝国軍の機動歩兵）にはなりたくないから。

というわけで、誰かといっしょに外出するときはいつでも、ぼくらはコフ・アシスト・マシーンを持っていく。装置自体はでかくはない。電動車椅子とも呼ばれるこの高機動多目的装輪車《ハンビー》の下にちょうどおさまるくらいの小さなタンクで電池式、そう、電池で吸引力を生みだす。それを顔にあてると、四十五秒くらいのうちにすべてが正常に戻る。マージャニかトラヴィス、またはことが起きたときにそばにいる人に合図するだけで、彼らは手順に従って装置を取りだしてスイッチを入れ、ぼくの顔にマスクを装着してくれる。異常なことでも奇妙なことでも恐ろしいことでもない。SMAを思うと鬱陶しいことが無数に出てくるけれど、これは〝鬱陶しいものリスト〟にも載らないだろう。もしぼくが一秒でも呼吸をとめたら、きみはマスクをつかみ、それをぼくの顔にあてがってくれ。それでうまくいくから、あとは自分の一日を楽しんでくれ。

けれども、今日は例外らしい。

マージャニの顔全体にパニックの色が浮かんでいる。一秒が過ぎ、ぼくは気づきはじめる。ぼくらはいつになく大急ぎで家を出た。マージャニはとにかくカービーに会いたい一心だった。ぼくはひたすらジョナサンとかいう輩から逃げだしたかった。警察が来たことに気をとられていた。ポーチに泥がついていた。ダウンタウンではさまざまな催しがおこなわれている。美しい一日。この世界で秋の日のアセンズよりすばらしいものはめったになく、さまざまな人種や階級や外見の人たち、酔っぱらいもアスリートも、白人の労働者もすぐとなりのノーマルタウンのヒッピーも、両親も祖父母も子どもたちも、立ちはだかる壁やかかえている問題や恐れや、眠れない夜を過ごす原因となるあらゆるものから逃れ、みんなが広大な緑のキャンパスのまんなかにある広大な緑の芝地に集まる。カービーに会いたい人もいるし、アイ‐チンのために行動を起こしたい人もいるし、天気のいい日は外で過ごしたがる人もいる。みんながみんな、ここに集まり、わくわくしている。日常にはわくわくとは無縁のときもあるけれど、今日はわくわくの日で、なにか特別なことが起こりそうなときには、なにが起きるか見物したり、それに自分も参加したりするために大急ぎで家を出て、粘膜から分泌されるわずかばかりの粘液がどこからともなくあらわれて気管に引っかかるかもしれないということをときには失念し、実際にそういう事態に見舞われた際には分泌物を取り除くための装置が必要になることも忘れ去る。今日はたまたま、あまりにもあわてていたせいで頼みの綱の装置をキッチンの、ミキサーのすぐ横に置き忘れてきてしまった。

　息をするための次の空気がどこから来るのか、そもそも来るのかすら、まったくわからないことにはたと気づく。

　そしてそのときにはもう手遅れとなる。

25

26

映画のなかでは、ある種の事故のあとで目覚めるとき、目をあけたきみは、きみの顔をのぞきこみ、愛やら不安やら献身やらの決まり文句をはさみつつ、きみの名前を呼んでいる愛する人の顔を見る。きみは光を探す。まわりの人たちがきみを死の淵から呼びもどす。

そういう状況のなかで何度も何度も目を覚ました者として、残念ながら、目覚める瞬間はけっしてこんなふうではないとお伝えしておく。まず、目覚めてみたら仰向けで天井を見つめているなんてことは絶対になく、そうじゃないことをありがたいと思うはず。仰向けは死んだ人の寝姿だから。死なずに生きつづけていると、どうしても身体がねじれる。まわりの人はこっちの身体をなにかで押したり、ひっくりかえしたり、上下逆さまにしたり、脚をこっちのほうに、腕をあっちのほうに向けたりしなくてはならない。否応なくねじれてしまっているから。目覚めてはじめに目にするのは、絶対に誰かの顔なんかじゃない。ふつうは自分の腋の下とか、自分の尻とか、床のタイルとか。忘れようにも忘れられないのは、それが友人の猫だったときで、猫はびっくりして、〝あんた、こんなとこでなにしてんの〟みたいな訝しげな顔でこっちを見つめていた。

気を失い、その後いくらか経過したあとで目覚めると、不思議なことになぜ自分がそこにいるのかわからなくなっている。だから、現状に関する基本的事項を自問自答しても、答えを出すまでに数分かかってしまう。ふつうの日常では自分に問いかけたりしないような質問だから、なおさらに。ぼくはどこにいる？　どうやってここにたどりついた？　どれくらいここに倒れていた？　まわりにいる人たちは誰？　なにが起きた？　あの猫はいったいどこの猫？

今回は、顔からおよそ六インチのところにある左脚と向きあって目覚める。身につけているのは下着、それも派手なバットマンのパンツだけで、ぼくはふいに人目が気になり、この部屋にはほかに誰がいるのかと考えるが、見当もつかない。そこでひとつのことを心に刻む。〝もうけっしてバットマンのパンツははかない〟身体に障がいがある人間の知的能力は子ども並みだと思われてぼくらはいつもいやな思いをしているのに、バットマンのパンツとは。ちきしょう、ほっといてくれ。

ピーピーと鳴る音が聞こえてくる。部屋は頭上の蛍光灯に無遠慮に照らされ、どこもかしこも白く光っていて、自分はどこにいるのか、まわりには誰がいるのかという問いの答えは見つかりそうもない。誰かがぼそぼそしゃべっている声が聞こえてきたかと思うと、ふいに腰のあたりになにかを突き刺されたような鋭い痛みが走る。針みたいだけれど、もっと太い、たとえば水まき用ホースのノズルが武器化されて、それが背骨を突いてくるといった感じ。隅に設置されたエアコンが冷風を送ってきて、天井でもファンがまわっているけれど、それでも室温が四十度以上に感じられる。髪は汗でべったりし、首から背中へ汗の玉が流れ落ちていくのがわかる。右手にはほんの少し血がついている。おそらく自分の血（だといいけど）。

誰かが手でぼくの口もとを覆っている。手はリズミカルに一定の間隔をあけて軽く握られたり広げられたりしている。数秒ごとに、握る、開く、握る、開くを繰りかえす。いったいなにをしているんだろう。この人は誰？　どうしてこの人の手はこんなに冷たいんだろう。ふいに、ひらめく。マスクをつけているんだ。よかった！　マスクだ、バンザイ！　マスクをつけていなかったのが問題だったんだ！　いまどこにいるかは知らないけど、誰かがコフ・アシスト・マシーンを見つけてくれた。つまり、誰かが助けてくれている。おそらくいまぼくは病院にいる。もしくは、これまでのジョージア大学の歴史のなかで最高の設備を誇る学生寮の一室に。

とにかく、ぼくは死んでいない。これは朗報！

ふたたび気を失う。死にそうになりながら実際には死なないというのは、けっこう疲れる。

どれくらい時間がたったのかは神のみぞ知るで、とりあえずぼくは顔と脚が離れている状態で目覚める。見える範囲に猫はいない。いまは横向きになっていて、まだマスクをはめているけれど、もう必要はなさそう。喉や肺をふさいでいるものはなにもないようで、楽に自由に呼吸ができ、そんなこんなで、三日間ほど眠りこんでいたみたいな、完全に現実離れした感じがしている。右のほうに頭を動かしてみると、あらゆる関節がぼきぼき鳴り、首が〝せっかく休んでいたのに、なにすんだ〟みたいな叫びをあげる。目を開く。部屋はさっきよりは白くない。ほかのすべての病院と同じ、ふつうの病室。

いまは自分のまわりの世界を把握できている。テレビではスポーツ専門チャンネルのESPNが消音でかかっていて、ミュートになっていても中年の男性ふたりがどなりあっているのがかすかに聞こえてくる。窓のブラインドは閉まっているけれど、外が暗いのがわかる。もうどれくらい、ぼくはここにいるんだろう。ピーピー鳴る音はやんでいなくて、ということはぼくの心臓はまだ動いているというわけか。ベッドのシーツは清潔でパリッとしていて、ということはなにか恐ろしいことが直前にこのベッドで起きて、それをなんとか隠さなきゃならないってわけか。ベッドの端っこにクリップボードにはさまれた表が置いてある。見舞い客用の椅子が二脚、その上に折りたたまれたアセンズの地元週刊紙《フラグポール》がのっていて、壁際にひっそりと置かれている（ぼくは自分のハンドルネームを《フラグポール》と、ハーヴィー・デンジャーの曲の〈フラグポール・シッタ〉からとっている。だって、ぼくはずっとすわって《シット》いるから。気が利いてるでしょ）。隅のほうにはジョージア大学フットボールチームのまえのコーチ、ヴィンス・ドゥーリーの写真が飾ってあって、でかでかとしたサインが書かれている。〝ありがとう、アセンズのみなさん、進め、ブルドッグス！〟ぼくの車椅子は部屋にない。たぶんぼくが逃げださないようにとの用心のためだろう。遠くから車のクラクションとタイヤがキーと鳴る音が聞こえてくる。雨が降りだしているようだ。廊下の先からうめき声が聞こえてくる。膝が痛い。

よし、現状は理解した。ぼくはまだ生きている。

ドアがあく。マージャニだ。化粧がすっかり流れ落ちている。マージャニはいつでも化粧をしている。どうして女性は毎日化粧をするのか、ぼくにはさっぱりわからない。髪が頭をすっぽり覆うスカーフからはみだしていて、そのことに気づくチャンスが本人にあったら、きっとあわててしまうだろう。

「ああ、ダニエル」マージャニはそう言い、ぼくの上に感情もあらわに身体を投げだしてきて、こちらとしてはよろこぶべきかどうか迷うところ。小さくうなると、マージャニはがばっと身体を起こして、顔にかかった髪を払う。「ごめんなさいね、わたし、ほんとうに恐ろしかった」

〝ありがとう。ぼくはだいじょうぶなんだよね？〟

ええ。なんとかギリギリであなたをここに運びこめた。

〝マージャニはだいじょうぶ？〟

「マージャニは黙って、悲しげにうなずく。目をこする」

〝ぼくはどうやってここに来たの？〟

「警察の人がいたの」とマージャニは答える。「あなたの喉にくっついたものを取り除けなくて、そうしたら顔色が青くなりはじめて、わたし、パニックになっちゃって、彼女はそれを見て駆けつけてきてくれて、人工呼吸をはじめてくれたの」ぼくはくっくと笑う。こういうときは誰でも笑いたくなるもんだ。笑ったってどうにもならないけど、笑えば勇敢な男に見える。

「それが終わったあと、男の人があなたを抱いてキャンパスから運びだしてくれた」マージャニがつづける。

「あのすてきな女性のレベッカが自分の車をちょうどいい場所にとめていて、その車でここに駆けつけた。誰かが九一一に電話をしたんだけど、待っている時間も惜しくて。この建物にあなたを運び入れてすぐに、係の人がマスクをあてがってくれた。でもわたしたちはみんな、不安でしかたなかった。ずいぶん長い時間、あなたは呼吸をしていないように見えたから」

そこで自分の身体に視線を向ける。足首からふともにかけて、両脚ともあちこちに血がにじんでいて、切り傷や擦り傷だらけ。ぼくはマージャニに向けてグルーチョする。つまり眉毛をあげる。

マージャニが泣きはじめる。「その男の人、あなたを抱きあげたと思ったら、落っことしちゃって」そう言って、両手に顔をうずめる。今回のことを申しわけなく思っているようだけれど、そんな必要はない。呼吸ができない気の毒な身体に障がいがある人間を見て、女性の警官が良きサマリア人となって助けにくる、というところまではいい。でもそのあとで男性がぼくを抱きあげた直後に歩道に落っことすなんて、客観的に見たら大笑いする場面じゃないか。みんな息を呑んだだろうか。男性がぼくにプロレスの投げ技のボディスラムをかけようとしていると思っただろうか？　不条理劇みたいなもんだな。〝助けにきたぞ！　もうだいじょうぶだ！　でもまずは、バスケットボールよろしく、きみをドリブルしなくちゃな！〟　胸が上下に震えはじめる。マージャニはさっと顔をあげ、ぼくが笑っていることに気づく。彼女は笑みを浮かべ、ぼくは、この数時間ではじめて見るマージャニの笑顔だ、と思う。

マージャニがこんなにも不安がっているのをいままで見たことがあるだろうか。

ドアがふたたびあく。クレイマー（アメリカのテレビドラマ〈となりのサインフェルド〉の登場人物）が部屋に飛びこんできて、スタジオの観客は拍手喝采。さあ、みなさん、こちらが頭のおかしいぼくらの友人、トラヴィスさんです。トラヴィスは警官を連れてきている。なんとなんと、古くからのわれらが友人、ウィン・アンダーソン巡査の登場だ。

「相棒、いったいどうしたんだ？」トラヴィスが言う。「どうりであの集会でおまえを見つけられなかったわけだ」そこでこっちを見る。「凶暴なクズリと喧嘩でもしたのか？」こっちの顔にそっと手を置き、ストローを口にあてて水を飲ませてくれる。そして軽く口笛を吹く。「まあ、こんなふうになっても、おれは驚きもしないがな」

アンダーソン巡査を見やる。互いに旧知の仲といったふうに目をあわせる。巡査は冷静でいようとしているらしいけれど、すでに失敗している。ぼくは彼にウインクする。

アンダーソン巡査の後ろに女性がいるのに気づく。ここにいる全員が彼女の存在を完全に忘れ去っていたのに、当人はべつに気にしてはいないらしい。「ハイ、ジェニファーよ。集会で会ったよね」覚えている。彼女はすてきだった。「ワオ、だいじょうぶ？」

こういう状態のぼくを見る大半の人たちとちがって、彼女は三歳児を相手にするみたいに話しかけてこないし、木の切り株を見るような目を向けてこない。こっちの目をまっすぐに見つめている。すでにぼくはこの女性が好きで、なにもかもがうまくいくような気がしている。

　アンダーソン巡査が大きな声で言う。「聞いてください、ダニエル、わたしはあなたが無事か確認したかっただけなんですが、思いがけずトラヴィスからあなたが重要な情報を持っていると聞きました。わたしは、えーっと、昨日お宅へうかがったときにそれを聞きそこなってしまったようです」記憶にあるとおりアンダーソン巡査は身体がでかいけれど、自信がないことを言うときは、サイズが大きすぎる警察官の制服を着た、ひとりの少年に戻ってしまうらしい。「あなたが、ええ、なんというか、もっと体調がよくて適切なときに、こちらからもう一度うかがって、報告書を提出することにします」

　こっちが軽く会釈すると、アンダーソンはそっぽを向く。ぼくは彼の左の上腕二頭筋にナ《N》ショナル・フッ《F》トボール・リ《L》ーグのアトランタ・ファルコンズのタトゥーが入っているのに気づく。これじゃあ、十一歳のガキだ。

　マージャニを見る。

〝ここから出られる？〟

「じきに医師《せんせい》が様子を見にくるけれど、そうね、おそらくもう帰ってもいいって言うと思う。喉に張りついていた痰は除去したし、ほかのところも確認済みだし。ここの医師は……やだ、ちょっと、これどうしたの？」マージャニがぼくを転がすと、ベッドのちょうど腰があたっていたところに小さな血だまりができている。

「なんだよ、これは」とトラヴィス。「見てみろ、釘だ」たしかに釘。ベッドの上に小さな釘がある。さっき感じた、水まき用ホースのノズルが武器化されたものの正体がこれ。こんなものがどうやってここにまぎれこんだ？　どうしてぼくのベッドに釘が？

ジェニファーがくすくす笑う。「破傷風で死ぬ可能性も捨てきれないね」さっきも言ったけど、ぼくはこの女性が好きだ。

27

さて、きみがいま自問しているのはズバリこれだろう。なんでぼくは死んでいないのか。気道がなにかにふさがれるのはよくあることだけど、ふさいでいるものを除去するための装置と吸引マスクが身近にないのはよくあることじゃない。痰が気道にあり、それを取り除くことができず、そうだなあ、二分以上、気道がふさがれていたのに……どうしてぼくは死んでいないんだ？

トラヴィスのトラックの荷台で、マージャニがそれを説明しようとしている。

トラヴィスを愛する理由のなかでも、ぼくが荷台に乗れるようにと、フォードF－150ピックアップトラックをちょうどいい具合につくりかえてくれたことがその筆頭にくるだろう。アセンズに越してきてから二週間がたったころ、トラヴィスと彼のママが自動車修理工場へ行き、ぼくの車椅子を固定するための仕掛けをつくってくれないかと頼んだ。ブライアンという名でがっしりした体つきのあごひげを生やした年配のメカニックが、自分には嚢胞性線維症の息子がいると語り、困難な依頼を引き受けて、どうにかこうにか、ぼくをトラックの荷台に乗せるための四段階からなるシステムをつくりあげた。ぼくらはそれを〝ウーリー・マンモス〟と呼んでいる。四段階とは次のとおり。

1、**荷台に乗せる。** まずはぼくを車椅子ごとトラックの荷台に乗せなくてはならない。ブライアンは小さなコンベアをつくり、ぼくはこれで荷台の前方へと運ばれ、定位置に固定され、トラヴィスの背後の窓と背中合わせになって通りへ出る。可能なときは道路を走るほかのドライバーに親指を立てて挨拶する。みんなびっくり仰天する。

2、**固定する。** 車椅子をカチリとはめたあと、両輪にロックをかけて固定し、トラヴィスがアクセルを踏むたびにぼくがトラックの荷台から転げ落ちないようにする。

3、**がっちり押さえこむ。** ブライアンは工業用強度のシートベルトとチェストベルトを取り付けてくれた。ベルトはブライアンが空軍の友人から入手したもので、その友人はそれらを古い戦闘機から引きはがしてきた。文字どおり、忌々しいくらいがっちりとぼくの身体を押さえこむ。いつでもぼくのお膝に乗っていいよ、マーヴェリック。

4、**副操縦士。** ぼくのすぐとなりに介護士用の椅子がもう一脚ある。もちろん、ストラップもベルトもロックもちゃんとついている。

　トラックに乗りこむと、マージャニとぼくは、きみも見たことがあると思うけれど、七月四日のパレードに参加する、野暮ったい王と女王みたいに見えてしまう。トラックの荷台に乗ったおばかカップルに。ブライアンがつくってくれた仕掛けは完璧に安全だけれど、完全に合法というわけじゃない。でも、ぼくらが乗ったトラックを見てまわりの人たちがめちゃくちゃおもしろがるから、行きあう警察官は誰もが、それをどこでつくってもらったのか、みたいな質問をしてくるだけ。これに乗って未舗装の道に連れていかれるのは遠慮したいし、州間高速道路やハイウェイを走るのには異を唱えたほうが賢明かもしれないけれど、アセンズの街なかを走るぶんには人目を引けて楽しい。

　時速四十マイルで走ると、顔に日差しを浴び、身体全体に風を感じられて、うれしい。

　これはあくまでもぼくの見解だけど、どうやらマージャニはマンモスを嫌っていて、とくにマンモスに乗ってぼくに話しかけるのは大嫌いで、もう少しでぼくを殺すところだったという罪悪感を抱いて泣きながらマンモスに乗り、ぼくに話しかけるのはことのほかいやでいやでたまらないらしい。

「あなたの気道は完全にはふさがれていなかったの！」エンジン音と風のうなりと、ホームゲームを間近にひかえた木曜日の夜のブロード・ストリートのにぎわいに負けじと、マージャニが声を張りあげる。ぼくは彼女のほうに耳を傾け、眉で〝それで？〟と問いかけようとするけれど、乾いた涙で眉毛までこわばっていてうまくいかない。ウーリー・マンモスの荷台でマージャニと意思の疎通をはかるのは難しいとはいえ、するだけの価値はある。だって、ぼくはもう少しで死ぬところだったのに、いまはふたりで外に出ていて気持ちがいいし、風で髪が逆立っているのもなんだか楽しいから。

「とっても小さなものだったの！　それがほんの少しのあいだあなたの気道をふさいでいて、そのせいであなたは呼吸ができなくなって、失神してしまった！」信号でとまる。マージャニは間をおいて息継ぎをし、目のあたりをこする。彼女にとっては長い一日だったのだろう。「あなたが意識を失っているあいだ、わたしたちは大急ぎで気道をふさいでいるものを部分的に取り除いて、空気が通れるようにした。それであなたはまた呼吸ができるようになった。うわあああああ」トラヴィスがちょっと強めにアクセルを踏む。信号が青に変わると、必要もないのにいつも急発進して加速する。そうするとぼくはよろこび、マージャニがイラつくのを知っているから。彼女は心の底からウーリー

・マンモスを忌み嫌っている。

マージャニが窓を叩く。「トラヴィス！　やめなさい！」窓をとおしてトラヴィスの笑い声が聞こえてくる。助手席にはジェニファーがすわっている。昨日トラヴィスと出会ったばかりのときは行方不明になっている女の子の身を案じ、今日は今日で、病気をかかえて身体に障がいがあるトラヴィスの友人を、なにが起きているのかわからないまま助けて過ごしたというのに、いまはトラヴィスといっしょになって笑っている。これがふたりの二度目のデート。なんとコメントすべきか。

マージャニが気をとりなおして話をつづける。「だから、あなたはただラッキーだっただけ。わたしがほんとうに恐ろしいと思うのはその点なのよ、ダニエル。わたしたちが今日あなたを失わなかったのは、粘液のかたまりが分裂して、一部が落ちていってくれたから。純粋に運がよかったってだけの話」

マージャニを見る。

〝一秒くれないかな、ジョークを飛ばすから〟

これは笑いごとじゃないのよ、ダニエル。

〝ちょっとだけ待ってくれる？〟

ぼくはテキスト読みあげソフトを起動させようとして、猛烈な勢いでタブレット端末をタップする。起動に失敗し、はじめからやりなおす。マージャニは荷台の床を足でコツコツとタップする。

いまは笑いたい気分じゃないし、どうしてあなたが人を笑わせたいのか理解できない。

〝いいから、マージャニ、ちょっとだけ待ってて〟

粘液の一部がどうして落ちていったのか、その理由もわからないのよ。

できた。スピーカーから音声が出はじめる。

「落ちた、のは、あの、男の人が、ぼくを、落とした、から」

マージャニがかすかに笑みを浮かべる。疲れきっていて、声を立てて笑うのは無理っぽいけれど、こっちはそれでほっとする。「あなたが無事だったのはうれしい。でも自分の失敗は許せない」そこで間をおく。「ほんとうに許しがたい。わたしはあなたを殺していたかもしれないのよ、ダニエル。急いでいた、やることが多すぎる、あちこち動きまわらなきゃならない、あげくの果てに装置を持たずに出かけた。自分がそんなことをしでかしたなんて信じられない。けっして容認できない」

ぼくはもう一度マージャニの目をのぞきこむ。

〝もうやめて。忘れもするよ、人間なんだもん。ぼくも忘れてた〟

あなたを守るのがわたしの仕事なの。

〝ちがうよ。いっしょにいてくれるのがマージャニの

仕事。マージャニはいてくれた。いてくれてる。いまもここにいっしょに〃

ぼくは左側を見やる。

〃ぼくらは家に帰る。ぼくは無事。マージャニも無事。ぼくらはラッキー。さあ、家に帰ろう〃

ウーリー・マンモスがぶるぶるっと震えてとまり、トラヴィスとジェニファーが勢いよく降りて、リアゲートをおろす。ジェニファーがトラックの荷台に飛び乗ってきて、手慣れた感じでシートベルトと車椅子の留め金をはずす。ぼくは顔をしかめて彼女を見あげる。

「だって、一日じゅう、ここにすわってるわけにはいかないでしょう」とジェニファー。

マージャニは後ろにいて、口を閉じ、顔を伏せている。ぼくは、〃顔をあげて、さあ家に帰ろう〃という意味をこめてうなる。今回のことはマージャニのせいじゃない。ぼくは致命率百パーセントの病気をかかえている男で、最終的にはこの病気に殺される運命。それが今日じゃなくてほんとによかった。〃殺される日〃がずっとずっと先になりますように。でも自分をごまかすのはやめよう。その日はかならず来るし、その日が来たときに、マージャニやトラヴィスやうちの母さんや、いきなりこの小さくて風変わりなファミリーの一員になったジェニファーにも、自分を責めたりしないでほしい。

マージャニに自分を責めさせてはいけない。ほかの誰かにも。今日は恐ろしかった。でも恐ろしいのは今日にかぎったことじゃない。だからといって、なにかが起きて命を奪われるんじゃないだろうか、愛する人が死ぬんじゃないだろうかと、毎日不安がっているわけにはいかない。ぼくは虚空をじっと見つめて終わりの日が来るのを待つつもりはない。マージャニにも絶対にそんなことはさせない。そうじゃなく、もっといっしょに楽しく過ごそうと言いたい。

ぼくがもう一度うなるまえに、ジェニファーが丸めたパンフレットでいきなりマージャニの鼻をポンと叩く。アニメーションの〈ベティ・ブープ〉シリーズのなかの、何度もラグにおしっこする犬を叱るみたいに。なんというお嬢さんだろう。まえにマージャニに会ったことがあるとか?

「さあ、トラックから降りて」とジェニファーが言う。「あと二十分でコルベア（スティーヴン・コルベア。アメリカのコメディアン、俳優）の番組がはじまっちゃう」

手ごわくておっかなくて、疲れきっていて、人としてすばらしいマージャニが、どこからともなくあらわれて、この家は自分んちだといわんばかりに振る舞っている不思議な女性を見つめる。ひとつ呼吸するあいだ、そしてもうひとつ、長すぎるほどの時間をかけて。ぼくはジェニファーの背中がこわばっているのに気づく。

ふいにマージャニが袖で手を覆い、腕を持ちあげて、ジェニファーの鼻をコツンと突く。

「ベティ・ブープちゃん」

ぼくは笑おうとするけれど、笑えない。マージャニ渾身の切り返し。ぼくは反応することもできず、そこでマージャニはふっとわれに返ったらしい。玄関に入るとすぐに、背筋をしゃんとのばして家の掃除をしはじめ、いつものマージャニに戻る。キッチンの掃き掃除をはじめたとたんに、とつぜん動きをとめる。

「いったいどういうわけで、どこもかしこも泥だらけなの?」

ほんとうだ。キッチンの床全体に湿った土がこびりついている。時間がたって乾いた泥じゃなく、たったいまついたばかりのような泥が。床一面、雨もりしたみたいになっていて、湿ったいやなにおいがただよってきて……たしか、さっきも泥が。マージャニがトラヴィスのほうを向いて大声を張りあげるが、トラヴィスは家に入るときに靴を脱いでいた。ジェニファーの靴が彼の靴のとなりに並んでいる。この泥汚れは真新しい。そしてぼくらがつけたものじゃない。

　マージャニを見る。


〝介護サービスの人が来たとか？〟

彼らはこんな早い時間には来ない。それにあの人たちはこんなに無作法じゃない。

〝なんかムカつくね。いったいどうしたんだろう〟

わからない。誰がこの部屋にいた？

〝マージャニ〟

なに？

〝すごく疲れた〟

「そうよね、当然そうでしょうね、ごめんなさいね」とマージャニが言う。ぼくをベッドルームに連れていき、シャツのボタンをはずしはじめたところで、携帯電話が責めたてるように鳴りだす。フェイスタイムだ。日焼けしたにこやかな顔が見つめてくる。去年バルバドスで誰かに撮ってもらった写真。いっしょにいた男性に。フランクだっけ？　それともカール？


〝ああ、母さん。こっちはいろんなことが起きてる〟

28

「ええ、はい、いま画面の前に彼を連れてくるわね。ちょっと待ってて、アンジェラ」

ようやくぼくらは帰宅し、ぼくは疲れていて、みんなも疲れていて、ほんとにたいへんな一日だった。でも母さんが今日の出来事を耳にしたのなら、母親として確認したがるのもしかたがないと思う。

それにしても、いま母さんはどこにいるんだろう。母と話すときは、向こうからフェイスタイムでこっちの顔が見られるよう、ぼくは車椅子にすわってパソコンの画面をのぞきこみ、話はGoogleチャットで伝える。こんなのでどうして母さんが満足するのか、ぼくには理解できない。だって、あっちが目にするのは、質問に答えるためにジョイスティックを動かしている息子の姿だけ。でも母さんはぼくに会いたいんだろう。たとえ六歳児みたいにパジャマを着て（ぼくはこのパジャマが大嫌いだ）車椅子に押しこまれている息子でも。それにイリノイはマイナス一時間だから、たぶんジョージアにいるぼくたちほど疲れてはいないのだろう。

いずれにしろ、母はいま自宅にはいない。母さんの後ろにプールが見える気がする。ビーチにいるのか？　背後に人影があらわれたり消えたりしている。男みたいだ。ガーガー音がする。たぶんその男が髪を乾かしているか、なにかしているんだろうが、こっちからはよくわからない。あの男は誰だ？　いったい母さんはいまどこにいるんだ？

「ずいぶんひどい顔をしてる」

（……）

（……）

（……）

連絡ありがとう。うれしいよ、母さん。

「マージャニが今日の出来事をぜんぶ話してくれた。マージャニを責めちゃだめよ。ああいうことはわたしもやらかした。装置のことをつねに頭に入れておくのは簡単だと思うでしょうけれど、そうでもないの。わたしはね、いつでもあれを椅子に置いて見えるようにしてた。そうすれば忘れないようにしなくちゃ、とか考えずにすむから」

（……）

（……）

（……）

ぼくはマージャニを責めてないよ。いまどこにいるの？

「いまジャマイカにいる！　リゾートしてる。えっと……友だちと。仕事の同僚！　大学の新学期はまだはじまっていないから、学生たちが戻ってくるまえに旅行したかったの」

背後でうろちょろしている〝仕事の同僚〟とやらが誰か知りたいけれど、何度も言っているように、今日は長い一日だった。母さんが話したければ、あとで教えてくれるだろう。

（……）

（……）

（……）

楽しんできてね。ぼくはとても疲れているんだ、母さん。

「わかる、わかるわよ！　具合はどうか知りたかったたけ。最後に顔を見てからしばらくたっているから」

母は心配そうな顔をしているけれど、動揺はしていないようだ。マージャニが今日の出来事の深刻度を最小限にして話したにちがいない。いずれにしろフェイスタイムでは突っこんだ話はできないだろう。それにバカンスに出ている母さんは……お気軽でどこかうわの空のように見える。ぼくは母さんが楽しんでくれていればそれでいい。せっかく現実から離れているのだから、それを台無しにするつもりはない。

画面に映っていないなにかを見て母が笑いだし、こっちはなんで笑っているのか興味もないし、知りたいとも思わない。「ちょっと、やめなさいよ！」誰に向かってかは知らないが母が言う。おそらく図体のでかい男が、〈スピード〉の海水パンツをはいた股間にあぶなげにフルーツをのせて、ココナッツオイルをぽたぽたと垂らしているんだろう。知るか。せいぜい楽しんでくれ。「やめなさいってば！　わたしはいま息子と話しているんだから。まったくもう！」

母が垂らしていた髪をひとつにまとめてポニーテールにし、帽子をかぶる。「さてと、テニスをしてくるわね」そう言われて、ジャマイカはいま何時なのかと頭が混乱する。「マージャニにそっちでの様子を引きつづき知らせるように言っといて。なんにしろ、あなたが無事でよかった」そこで人さし指を立ててこっちに向けて振る。「あの装置を持っていくのを忘れちゃだめよ」

（……）

（……）

（……）

そうする。

そこで間をおく。

（……）

いまぼくは平気なふりをしながら、母さんには楽しいバカンスを過ごしてほしいと思っている。でも……

（……）

……わかんないけど、今日のことで少し動揺しているのかもしれない。今夜はどうにも心臓を落ち着かせることができない。気持ちをコントロールできない。

（……）

なぜなんだろう。恐ろしいことが起きたのが久しぶりだからだろうか。年をとったせいかもしれない。ぼくはいま二十代なかばで、ふつうの人にとっては人生の真っ盛りだろうけれど、SMA患者にとっては相当な年寄りになる。

（……）

SMA患者としていっしょに大きくなったほかの子たちはどうだろう。彼らのうちの多くがすでに亡くなっている。イリノイ時代の友人にまだがんばって生きている子がひとりいるけれど、彼は寝たきりの状態でご両親の農場で暮らし、仕事にも就けず、家から出ることなく、残りの日々が少なくなってしまうまで毎日命を削りながら生きている。アトランタで何回か会ったことがある女の子は、ぼくよりも健康状態がよく、ボーイフレンドまでいる（二、三年前のことだけど、セックスしている最中に腰の骨を折ったと言っていた）。しかしそれ以外の仲間の多くは、もう生きていない。SMA患者でいま成長過程にある子たちはもっと長く生きられるはずだ。彼らは赤ちゃんのころからスピンラザ（SMAの治療に用いられる薬品）を投与されていて、運動機能の改善が認められている。ぼくがあと二十年遅く生まれていたら、四十代、五十代、もしかしたら六十代まで生きるチャンスがあったかもしれない。

（……）

実際の話として、毎日少しずつ弱っていると実感している事実を認めなければ、ぼくは自分をごまかしていることになるだろう。体力の回復にまえより時間がかかる。小さな痛みや違和感が以前よりも長くつづく。ベッドから出るのが億劫になっている。いままでは朝を迎えたい、人生と向きあいたいと心の底から熱く願う自分をなかなか立派だなあと思ってきたし、そう願えるのはほんとうにラッキーだと思っていた。でもいまはなんだかすっかり疲れている。

（……）

この気持ちを伝えたいよ、母さん。ときにはこのまま壊れちゃうんじゃないかと思ったりもする。こんなふうに感じないようにあなたはぼくを育ててくれた。だからこういう気持ちになったことは一度もなかった。そう感じないよう努力もしてきた。でも、いま感じている。心が折れそうだ。すっかり弱気になっている。危険だと感じている。

（……）

それに……あの男がいる。あの女の子も。彼が彼女を連れ去るところをぼくが目撃したことをあの男は知っている。彼はごついブーツをはいている。そしてうちのポーチにはブーツの足跡がついていた。キッチンではなにがあった？　いっぺんにいろんなことが起きてるんだよ、母さん。

（……）

話してもいいかな？　話すべき？　あなたのバカンスを台無しにしたくはない。そこは美しいところみたいだし、同じ職場の友人はテニスをしにいく準備がすっかりできているようだし。

（……）

「ダニエル？　ダニエル、まだそこにいるの？」

（……）

（……）

うん、いるよ、母さん。ちょっと疲れてるだけ。目いっぱい楽しんでね。母さんが帰ってきたらまた話そう。愛してる。

「わたしも愛してるわよ、ハニー。トラヴィスの面倒をちゃんとみてやってね。あと、自分の面倒もね」

ちゃんとやるよ、母さん。いつもどおり。

29

マージャニはぼくの様子がおかしいことに気づいているらしく、当然、その原因は今日死にかけたことだと思っているだろう。現状に関する彼女の推測は正しいとはいえ部分的で、ほんとうのところ、どうしてこうなっているのか、自分でもまだ完全にはわかっていない。いずれにしろ、いくらかでも眠らなくては。

「もうみんなだいじょうぶかい?」とトラヴィスが言う。「おれはジェニファーといっしょにダウンタウンの〈マンハッタンカフェ〉で一杯やってくる。寝酒《ナイトキャップ》ってとこかな」

「午後十時にナイトキャップ?」ジェニファーがトラヴィスのシャツの襟をつついて言う。「あなたって、年寄りなんだね」

ジェニファーが近くに来る。ぼくはパジャマを着てベッドのなかにいて、今日はもう一枚、余分にブランケットをかけている。外は寒くはないけれど、なんだか寒くてしかたがない。どこもかしこも寒い。ジェニファーはこっちの打ちひしがれた様子に怯みもしない。出会ったばかりでよくわからないからか、今夜ぼくが死にかけるのを見たからか。ぼくの胸に手を置く。

「よくがんばったね」そう言い、身を乗りだしてきて額にキスをする。「わたしたちも見習わなきゃ」

トラヴィスとジェニファーが帰ったあと、マージャニは笑みを浮かべ、頭の下にもうひとつまくらを押しこむ。

「だいじょうぶ?」とマージャニ。すぐ横に腰をおろし、左脚を軽くさすってくれる。その質問はぼくによりもマージャニに対してするべきだろう。ほんとのところ、ぼくはマージャニが心配でたまらない。キャンパスから病院、そして自宅へとぼくに付き添っていたために、次の仕事先に今日は休むと伝える電話をしなければならなかったにちがいない。彼女が面倒をみているのはぼくだけじゃない。ここのほかにも行くべきところがある。

〝だいじょうぶだよ。マージャニはだいじょうぶ?〟

気分は少し落ち着いた。ほんとうに恐ろしかった。

〝ぼくも。いまでも怖い。でも今日の出来事のせいじゃない。そうじゃないんだ〟

「ダニエル、あなたがよければ、今夜はここに泊まるつもり。明日の朝早くにテールゲート・パーティー(ヴァンやトラックのテールゲートを開いてビールなどを飲むのでこう呼ばれる)の手伝いをしにいかなきゃならないから、ここに泊まったほうが楽」

ぼくはほっとする。

〝それなら安心できる。泊まってってほしい。ほかに行かなきゃならない場所があるのにごめんね。ほんとうにありがとう〟

ほんとにたいへんな一日だったわね、ダニエル。

おそらく彼からのメールがぼくを待っているはず。でもいまは対応できそうにない。眠らなきゃならない。身体を休めなきゃならない。マージャニがパソコンをシャットダウンし、テレビを消すためにリモコンをつかむ。ちょうど高校のフットボールの試合が終わったばかりで、NBCのアトランタの系列局による夜のニュース番組に変わり、朝のメンバーが勢ぞろいして最初のコーナーがはじまっている。

「行方不明になっている学生のためにアセンズの学生たちが今夜、集会を開きました」デスクにつく元気溌《はつ》剌《らつ》な女性が言う。「試合を明後日にひかえたフットボールチームの面々も参加しています。現地からジミー・ダルレリオがお送りします」

自分の胴体より太そうなマイクを持った十歳の子どもが画面にあらわれる。思うに、テレビのリポーターは十年後には幼児になっているだろう。

「ありがとう、マリアンヌ。ジョージア大学で獣医学を学んでいるアイ‐チン・リャオという名の中国籍の女性が、金曜日の朝、授業に向かう際にキャンパス内のどこかで消息を絶ちました。いま学生グループが彼女を捜しています」

そこで集会のビデオが流れ、集まっている学生たちや夜通し灯されるキャンドルが映される。ぼくらの友人のレベッカが画面に登場し、十歳のジミーに話をしている。彼女は〝レベッカ・リー、心配しているアジア系学生〟として紹介されている。いままで見たなかで最高のテロップとは言い難い。

「彼女のご両親もここに来ています。われわれはおふたりを歓迎し、少しでも安心してもらえるよう努力しています」とレベッカが言う。「あまりにもひどい状況なので」

ジミーがふたたびしゃべる。「ジョージア大学フットボールチームのヘッドコーチ、カービー・スマートと話す機会がありました。ブルドッグスは土曜日にサンフォード・スタジアムでミドルテネシー州立大学と対戦します。カービーは行方不明者を捜索している団体に協力していると語っていました」

ほかのフットボールのコーチと同様に、カービー・スマートはやや暑苦しいほどの熱血漢で自信家っぽいけれど、それを除けば基本的にはまともな人物っぽい。その彼が言う。「かならずや女子学生は見つかるでしょう。われわれは地元の法執行機関に信をおいていますし、女子学生が発見されることを祈っております。われわれは協力を惜しまないということをみなさんに伝えるために、ぜひとも集会に参加したかったのです」その場ですぐに彼がフィールドへと駆けだすのをぼくはなかば期待した。

そのあとで〝心配している学生たち〟と〝心配顔の観衆〟が画面に映り、クラーク郡の保安官の短いインタビューが流れる。保安官が語るところでは、彼らは〝考えうるかぎりすべての手がかりにあたる〟とのことで、ほかはとくになし。それからさらに悲しげな表情の学生たちが映り、連帯の証しとしてアジア系の学生たちが互いに腕を組んで一列に並び、そして――

なんてことだ、なんてことだ、なんてことだ、なんてことだ。

激しくひきつけを起こし、もう少しでベッドから落ちそうになる。マージャニが飛んできて、窓から飛び降りようとする人間を押さえるみたいにぼくの身体をつかむ。

「ダニエル、どうしたの、いったいどうしたっていうの？」マージャニは目に本物のパニックの色を浮かべて訊く。

ぼくはテレビを見つめる。

〝ううー。うううー。ううううううー！！！！〟

アジア系の女子学生たちがアイ－チン捜索に向けて団結を示すために腕を組みあって人間の鎖をつくるなかに、男がひとりまじっている。鎖は少し距離をあけて撮影されているためそれぞれの顔までは見えないけれど、男が白人であるのはたしかだ。ティーチング・アシスタントや大学院生のように身なりを整えていて、帽子をかぶっている。みんなで歌をうたっているらしく、彼もほかの学生たちといっしょにうたい、集会に溶けこみ、ショックを受けているジョージア大学の学生のひとりとして、このキャンパスで起きた悲劇をなんとか受け入れようとしている。左腕で若い中国系のアメリカ人学生と腕を組み、右腕をべつの学生の腕にからめている。人間の鎖の一部になっているのだ。

帽子はアトランタ・スラッシャーズの青いやつ。ぼくはこの男をまえに見たことがある。

なんてことだ、なんてことだ、なんてことだ。

たぶんギラついている目でぼくはマージャニを見やり、それからテレビに戻り、またマージャニを見て、テレビを見る。

〝ううー。うううー。ううううううー！！！！〟

金曜日

30

ここでトラヴィスの話をしよう。

十年くらいまえ、ぼくが高校に通っていたとき、母さんは毎日、古いヴァンで迎えにきた。ヴァンには車椅子用の昇降機がついていなかったので、母さんは毎回、校務員さんか体育の先生に手伝ってもらって、車椅子ごとぼくを後ろのドアから運びこんでいた。ボロくてばかでかいソファかなにかを押しこむみたいに、ぼくは押しこまれていた。なにがあろうと母さんはかならず学校に迎えにきて、一分たりとも遅れることはなかった。SMAを患っている子の多くは〝健常〟な子がひとりもいない特別支援学級に通っていたけれど、うちの母さんはできるかぎりふつうの生活を息子に送らせたがっていた。高校時代、SMAはいまみたいに進んではいなかった。ぼくは誰かに教室のいちばん後ろまで連れていってもらい、ほかの生徒たちと同じように退屈な時間を過ごしていた。

とにかく、その日、母さんは数分遅れた。あらわれたときには、あわてふためいているように見えた。髪は乱れ、化粧は崩れ、ブラウスのボタンをふたつ、かけちがえていた。うちの母さんはきちょうめんでしっかり者、いつもつねに落ち着いているので、ぼくはてっきりこっちに来る途中で車の事故に遭ったか、もしくはクマに襲われたのかと思った。

家へ帰る途中、母さんは州間高速道路四十五号線をおりてさびれた田舎道に入り、黙って車を走らせた。どの車線にも一台の車も見ないまま何マイルも走ったあと、ふいに車をとめ、エンジンを切り、運転席で両手に顔をうずめた。肩をこわばらせ、顔を覆った髪にふーっと息を吐きかけた。なにが起きているのかぼくにはわからなかった。でも、なんとかしなくちゃと思った。「母さん、ぼくを殺してここに埋めるつもりなの？　それともトイレに行きたいだけ？」母さんは両方の鼻の穴から鼻水を垂らして大笑いし、そのときぼくはようやく母が泣いていることに気づいた。

「黙んなさい」母さんはシートベルトをはずしてヴァンの荷台を這い、ぼくのとなりにすわりこみ、ぼくの手に触れた。母はいつでもかならずぼくに触れる。そこでもう一度深く息を吐いた。顔を伏せて長々と息を吐いていたので、そのあいだぼくには母の顔が見えなかった。「ダニエル」と母さんが言った瞬間に、ぼくにはわかった——どうしてかはわからなかったけれど、とにかくぼくにはわかった。本人の口から聞く必要もなかった。迎えにくるまえに医者のところへ行ってきて、まえに心配ないわよと言っていたしこりがガンで、治療中に髪と乳房と、ほかに神のみぞ知るものを失うことになると。

ぼくはわかったし、ぼくがわかったのを母は知り、だから話すのをやめてただぼくをぎゅっと抱きしめた。息子の身体は健康で頑強だから、強く抱きしめてもだいじょうぶとでもいうように。イリノイ州中央部のどことも知れぬ道にとめた寒々しいヴァンの荷台で、骨と肉のかたまりを車椅子に押しこんでいるぼくは、こうして母を目いっぱい背筋をのばした姿勢のままにさせていた。しまいにぼくがうなり声をあげると、母は息子を抱きしめていた腕を解き、鼻を拭いてごめんねと言い、ぼくの頬を軽くつねった。

「わたしたちふたりとも、ほんと手がかかるよね」

ぼくは微笑んだ。「家に帰ろう、母さん」

その知らせは母の知り合いたちを打ちのめした。なにをしても壊れないくらい頑健だと思っていた相手が、じつはぜんぜんそうじゃなかったと気づいたとき、誰もがこんなふうに打ちのめされる。化学療法を受け、命がけで闘っている人の近くにいてどうしたらいいか誰もわからず、その人の死によって息子が施設に送られ、その子が十五年後にひとりで死を迎えるという未来図を前にして、みなかける言葉を失う（公平を期して言うと、母もぼくもそういう厄介な問題に直面した場合、どうしたらいいかわからずおろおろする口だった）。あのときぼくは母に、ぼくみたいに生きるのがどういうことか、これでやっと母さんも少しは理解したよね、と冗談を飛ばした。ぼくがいつも目にしていた〝ああ、なんてこの子はかわいそうなんでしょ〟という顔が、今度は母さんにも向けられちゃうね、と。

当時、母が頼りにしていたのは、ぼくを除いてはトラヴィスのママだった（数年後に本人から聞いた話によると、化学療法がはじまって三週間ほどたったころ、母は父からメールを受けとったという。タイトルなしの本文には〝だいじょうぶかい？　きみが病気だって聞いたけど――R〟と書かれていた。受けとった本人にしてみれば〝ざまあみろ、死ね〟にかぎりなく近いだろう）。トラヴィスのママは息子や家族のもとへ帰るまえに基本的に毎晩うちに来てくれて、夕食をつくり、ぼくをベッドに入れてくれて、おかげでうちの母さんは身体を休ませることができた。トラヴィスのママはぼくらを助けることも母の病気も、なにひとつ大《おお》事《ごと》にしなかった。母を思って泣いたり、同情を示すことは一度もなかったし、ぼくの気持ちを尋ねもしなかった。ただうちに来て求められる仕事をこなし、宿題をやっちゃいなさいとぼくに言い、すべてがふだんどおりで、ふつうじゃない出来事などなにひとつ起きていないという態度を貫いていた。ぼくら親子にとってはなによりもありがたかった。

トラヴィスのママのメッセージは息子にも伝わり、トラヴィスは、おまえんちの母さんはだいじょうぶか、とか、おまえはだいじょうぶか、とか、なにかいるものはあるか、とかいった質問はいっさいしてこなかった。ただいつもと同じことをやっていただけ。トラヴィスのママとうちの母さんがどっかへ行っている隙に、物置の後ろでマリファナ煙草を吸ったあと、家のなかに戻ってきていっしょにテレビゲームをやったりしていた。十代の男子はいろいろと欠点はあるけれど、不思議と痛みへの対応の仕方はよくわかっている。スローガンは〝ハイになって、テレビゲームをやろう〟だ。ほんと、独創的。みんなも人生のなかでつらくてしかたがない時期に悲しみを癒やすすべとして〝ティーン直伝の心を楽にする方法〟を採用し、ニキビ面で阿呆みたいに口をぽかんとあけた十六歳と同じように肩をすくめながらその方法を実践すべきだろう。トラヴィスは完璧だった。現状について考えたくないし、しゃべりたくもないぼくに、考えたりしゃべったりしなくてすむ時間をトラヴィスはごまんと与えてくれたのだから。彼は母さんの病気の話をけっして持ちださなかった。ふいにやってきて裏口のドアをノックし、あたりを見まわしてうちの母も彼のママもいないことを確認してからマリファナ煙草を吸いにいき、戻ってきて家のなかに入り、ぼくにコントローラーをひょいと投げてから横にすわり、〈コール オブ デューティ〉を何時間もプレイした。そのあいだは〝あの男に気をつけろ！〟とか〝これを食らえ、ナチのクソ野郎！〟とか以外はひと言もしゃべらず、ゲームの世界に没入した。おかげでぼくはつらい時期を切り抜けられた。

ある日、小包が玄関先に届けられた。それも、UPSのいつもの配送時間よりも遅い、夜も更けてからの時間に。母とぼくは古い〈ザ・ラリー・サンダース・ショー〉を見ながらソファでうたたねをしていて、ドアベルの音で起こされた。弱った身体でふらふらしながら母はアマゾンの小包をあけた。中身は、押す〝ボタン〟だった。なんだか〈トワイライト・ゾーン〉の冒頭シーンみたいだった。プラスチック製の赤くてでかいボタンは、事務用品のスーパーマーケット〈ステープルズ〉で売っている〈イージーボタン〉にそっくり。包装されていなくて、メモもなく、いったいそれがなんなのか、どこから送られてきたのかを示す手がかりもなかった。

母はソファの前のコーヒーテーブルにボタンを置いた。とまどいつつ、ふたりでそれを眺めた。このボタンはいったいなんなんだ？ どうしてぼくらのところに送られてきた？ ボタンを押したらどうなる？

母がぼくを見た。すっかり髪の毛が抜けて、顔は青白くぼんやりしている。まえに自分のことを〝スケルター（アニメ作品の〈マスターズ・オブ・ユニバース〉に出てくる悪役。ドクロの顔をしている）〟と呼んでいたこともあった。母はボタンを見て、ぼくを見て、それからまたボタンを見た。

「ボタンを押したほうがいいのかな？」

「わからないよ、母さん。ちょっと怖いなあ」

「ばか言ってんじゃないわよ。押すわよ」

母はやけに耳ざわりな音を立てて深呼吸してから、ぼくの腕に触れた。「行くわよ」

母がボタンを押した直後、騒々しいサイレンが鳴りはじめた。〝ウーーーーーー、ウーーーーーー、ウーーーーーーーー！〟ボタンがパッと明るくなり、激しく点滅しはじめた。〝ウーーーーーー、ウーーーーーーー、ウーーーーーーーー！〟そのあとは、こんなふう。〝おなら感知！ おなら感知！ 至急、換気！ おならが感知されました！〟

母はボタンを手に取り、底のラベルを読んだ。それは、ほんとにほんとの、おなら感知器だった。〝おならが感知された際には、ボタンを押して村人に警告を！〟それからも警告はつづいた。〝おなら感知！ おなら感知！ 至急、換気！〟

母は身体じゅうの全細胞を吐きだす勢いで咳きこみながら、盛大に笑った。ぼくらはもう何週間も笑ったことなどなかったのに、そのときは笑って、笑って、笑い倒した。ある時点で、ぼくは笑いすぎて車椅子から転げ落ち、床に投げだされてもまだ身体を揺らして笑っていて、母はその姿を見て、さらに笑った。ぼくは床をごろごろ転げまわり、母さんもいっしょになって転がりはじめた。ぼくらは一時間ものあいだボタンを何度も何度も押しまくった。

ボタンは数カ月、コーヒーテーブルの上に鎮座していた。一方で、受けとってから一週間が過ぎても、送り主が誰かはまったく見当がつかなかった。どうしてぼくらの家に届けられたのだろう？　送り先を間違えた？　母かぼくが夢遊病に罹って、動きまわっている最中にオーダーした？　神からのメッセージなのか？

十日ほどたったころ、ようやく謎が解けた。いつもどおりやってきたトラヴィスが何時間か〈コール オブ デューティ〉をプレイしたあと、あらゆる骨と関節をポキポキ、コキコキ鳴らして立ちあがり、冷蔵庫までマウンテンデューを取りにいった。キッチンへ行く途中でおなら感知器を目にし、うちに来てそれを見かけたほかの人たちと同様に、クスクス笑いはじめた。

トラヴィスはゆっくりとぼくの部屋へ戻ってきた。

「そうか、小包を受けとったんだな」

ぼくはトラヴィスを見やった。「えっ？」

「いや、おれ、あれを注文したことをすっかり忘れてたよ。いつだったか、夜に帰宅したとき、おまえとおまえのママがやけに元気がなかったなあって思ってさ、それで、ふたりをうんと笑わせてやろうって考えたんだ。で、」——トラヴィスは劇的な効果を狙ってか、間をおいた。とりわけ難しい代数の問題の解答をこれから告げるとでもいうように——「おなら感知器！」

「いったい……どうして自分で持ってこなかったの？　なんで自分が送ったってぼくらに知らせてくれなかったんだい？」

「さあ、わかんねえ」とトラヴィス。「もう忘れちゃったよ。まあ、とにかく、おまえんちのママがよろこんでくれたんなら、それでいい。さあ、用意はいいか？　ゲームの一時停止を解除しろ。行くぞお」

これがトラヴィス。一度くっついたら離れられなくなる男。

31

当然のように、翌朝メールが来ていた。それがこれ。

トム――

車をほめてくれてありがとう。洗車してもらわなきゃならないけれど……最近は少しばかり忙しくて。どういう状況かきみはわかってるよね。

言っておくが、女の子を引っかけるのに車が役に立ったためしはない。女の子っていうのは話しかけづらくないかい？　とくに大学生の女の子は最悪だ。実際に世界とふれあうよりも携帯電話を眺めるほうが好きときてる。男性についていつでも不満たらたらだし、ああ、いやだ、いやだ。ちゃんと見さえすれば、まわりにすばらしい男性がいくらでもいるのに。彼女たちは見ようともしない。ぼくらみたいな男がすぐそこに、彼女たちの目の前にいるというのに。見さえすれば気づくのに。

アイ‐チンのいいところのひとつは、フレンドリーで、見かけるといつも笑みを向けてきた点。彼女がサウスビューのあたりを歩いているのを二週間ほど見ていたこともある（ところで、わたしはきみを一度も見たことがないけれど、その事実に心の底から驚いている。あそこでは**誰ひとり**見かけなかった。誤解を避けるために言っておくと、わたしはいつもかなり早くからあのあたりにいる）。きみが住んでいる場所はいいところだ――住民が多い地区から離れているが、必要なものはなんでもすぐに手に入る。彼女のような人が通りを安全に歩けて、飲酒運転の大学生に轢かれたり、誰かにレイプされる心配はない。ただにこにこ笑って、幸せでいられる。いまどきああいう場所を見つけるのは難しいと思わないかい？　朝のドライブで彼女のそばを通りすぎるとき、わたしはいつも彼女に好感を持っていた。この世界に邪悪なものなどなにひとつ存在しないといったふうに彼女は歩いていた。彼女は世の中の汚れを知らなかった。わたしはマッチングアプリで右にスワイプして彼女と出会う必要はなかったし、彼女は左にスワイプしてわたしを排除する必要はなかった。わたしたちは世界に出ていって、ふつうの人びとが出会うように出会うだけでよかった。判断する必要なんてひとつもなかったんだよ。

〝判断する〟というのはいちばん難しい。

いまのところ、彼女は元気だ。訊いてくれてありがとう。わたしと彼女の距離は縮まってきている。彼女はわたしを信用しはじめていると思うよ。わたしもいつか彼女を信用できるかもしれない。

それでは。

ジョナサン

32

昨夜の出来事を自分なりに消化し、そこから回復するための時間はあまりない。というのも、わが家のキッチンに警察の制服を着た身体のばかでかい成人した子どもがいるから。

ところで、とりあえずぼくは元気だ。ああいった出来事が起きるたびに病気が少しずつ悪化するのは、まあ間違いない。なんといっても、ぼくの病気は進行性なのだから。治る見込みはなく、新しい現実に適応していくだけ。いま食道の内側に小さな引っかき傷、もしくは切り傷みたいなものがあって、それが気になってしかたがない。昨日はなかったのに、今日、目が覚めたらあって、残りの人生においてずっとそこにあるのだろうと観念している。気道に張りついていた痰のせいなのだろうか。ぼくを抱きあげた男性に落っことされたせいか。肺が弱ってきているせいなのか。もしかしたら、三つの合わせ技かも！　まあ、そんなことはどうでもいい。それがいまのぼくの現状。呼吸をすると胸のなかでヒューッと音がしはじめ、空気を吸いこむたびに活力が失われていき、やがて死に至る。昨日はそんな状態だった。今日はつねに昨日とはちがう。

こういったことすべてを、身体のばかでかい警察官に伝えられたらなあ、と思う。彼は朝早くからうちのキッチンの椅子にすわり、もう何カ月も戸棚に眠っていた大量生産の安いコーヒーを熱々のマグカップで飲んでいる。うちでは誰もコーヒーを淹れて飲まないから、マージャニがその安いやつを見つけるのに二十分かかった。どうやらアンダーソン巡査はどうしてもコーヒーが必要らしく、カーター政権のあいだのどこかで収穫された豆を挽いて淹れたものを、いまどうにかこうにか飲み下している。

「コーヒー、ごちそうさまです」アンダーソン巡査はそう言うけれど、目が潤んでいるような気がする。

「どういたしまして」とマージャニ。「トラヴィス、あなたも飲む?」

「まあ、どうしても飲めって言うなら飲むのはやぶさかじゃないけど、うんうん」とトラヴィスが答える。

どうやら冗談を言っているのではないらしい。それにしても、午前十一時以前にトラヴィスを見るのはいつ以来だろう。今日のトラヴィスはクリプトキーパー(一話完結のドラマ〈ハリウッド・ナイトメア〉のホストをつとめる地下室の主人)みたいだ。「でも、それなら殺鼠剤を吸引したほうがマシかもね」

アンダーソン巡査がトラヴィスのほうへゆっくりと顔を向ける。

「いやいや、おれはなにも吸引しないよ。そういう意味で言ったんじゃない。おれはヤク中なんかじゃないですから。清廉潔白に生きてます。すすめられてもノーって答えます」

「あなた、口を閉じたほうが賢明かもよ、トラヴィス」とマージャニ。

「激しく同意するよ、マー」トラヴィスはぶつぶつ言いながら、いきなり魅了されたとでもいうように左の親指をじっと見つめる。「まったくおっしゃるとおり」

アンダーソン巡査が咳払いする。その衝撃で家じゅうが震える。「オーケー、わたしは昨晩、例の集会でトラヴィスと話をしました。さまざまな出来事が起きるまえに聞いたところによると、わたしが、えー、前回に訪問したときに得られなかった情報をあなたはお持ちのようで」アンダーソン巡査はばかでかいけれど、冗談抜きでかなり若い。あごひげに隠れて無視できないほどのニキビがあるし、顔はまんまるで、倒しても勝手に起きあがるローリーポーリーみたいだ。ぼくのほうが彼より間違いなく年上とみた。

マージャニはトースターからトーストを取りだし、バターを塗って、トラヴィスと巡査の前に置く。巡査はありがとうのしるしに軽く会釈するが、トーストのほうを見ようともしない。彼の視線は部屋じゅう、あちこちに飛んでいる。もしかして、ぼくは彼がはじめて見る身体に障がいがある人物？

「で、ダニエル、あなたはわたしになにを教えてくれるんでしょうか。アイ－チンに関する情報ですか？」

ぼくはトラヴィスを見る。

〝どうしたらいいと思う？〟

おれがしゃべって、おまえがイエスと思うんならうなずき、ノーと思うんなら首を振るっていうのはどうかな。

〝トラヴィスが話す内容を正式な証拠として警察に提出しちゃっていいのかな〟

あははは、心配症だなあ。

「オーケー、よく聞いてくれよ」スライドショーかなんかを駆使する外部講師よろしく、トラヴィスが説明しはじめるのを見ていると、つい引きこまれてしまう。でもそれもほんの一瞬だけ。

「ダニエルは外に出てた。ポーチに」

「ここのポーチですか？」

「なんだって？」

「この家のポーチかってこと」

「そう。そうだとも。そのポーチ。この家の」

「何日に？」

「なんだって？」

「何日にって訊いたんだよ」

「彼女が消えた日」

「つまり、金曜日？」

「金曜日！ ちょっと待て、金曜日、だよな？ 彼女が消えたのは金曜日？」トラヴィスがこっちを見る。

ぼくはうなずく。だいじょうぶかな、こいつ。「そう、金曜日」

「何時に？」

「朝」

「朝の何時？」

「朝食の時間」

アンダーソン巡査は思いっきりため息をつく。「何、時かな？」

「知らね」

アンダーソン巡査がこっちを見る。ぼくはテキスト読みあげソフトを起動させる。「七時二十二分」

「それが正確な時刻？」と巡査が訊く。

「あい」

「それはどういう意味？」

くそっ、タイプミス。「はい。はい。はい。正確な時刻です」

「ありがとう」巡査はふたたびトラヴィスのほうを向く。「オーケー。彼はポーチにいた」

「そして彼は彼女が通りを歩いていくのを見ている」

「彼女が通りにいるのを見るのはそれがはじめてだったんですか？」

「そう。いや、ちょっと待って、ちがう。えっと、どうかな。くそっ、おれは知らね。ダニエル、おまえが彼女を見たのはそのときがはじめてだったのか？　はじめてだとか言ってたっけ？　おれはすっかり忘れたみたいだ。いろいろと頭に入れとくことがあるからな、うんうん」

アンダーソン巡査はもうトラヴィスを見かぎっているらしく、こっちを見ている。ぼくはうなずく。たぶん仲介者は除外したほうがよさそうだ。

「さて」アンダーソン巡査が言う。「ダニエルと直接話したほうがいいみたいですね。そっちから、えーっと、説明を加えたほうがよさそうだと思ったときには、合図してください」

〝ここはぼくが直接話を聞いたほうがいいと思う。トラヴィスが話しつづけてたら、そのうちに逮捕されちゃうよ〟

うるせえ。

〝マリファナを持っているなんて彼に言うなよ〟

マリファナなんか持ってないね。

〝いつも持ってるじゃないか〟

うるせえ。

「さっそくだけど、ダニエル、教えてください。あなたは例の金曜日の朝にアイ‐チンを見たんですか？」

「はい」

「あなたは毎朝、彼女を見ている？」

「ほぼ毎日」

「彼女はあなたを見ましたか？」

ぼくはトラヴィスを見る。

〝あの朝だけは〟

あの朝だけ？

〝あの朝だけは〟

「あの朝だけは」とトラヴィスが得意げに言う。

「わかりました」とアンダーソン巡査。「あなたを見たのが彼女だったのはたしかですか？」

はい。おっと、文字を打ちこまなきゃ。「はい」

「七時二十二分に？」

「はい」

「それで、彼女が車かなにかに乗ったのをあなたが見たとトラヴィスは言っているけど？」

「はい」

「車種はわかった？」

「はい」そこで間をとって〝カマロ〟と二回打つ。どういうわけか読みあげソフトは〝カヨラ〟と発音したがる。「うす茶色のカマロです」

「運転している人物を見た？」

「少し」

「〝少し〟ってどういう意味？」

「帽子を見ました。先っぽがクロームっぽく光っているブーツも」

「でも顔は見ていない」

「はい」

でも、トラヴィスも知らない、もっと重要な情報がある。

　そこでマージャニが割って入る。「ダニエルは昨日の晩にテレビでその男を見たそうです」

「なんだって？」とトラヴィス。「そいつはテレビの番組を持ってるのか？」

〝そう、男の正体はジミー・キンメル（〈ジミー・キンメル・ライブ！〉というトークライブ番組を持っている）〟

ふざけんな。

　アンダーソン巡査はこの手のふざけたやりとりにはうんざりしているらしい。トラヴィスとぼくは子どものころからこんなふうに意思の疎通をしている。ふたりでつくりあげたシステムで、テレパシーにも似た〝双子だけにつうじる言語〟のぼくらバージョンだ。

でも、わかる。巡査の目には、頭のおかしい大麻乱用者が、頭を右に左に振る身体に障がいのある人物をじっと見つめている、と映っているのだ。巡査はこっちの話を聞け、とばかりに、おそらく意図したよりも強めにテーブルに手を打ちつける。

「ちょっと待った。なんだって？」コーヒー入りのマグカップを脇にどかしてアンダーソン巡査が言う。

「彼をテレビで見たって？」

　ぼくは勢いこんで読みあげソフトに言葉を打ちこむ。

「ニュース。集会の。ブーツ。帽子」

マージャニが咳払いをし、アンダーソン巡査のカップにコーヒーを注ぎ足そうとしたところで、まだなみなみと入っているのに気づく。やっぱりコーヒー豆は腐っていたらしい。

マージャニがもう一度咳払いをする。アンダーソン巡査は手帳になにごとかを熱心に書きこんでいる。

「昨日の晩、ダニエルの一件のあとでわたしたち、ニュースを見ていたんです」マージャニが話しはじめる。「それで、ダニエルによると、車に乗っていた男が集会に参加していて、ビデオに撮られていたそうなんです」彼女の声に懐疑的な色がうかがえ、ぼくはイラッとする。

「ビデオのなかに彼の顔を見たんですか?」

「いいえ。遠すぎて。でも彼でした。ブーツ。帽子」

アンダーソン巡査は手帳を閉じてポケットにしまう。彼にとってはもう充分なのだろう。「この情報は、このまえこちらにうかがったときに得たものよりもたしかに重要ですね」巡査はそう言って立ちあがりかける。「ご協力に感謝いたします。警察のほうでそのビデオのコピーを入手します——そこからなにかがわかるかもしれません」

巡査がぼくを見る。「えー、とても有益なお話をうかがえました。彼女が消息を絶った時刻がわかったわけですから。あなたがいなければ、その情報を入手できなかったと思います。ありがとう」

でもぼくはまだぜんぶの情報を渡しきっていない。いま帰すわけにはいかない。「待って、待って、待ってください」

そこでアンダーソン巡査を見る。「メール。ぼくらメールをした」

巡査は顔をしかめ、不安げなまなざしをちらりとトラヴィスに送り、ふたたび椅子に腰かける。トラヴィスが咳払いをする。

「えー、そのー、その件についてはあなたの友だちから聞いています。彼はメールをわたしのところへ転送してくれました。われわれはその男性についてすべて把握しています」

当惑して、ぼくはアンダーソン巡査を見る。なんだって？

「えーと、その男の名前はジョナサン・カーペンターです。アセンズの東部に住んでいます。われわれは以前、彼に手を焼いたことがあります」

車椅子をアンダーソン巡査のほうへ動かすと、彼は驚いて椅子ごと後ずさる。思うに、ぼくが動けることを忘れていたんだろう。

「ジョナサン。カーペンター」

「そうです。彼がどんなことをしているか、ざっとお話ししましょう」アンダーソン巡査が言う。「彼は犯罪に関与していると嘘をつく人物として署内で知られています。彼とかかわるようになってからもう二年になります。去年はソロリティのクラブ会館に二度押し入ったと言ってきました。銀行強盗をするつもりだとわたしの同僚に知らせてきたこともあります。どれも真実ではありませんでした。彼はひとり暮らしの情緒不安定気味な人物で、わたしが思うに、警察の注意を自分に向けたがっているようです。実際に以前組んでいたパートナーといっしょに彼の自宅を訪ねたこともあります。情報受付窓口に彼から通報があったからで、その内容は彼の隣人が女子高校生を誘拐し、物置に監禁しているというものでした。しかし、隣人の家に物置はなかった。どうやら、みずからを重要人物と思いたいがために、電話をかけているふしがあります。きっと孤独なんでしょう。はっきり言って病的です」

彼は孤独な人だとぼくも思う。

「トラヴィスから聞いたんですが……あなたは今回の事件についてインターネットになにかを投稿したそうですね」ずいぶん長いことほかに視線を向けていたアンダーソン巡査が、ここでようやくぼくを見る。「はっきり言っておきますが、もしなにかをご存じなら、インターネットに投稿したり、自分で闇雲に動いたりしないで、警察に通報するようにしてください。とにかく、彼はあなたの投稿を見て、こう思ったにちがいありません。警察が自分を犯罪の首謀者だと認めてくれないのなら、今度はあなたに認めさせようと」

つまり、ブーツの先っぽが光っている男とジョナサンは同じ人物じゃないということ？　ぼくはネットを徘徊するやつに騙されただけ？

マジか。

これまで生きてきて、自分をこんなにもばかだと思ったことはない。

「あなたを責めるつもりはありません」アンダーソン巡査が急に申しわけなさそうな顔つきになって言う。まずいたとえ話をしてしまったといわんばかりに。

「今回のような事件は頭のおかしな者たちを引きつけてしまうものなんです。さっきも言ったように、どんな手がかりも重要です。あなたから事情を聴いたことにより、われわれは以前よりさらに多くの情報を手にしています。ほんとうです。ですからお礼を言います。ありがとう」

ようやくアンダーソン巡査は立ちあがり、マージャニに名刺を渡す。「ダニエルがほかになにかを思いだしたら、迷わずわたしに電話してください。彼がインターネットに投稿するまえに。いいですね？」

アンダーソン巡査は玄関ドアに行きかけて、途中で振り向く。「コーヒーをごちそうさま。温かくもてなしてくれてありがとう。それと、ダニエル、あなたは勇敢な人だ。ほんとにそう思います」

アンダーソン巡査よりぼくのほうが年上なのはたしかだ。でもいまはそういうふうに感じられない。

33

昨日の晩、マージャニはぼくの部屋で寝た。いまは申しわけない気持ちでいっぱいだ。マージャニにはフットボールの週末にやるべきことがごまんとあるから、ぼくは彼女の心配のタネになっちゃいけないのに。今日のマージャニの予定は、サンフォード・スタジアムに出向いてまず掃除をし、ガラス張りの特別観覧席に陣取って酒を飲みエビを食べる金持ちの卒業生たち用に料理の下ごしらえをする。

それがすむと、ステーグマン・コロシアムのそばにある学生センターへ行って、フットボール選手たちが試合前にとるものすごい量の食事の支度を手伝い、そのあとはトレイに残ったものを捨て、生ごみが詰まったばかでかい袋をいくつも大型のゴミ容器まで運び、たまったゴミをオコニー郡にあるゴミの廃棄所まで車で運んでいく。そのあとでキャンパスに戻って、今度はユダヤ人友愛会の会館まで出向き、オードブルを酔っぱらった卒業生や未成年の大学生たちに手渡す。マージャニはこれらをすべて午後三時までにこなさねばならない。念のために言っとくと、試合がおこなわれるのは明日で、今日は試合の前日だ。土曜日はもっとひどくなる。マージャニは人生のなかで一度もアルコールを口にしたことはないのに、土曜日の夜にぼくの様子を確認しに戻ってくるときは、スピーチをしに大学にやってくる最高裁判所の判事なみにビールのにおいをぷんぷんさせているにちがいない。人びとは試合のある日に〝経済を牽引《けんいん》するもの〟としてカレッジスポーツをもてはやすけれど、実態は、マージャニのような貧しい移民一世たちが、酔っぱらった南部の者たちの果てしない行列にくっついていき、彼らが通ったあとに残したものをせっせと拾う、ということなのだろう。

週末はフル稼働するんだから、木曜の夜はぼくを寝かせる仕事を休んでほかの介護士かトラヴィスにまかせてもおかしくない。うちに泊まるなんてことはありえない。でも今週の木曜日は、この特別とも言える木曜日には、ぼくらはちょっとした混乱状態にあった。昨日の晩にテレビを見たあとのぼくの態度や感情の爆発は常軌を逸していて、その数時間ほどまえに自分が死にかけたことすら忘れるほどだった。

あれは彼だった。

その点については疑いの余地はない。あれは彼だった。それだけははっきりしている。ポーチから見かけたのと同じ細長い首。同じ帽子。同じブーツ。同じ無害そうで、ゆったりした上着の人物。車に乗ってもだいじょうぶとアイ－チンに思わせるようなタイプの男。

テレビに映っていたのはあの男だ。メールを送ってきたのはあの男じゃない。べつべつのふたりの男がいる。

積極的にかかわる者から単なる傍観者に戻ってほっとする。ぼくは彼女を見た。そして彼を見た。それにしても……。彼はあの集会でいったいなにをしていたんだ？　みんなが無事を祈っている人物にひどいことをしたのだとして――自分でこう言ってみて、はたと気づく。彼が彼女になにをしたか、彼女はどこにいるのか、そういう具体的なことは実際のところなにもわかっていない――いったいどうして彼女のための集会に参加しようと思ったのだろう。あちこちに防犯カメラだってあるのに。みんなが泣いているのに。彼女の両親だって来ているのに。そう、彼女の両親が来ている。

そんなことをする人間がいるか？　やつは反社会的人間なのか？

危害を加えるつもりで大学生をおびき寄せるような

反社会的人間ならやるだろう。論理的に考えて。

さて。ぼくは自分の役割を果たした。警察は彼女が車に乗りこんだ時刻を知っている。ぼくが教えたから。彼をつかまえるのにその情報が役立ちますように。ぼくの仕事は終わった。

つまるところ、ぼくは犯人とはべつの孤独な人間とメールのやりとりをしていただけだった。この事件に引き寄せられただけで、実際にはなにもしていない人間と。ぼくと同じような人間と。きみの話にちゃんと耳を傾けてやったよ、相棒。

彼のメールはメールボックスに入っていて、返信を待っている。彼の言うことに耳を傾けてくれる誰かを待っている。みずからを重要人物だと思いたいがために女の子を誘拐した男になりすますとは、いかにも迷惑なやつ。でもぼくは彼を軽蔑したりしない。さびしそうな人だから。とはいえ、妄想につきあいたくはない。でも、ちゃんと聞いている者がいることは知っておいてほしいと思う。

34

ジョン——

きみの言うとおり、このあたりは住むにはいいところだよ。学生たちはそれほど多くはいない。いるのは試合の日だけかな。何週間かまえの週末に、男がうちの前の茂みでゲロを吐いていた。ぼくはただすわってそれを見ていた。向こうはぼくの存在に気づいていなかった。きみと同じだね、はははははは。

たしかに、大学のキャンパスで人と出会って親しくなるのは難しい。みんな若いし、見た目はいいし、そうそう、誰もが四六時中、携帯電話を見ているから。でも、どうかな。みんなずっと携帯電話を見ているのに加え、みんなの目をこっちに向かせるほどぼくの見た目がよくないからだろうな、はははは。どこへ行っても、女の子は話しかけてくれないよ。

ところで、きみはニュースを見ているかい？　彼女が消えた件はこの界隈ではくまなく知れ渡っている。フットボールのコーチもその件についてしゃべっている。きみは少しそわそわしているんじゃないかな。ぼくはなにもしていないくせに、そわそわしている。きみはだいじょうぶ？　なんだか怖いな。この件については誰にも話せないでいる。きみとは話しているけれど、顔をあわせたことはないし、そもそもぼくには話をする相手がそれほどいない。一年後にはこれがぼく史上、最長のメールのやりとりになるかもしれない。もっと〝はははは〟を言っとかないと。なんたって、ぜんぶがぜんぶ、クレイジーだから。

それで、次はどうする？　そっちの計画ってことだけど。

きみに知っといてもらいたいのは、ぼくとのやりとりではなんでも正直に話していいってこと。こんなふうにメールをやりとりするのはうれしいし、最後にはきっと丸くおさまる。ぼくらふたりともクールだから。ふたりで乗りきろう。ぼくひとりでは荷が重いと感じるときもあるから。誰かといっしょに乗りきれるならそれに越したことはない。

それと、ぼくの名前はトムじゃない。きみが悪い人だったらどうしようって警戒していただけ。でもいまはきみを信用している。ぼくのほんとうの名前はダニエル。誰も略してダンとは呼ばないけれど、きみがそう呼びたいならかまわない。

――ダニエル

ぼくはありえないくらい疲れている。今回の件が日に日に重くのしかかってきている。トラヴィスもマージャニもウィン・アンダーソン巡査も帰ってしまって、ぼくは家でただひとり、パソコンの前から離れず、仕事もせず、眠りもせずに、ぼんやりと、口をぽかんとあけて、よせばいいのに画面を見つめている。

その日はかならずやってくる。問題はどうやって、と、その時期。劇的でも暴力的でもないと思う。ジョナサンがじつは頭のおかしい殺し屋で、就寝中のぼくを絞め殺すという悪夢／夢物語のシナリオは、いままで想像してきた〝どうやって〟の候補のなかにはない。

〝なぜぼくが死なねばならぬのだ〟なんて思いながら死ぬことはないだろう。昨日の晩みたいに、衆目のなかで死にゆくこともたぶんない。この椅子にすわり、平日の午後にツイッターをスクロールしてかぎられた時間を削り、眠るとか、せめてもう少し生産的なことをするべきだと思いつつ、意に反してティックトックで動画を見て鼻で笑っていると、とつぜん呼吸がとまり、助けてくれる人もなく、やがてすべてが終わる。誰にも気づかれぬまま、そのうちにマージャニがぼくをベッドに寝かせにくる。彼女はハッと息を呑むだろう。少し泣くかもしれないけれど、それは定かではない。しばらくしてから気をとりなおしてぼくのパソコンをシャットダウンし、ダニエルはいっつも長いことパソコンにかじりついていた、とぼやく。

ネットを開いたままパソコンの前で死ぬというのが、ぼくにはぴったりかもしれない。そういえば、いとこのスコッティが去年死んだ。ぼくは彼のことをよく知らなかったけれど、知るかぎりでは好人物に思えた。親戚がうちにやってきたときは、たいてい来ると同時になにかをオーブンに入れ、いったんその場を離れても、焼きすぎるといけないからとかなんとか、すぐにオーブンの前に戻る、みたいな態度をとっていた。少しだけ強めに母を抱きしめ、こっちが十代になっても四歳の子を相手にするようにぼくに話しかけたあと、そそくさと玄関ドアへ向かい、アンジェラとダニエルの様子を確認するという義務を果たして、自分たちはけっして血も涙もない人間ではないと思いつつ帰っていった。

スコッティはそういう人たちとはちがった。三十代なかばのスコッティは母親のジュリアと住んでいて、うちに来るときもジュリアといっしょだった。じつのところ、ジュリアは血のつながったおばさんではなく、スコッティも本物のいとこじゃなかったけれど、ジュリアとうちの母さんはぼくが生まれるまえに同じレストランで働いていて、職場がべつになってからは顔をあわせる機会が少なくなったため、母さんは友を大切に思っている気持ちをジュリアに忘れないでいてほしいと願い、みんなでジュリアをぼくのおばさんと呼ぶようになった。スコッティにとって、うちを訪ねてくるのはけっこうたいへんな〝仕事〟だったと思う。母さんはジュリアとふたりきりでほかの部屋に行き、マルガリータを飲んで噂話に花を咲かせ、笑ったり泣いたりしながらとにかくしゃべって、しゃべって、しゃべりまくっていた。その間《かん》にぼくといっしょにいるのがスコッティの仕事だった。ぼくはすわっているのが得意中の得意だけれど、スコッティにしてみればただ自分の仕事をこなしているという気持ちだっただろう。くつろいではいたけれど。彼は少しばかり肥満気味で、年配の人がかぶるようなやわらかい素材の帽子をいつもかぶっていて、そのせいで怪しげなもぐりの酒場でポーカーをやっている人みたいに見えた。あるとき、ふたりでクリント・イーストウッドの西部劇を観ていたとき、スコッティはぼくにビールをひと口飲ませてくれた。そのあとで指を一本立てて唇にあて、にやりと笑った。ビールはひどい味がしたけれどぼくはにっこり笑い、そのあと何週間も思いだしては顔をほころばせていた。

　スコッティは独身で、母親のジュリアにべったりのように見えた。ジュリアはスコッティのことを心配していて、太りすぎだとか髪が長すぎるとか、いつも小言を並べていたけれど、ジュリアがスコッティの面倒をみているんじゃなくて、スコッティがジュリアの面倒をみているのは明らかだった。母親の家に住んでいたのは彼が怠け者だから、ではなかった。いっしょに住んでいたのは、母親に必要とされているとわかっていたからだった。もっとも、ふたりの口からそういう話を聞いたことはなかったけれど。それでも見ていればわかった。ある日、スコッティは目覚めてすぐに、思うように呼吸ができない、割れそうに頭が痛い、とジュリアに訴えた。ジュリアは息子にアスピリンを服《の》ませ、いっしょにソファにすわった。スコッティは深呼吸を繰りかえし、関節を鳴らしたり、首をまわしたり、水をひと口飲んだりしたあとに小声で言った。「母さん、なんだかちょっとおかしい気がする」と。五秒後、白目をむいて床に倒れこんだ。二分後、息を引きとった。まさにそのとき、スコッティは家のリビングルームで心臓発作を起こしたのだった。三十七歳だった。

母がアセンズまで来て、葬式のためにイリノイまでぼくを車で運んだ。式に列席したのは思ったよりも少なく、十人ちょっとくらいだった。棺の蓋があけられていた。スコッティは例のおっさんくさい帽子をかぶっていた。ジュリアは棺の横に立っていた。身につけているのは何年かまえにうちの母さんがプレゼントした、本人にとってはいちばん上等な青いドレスで、式のあいだじゅうずっと口を開かなかった。彼女は泣かなかった。しゃべらなかった。ただ棺の脇に立っていた。やがて棺は蓋が閉じられ、埋葬された。そのときになってジュリアは声を張りあげて泣きだし、それにびっくりしたのか、木々にとまっていた鳥たちが飛んでいった。

アセンズに戻り、ぼくはスコッティの死亡広告を探した。見つかったのはふつうの定型文の死亡広告だった。事実のみを伝える無味乾燥な文で人の心をとらえるのはとても難しいから、死亡広告では誰も感動したりしない。書かれていたのは、スコッティは教会に通っていた、とか。カードゲームを楽しんでいた、とか。いまも彼の母親と祖父はアイオワ州デモインに住んでいる。

広告の最後に〝オンラインの弔問も可能で……〟というのを見つけ、クリックしてみると、〝死亡広告〟と書かれたヘッダーがあらわれた。下へスクロールしていき、何人かの年配の人びとを通りすぎて、スコッティを見つけた。ぼくはそこもクリックした。

例の帽子をかぶったスコッティの写真があらわれた。写真の下に〝シェア〟と書かれたボックスがあり、フェイスブック、ツイッター、グーグルプラスのロゴとメールを意味する封筒が描かれていた。〝花を贈る〟と書かれた赤いボタンがあり、そこからお悔やみの言葉とともに花を贈る手配ができ、〝思い出をシェア〟と書かれた青いボタンをクリックすると、どういうわけかフェイスブックのログインページに飛ぶようになっていた。スコッティの写真のとなりには〝お悔やみの掲示板〟があった。そこにスコッティへの思いを書きこめるようだった。おそらく……遺族を慰めるために。

そのページには四件の書きこみがあった。ひとつは全米ガン基金からで、〝スコッティさまご逝去の報に接し、心より哀悼の意を捧げます。スコッティさまが以前勤務していた〈アルディ〉さまから彼への弔意をあらわすためのご寄付を頂戴しました（アメリカでは故人への弔意を示すために家族が選んだ慈善団体へ寄付する人もいる）。ご家族さまへ心からのお悔やみを申しあげます〟次のはフェイスブックに投稿していると思いこんでいる人物からのもので、シンプルに〝スコッティの死去の報に接して悲しんでいる。彼はわたしが担任だった中学校のクラスの生徒で、とてもいい子だった☹〟と書かれていた。あとのふたつは匿名のネットユーザーから送られたバーチャル・フラワーで、自分たちのフェイスブックからスコッティのページへ送られたものらしかった。ユーザーネームは〝魅惑のコテージ〟と〝スイート・テンダネス〟だった。どちらも花のＧＩＦが左へ右へと悲しげにゆっくりと揺れていた。いかにも哀悼の意をあらわすＧＩＦで、まぎれもなくお悔やみのＧＩＦだった。そのページは地元の食料品店がスポンサーになっていて、お買い得品のうす切りハムを宣伝をするバナーがついていた。

それでぜんぶだった。ウィンドウを閉じるときに、ほんとうにこのサイトを離れたいかと尋ねるポップアップがあらわれた。ぼくはウィンドウズをログアウトし、パソコンを切った。

たぶん近い将来に、ぼくも自分自身の〝お悔やみの掲示板〟を持つことになるだろう。ポップアップ広告やスパムだらけの掲示板を。ぼくに残されたものはそれだけになる。スコッティの人生は全力で生きた人生で、自分自身のためというよりもほかの人のために生きた人生だった。この先も残る彼の記念碑は、食料品店がスポンサーについているページに送られた、慈善団体からの空疎なお悔やみと、音もなく点滅するふたつのバーチャル・フラワーと、フェイスブックの使い方も知らないダサい人物からの弔文だけ。おそらくぼくらに残されるのはこんなもの。これが死後の状況。

さて、少しでも睡眠をとらなければ。

35

ダニエル——

正直にほんとうの名前を教えてくれてありがとう。これでいろいろとやりやすくなるだろう。本音を言うとね、ダニエル、きみの名前はトムじゃないんじゃないかと思っていた。なんだかおかしな名前だと感じた。不思議だよな。お互いのことをなにも知らず、一度も顔をあわせたこともなく、なのにどういうわけか〝トム〟はへんだと感じられた。まあ、ひとまず、ほんとうのきみを知ることができてよかったよ。いまわたしたちが共有している事柄、きみとわたしだけが承知していることをふまえると、お互いに正直になるべきだと強く思う。きみとわたしが正直になれないなら、わたしたちが正直に接することができる相手なんてどこにもいない。ある意味ではね、ダニエル、きみはほかの誰よりもわたしを知っているんだよ。

女の子たちのことを話そう。みんなこぞって女の子たちの映画を観る。どういう映画かというと、すべてが思いどおりにうまく運ぶ、おとぎ話じみた物語で、女の子たちは長髪の完璧なボーイフレンドと出会い、彼らの世話を焼いて、話に耳を傾ける。愛だけが世界で大切なもので、誰もが幸せに暮らす。その後、長身のハンサムな男に会うと、彼女たちはすぐさまもとのボーイフレンドを捨てて、新しいボーイフレンドの言いなりになる。新しい彼氏の性格面でのひどいところはすべて無視し、彼がどんなに悪いことをしても許す。もしくは、彼が悪いことをするのはすべて自分のせいだと思いこむ。もしくは、こういうものだとあきらめる。

女の子たちは映画のなかの美しい人生を求めているかのように振る舞う。だが、彼女たちはそんなのは求めていない、まったく。

イラつくのは、どんどんハードルが高くなっていることだ。まわりを見てみろ、ダニエル。通りで見かける女の子たちはみんな、いまにもレイプとか、そういう悪事をはたらきそうな男を見る目でわたしを見る。たとえば、きみがやさしい男かどうかは、彼女たちにとっては関係ない。男はすべてろくでなしだと思っているのだから。わたしは思いやりのあるやさしい人間でありたいと願い、これまでの人生を送ってきたし、わたしといっしょにいればすばらしい人生を過ごせるということを女の子たちにわかってもらおうとしてきた。それなのに、いまの時代、彼女たちは男だというだけでゴミ箱にポイっと捨てようとする。いままでそういう目に遭ってきたのは、そもそもわたしが見さげ果てた男だからなんだろう。

それがどんな気持ちかわかるかい？　きみならわか

ると思う。きみはいいやつだ。わたしたちはどちらもいいやつだ。それなのに、わたしたちは孤独だ。根本的になにかが間違っている。

だが、アイ‐チンはその点がまったくちがうんだよ、ダニエル。きみも見たはずだ。彼女が通りを歩いていく姿からは……怒りはまったく感じられなかった。自分がかかえている問題はすべて男のせいだと、不満顔で通りを歩いたりはしていなかった。世界に怒りをぶつけてもいなかった。すべてを焼きつくしたいとも思っていなかった。ただ通りを歩いていた。自分の人生を生き、世界に心を開き、すてきな誰かに出会うこと、愛されることを待ちこがれていた。それがどういうことかわかるよな、ダニエル。もうそういう女の子はいない。でも彼女はそうだった。わたしは見た。わたしは毎日見ていた。

彼女はこの数日のあいだに起きたあらゆる出来事にまだ少し困惑しているが、正直なところ、それも致し方ないと思う。多くのことがあったのだから！　彼女の英語はあまりじょうずではない。あの英語で獣医学の授業を受けるのはさぞかしたいへんだったと思う。そうそう、彼女が獣医を目指していることを、きみは知ってたかい？　彼女はすばらしい獣医になるだろう。いまいっしょに英語の特訓をしている。彼女は少しずつ上達している。現状を理解するまで、そう長くはかからないだろう。わたしは彼女に少しずつ理解してもらおうとしている。彼女はじきに理解するだろう。そうなったら、それほど怯えなくなると思う。

彼女との日々をきみに向けてタイプしているのは不思議な感じがする。しかしもう一度言わせてくれるかい？　こういうことをきみに話すのは気分がいい。今回の一連の出来事はあっという間に起きた。きみが話を聞いてくれてうれしいよ。少しは孤独をやわらげることができる。こう感じられる時間をともに楽しもう。

よろしく。

ジョナサン

ジョナサンの空想は生き生きと細部まで詳しく述べられていて、こっちは混乱させられ、少しだけ圧倒されている。しかし、アイ-チンといっしょにいるという妄想を抱かせておけば——しっかし、マジで、この妄想は恐ろしいくらい細部にわたっている——彼について明らかになることが出てくるんじゃないか？　孤独がいかにつらいか、ぼくにはわかる。毎晩ニュースで目にする事件にかかわっていると思いこむことで、自分が重要で必要とされていると実感できるというのもわかる。話す相手が必要なのもわかる。よろこんで話を聞いてくれる人が必要なのもわかる。

パソコンを閉じる。そのあとで介護サービスのチャールズがやってきて夜の確認作業をし、カーテンをしっかりと引いているときにぼくが目を覚ましていることに気づき、驚く。ちなみに、明日と明後日《あさって》はチャールズじゃなくほかの人（ラリー、いや、ジミー？）が当番。「嵐が来るよ」ぼくをひっくりかえしながらチャールズが言う。ぼくはジョナサンについて考え、彼がどんな人生を過ごしているか想像して、なんだか悲しくなる。不思議なんだけど、同時に彼に感謝している。うつらうつらして、眠りに落ちたと思うと、ふいに目が覚める。夢のなかで彼女が手を振っていた。おはようと言っていたような気がする。いや、さようならと言っていたのかもしれない。

土曜日

36

かつてひとりの女の子がいた。

そんなに驚くことはないだろう。ぼくは人生のほとんどを車椅子を利用して過ごしているけれど、そのあいだずっと口を利けずに涎を垂らしていたわけじゃない。ぼくにだってほかの子と同じように十六歳のときがあった。そのころは巨乳に目が釘づけになり、まくらに抱きつき、母といっしょに働いている女子学生のことを考えては汗まみれになり、勃起だってしていた。イースタン・イリノイ大学を卒業するころまでは、身体機能はまだそれほど衰えはじめていなかった。まあ、車椅子に移乗するのに誰かの手を借りねばならないほどひどくはない、というくらいだったけど、それもぼくがトラヴィスのいるアセンズにできるだけ早く引っ越したいと思った理由のひとつだった。身体が少しずつ弱りはじめているのが感じられ、健常者のふりをするのが難しくなりつつあり、すぐにここから出ないともうけっして出られなくなるとわかっていた。SMAを患いながらも自立できる可能性がたとえ小さくてもあるのなら、手遅れにならないうちにそのチャンスを活かしたかった。イリノイにとどまると、母に弱っていく姿を見せなくちゃならないし、そうしたら母さんは自分の人生をそっちのけにして、ぼくを懸命に介護しようとしただろう。こっちはそんなふうにしてほしくないのに。ぼくがイリノイに残ったら、母さんがいまジャマイカで楽しんでいるテニスやほかのもろもろはできなかったはずだ。ぼくにだってまだ気力が残っていた。その気力を総動員して、ぼくはアセンズに移った。イリノイでよりもアセンズで弱っていくほうがまだましだ。

で、女の子の話。名前はキム。当時キムはサリバンに住んでいた。サリバンはマトゥーンの北西、車で三十分くらいのところにある、イリノイ州中央部のゆっくりと死につつある町のひとつで、産業はなく、仕事もなく、未来もなく、かつては市民生活の中心地として栄え、食堂やドラッグストアや診療所や衣料品店があったのに、いまはそれらはみんな入口に板が張られた廃墟になって、〈ウォルマート〉やハイウェイが巻きあげる埃のなかに佇み、工場の仕事はすべてロボットによっておこなわれている。

キムは〈キャンプ・ニュー・ホープ〉の当時のカウンセラーだった。〈キャンプ・ニュー・ホープ〉はイリノイ州ネオガでおこなわれる、発達障がいのある子どもたちのためのサマーキャンプで、毎年夏になるとイリノイ州中央部全域から子どもたちが集まってくる。参加者のほとんどがダウン症の子どもたちで、本人たちと彼らの介護者のために特別なプログラムが用意されている。遊び場やミニ・ゴルフコースがあり、会場周辺をかわいらしいミニ列車が走り、さらには、子どもたちだけで寝泊まりするための小型のキャビンも用意されている。ダウン症の子どもたちは、生活するうえでなにをするにも誰かに手を取ってもらうけれど、〈キャンプ・ニュー・ホープ〉のいちばんいいところは、子どもたちのための場所が提供されるという点。それは彼らだけの場所になる。

きみがぼくみたいに身体に障がいがある者として成長すると、たいていはダウン症の子たちと多くの時間を過ごすことになる。イリノイ州の公立学校は財源がかぎられているため、教師たちは相も変わらず長時間労働を強いられている。うちの母さんはぼくにふつうの子どもの生活を送らせたがり、その願いは叶ったけれど、現状では、食事の介護が必要でいつ呼吸がとまってもおかしくない車椅子の子に〝ふつうの生活〟を送らせるための時間やエネルギーは、教師たちにはない。だからきみは幼いころから〝特別な支援が必要な〟ほかの子どもたちといっしょにそういう学級に放りこまれる。きみが住む平均的な地方の教育委員会は、発達障がいのある子どもとぼくみたいな子どもは基本的に同じカテゴリーに入ると考えるので、腕や脚や肺がちゃんと機能すれば英才教育だって受けられるはずの子が、〝ぼくは読み聞かせ番組の〈レター・ピープル〉を見る必要はありません〟と五年生の担任教師に説明するはめになる……まあ、どう考えてもこれってイラつくよね。

でも、ほんと、あの子たちは最高だ。たしかなことは言えないけれど、人間として生きていくうえでぶちあたる壁――死、痛み、白人至上主義、法律などなど――について理解するのが彼らにはちょっと難しいので、そのぶん冷笑主義《シニシズム》や絶望に陥らずにすんでいるかもしれない。ごめん、ぼくは自分自身の無力感や思い違いをここに持ちこんでいる気がする。そんなこととはべつに、できるかぎりあの子たちのそばにいたいと思ったのはほんとうだ。

ぼくは毎年のように夏を〈キャンプ・ニュー・ホープ〉で過ごした。キャンプの人たちはぼくがどこの誰かを知っていて、発達障がいのある子どもたちに好かれていることも知っていたから、キャンプでの日々であの子たちと交流し、カウンセラーの手伝いをするのを許可してくれた。おかげで自分が誰かの役に立っていると実感できたけれど、それだけじゃなかった。支援されるんじゃなく、支援する側にまわるのはほんとうに楽しかった。カウンセラーの人たちがぼくを自分たちの仲間のひとりとみなしてくれたのがうれしかった。必要とされるのは最高だった。

キムはぼくよりひとつ年下だった。十六歳のときの一年差ってすごく大きいよね。彼女はつねにカウンセラーとしての自覚があって、なにかあるとすぐにぼくのところに来てくれた。カウンセラーとして〈キャンプ・ニュー・ホープ〉に参加している子の大半は、ボランティア活動に上限を設けている。誰かの役に立ちたいし、夏はダウン症の子どもたちを支援して過ごした、と大学への願書に書きたいから、自分にできることはするけれど、子どもたちと四時間も過ごしたらたいていはへとへとに疲れきってしまう。〝やる気〟の目盛りはほぼゼロになる。そうなると彼らはふらふらと現場を離れ、携帯電話をいじりだし、こっそりマリファナ煙草を吸ったり、誰かといちゃつきだす者もいる。だからといってぼくは彼らを責めたりしない。なんといってもまだティーンエイジャーなのだ。たとえノースウェスタン大学に入るためにボランティア活動をしているとしても、みんなダウン症の子どもたちのために時間を割いているわけだし、関係者全員にとって彼らの参加はトータルでプラス、というのがぼくの考えだ。純粋にボランティア精神に則って発達障がいがある子たちを元気づけてほしいと期待するのは、要求しすぎもいいところ。彼らはキャンプに参加し、そこにいるあいだは人の役に立とうとしている。それで充分だろう。

一方で、キムがキャンプに参加したがったのは、自分が当事者だったからだ。お兄さんのライアンがダウン症で、キムはダウン症の子がいる家庭で育ち、彼女のほうが姉だと誰からも思われ、両親にはかぎられた時間しか割いてもらえず、同じ年ごろの子には考えもつかないような責任を背負わされていた。彼女は子どもたちを障がいがある子として扱わず、そもそも子どもともみなしていなかった。ダウン症の年上の男子たちともうまく折り合いをつけていた。まえに一度、ひとりの少年、いや、二十代のひとりの大人が彼女の左の胸をつかんで、キスしようとしているのをぼくは見た。森のなかのキャンプ地にいる十五歳の少女にとっては危険きわまりない、恐ろしい状況だったはずだ。キムは騒ぎ立てもせず、すばやく動いた。相手の胃のあたりに肘打ちを食らわせたあと、左の頬をつつき、彼の顔に向けて大声で「ダメよ、トーマス、ダメ」と言った。彼は「キム、ごめん」と言ってから、泣きながら彼女を抱きしめた。キムは忍耐力と勇気と力強さを兼ねそなえていた。

ぼくらはよくいっしょに散歩に出かけた。こっちは古いモデルの安い車椅子を使っているころで、出かけるのはいつも子どもたちがみんなベッドに入り、ほかのカウンセラーたちがパーティーに出かけたあとだった。はじめて会話したときのことはよく覚えていないけれど、彼女はそれまでにも身体に障がいがある人と多くの時間を過ごしていたので、ぼくが車椅子利用者で、ときには肺に空気を送りこまねばならないことをきっちり把握していたし、自分と同様に、混乱と希望に満ちたティーンエイジャーだということもわかっていた。そのころ、言葉がちょっとずつ出にくくなりはじめていたものの、それほどひどくなかったので、ふたりでキャンプ地の周辺をぐるぐる歩き、車輪を転がし、しゃべりにしゃべった。キムは平和部隊（開発途上国の支援を目的とするアメリカのボランティア派遣プログラム）に参加したいけれど、一度もサリバンを離れたことがないから怖いと言い、学校の男子は大嫌いで、でも本質的に悪い人間はいないと思っていて、それでもいつも不安を感じていて、そう話す彼女はシナモンみたいな香りがして、笑みを向けられるたびに、ぼくは車椅子を捨てて彼女の膝の上に飛びこんでいきたくなった。

キムは障がいなどない人と話すみたいにぼくにしゃべりかけた。ぼくのほうはどうだったかというと、会話がひと区切りつくたびに、キムはすばらしい人だ、正しいことをやっている、彼女みたいな人はひとりもいない、とあらためて感じていた。どこにもいやしないと。いくら探したって彼女のような人は見つからないと。ぼくはキャンプに参加して思ったことを話しはじめた。いままでの人生ではまわりの人に助けてもらってばかりだったけれど、ようやく自分もほかの人になにかをしてあげられた、やっと世界にお返しをするチャンスがめぐってきた、と語ったところで、彼女にとめられた。

「ダニエルは誰にも、なんにも借りなんかない。まわりの人がダニエルを助けるのは、みんなダニエルが好きだから。ほかにどんな理由で人が人を助けたりする？　自分を助けさせるのは、その人のためにダニエルができる最高のことなんだよ」

そのとおりだ、キムは正しい、とぼくが言うと、彼女は笑い「わたしはね、いつだって正しいんだよ、ダニエル。いままで知らなかったの？」と言った。肩にかかるこげ茶色の髪と鼻の上の小さな傷。いま思うと、あのときのキムは地面から浮いていた。

夏が終わりに向かいかけたある日の夕方、ぼくらは池のほとりで太陽が沈むのを眺めていた。中西部の夕日ほど美しいものはない。土地はどこまでも平らで、永遠に見つづけていられる。キムが片膝をつき、目線が同じ高さになったところでこっちを向いた。

「ダニエルはすばらしい。わたしはそう思ってるって、知っといてほしかった」とキムが言った。まえにも誰かにそう言われたことはあった。でも、そのときとはぜんぜんちがった。

「きみもすばらしいと思うよ」とぼくは返した。

「いつかイースタン・イリノイ大学にダニエルを訪ねていってもいい？　ふたりでキャンパスを散歩しよう。ママはあの大学に進学してほしいと思ってるんだよね。ほんと言うと、あそこに通う気はないんだけど、ダニエルに会うためのいい口実になる」

「ぜひ、来てよ」

キムは水面を見やった。「ねえ、ダニエル、状況がちがっていればいいのにと思うことある？　ものごとが思いどおりにいかないのには理由があると思う?」

彼女はぼくのことを話していると思ったけれど、確信はなかった。「そうだね」ぼくは曖昧に答えた。「でも、ありのままでいいと思うときもあるよ」

キムがこっちを向いた。

「家に帰ったらメールを送ってね。いつまでも友だちでいたい」

友だちか。「わかった、そうする」

キムは右手でぼくの手首をつかみ、左手で頬に触れた。それから長いことぼくを見つめた。三秒にも四十年にも感じられたけれど、ほんとうはどれくらいだったんだろう。彼女は微笑み、顔を近づけてきて、唇に軽くキスをした。そしてもう一度。このあと、ぼくはキャンプ地を離れることになる。きみに話すのはここまで。あとはぼくとキムだけの秘密。

しばらくして、キムは立ちあがり、ぼくの左手を取った。ぼくらはいっしょにキャビンまで歩いていった。彼女がハグしてきて、自分のキャビンに戻っていった。

一週間後、キムは帰っていった。フェイスブックを最後に確認したときには、キムはフィラデルフィアに住んでいて、政治的な活動に参加していた。ボーイフレンドと犬がいて、ナ《N》ショナル・フ《F》ットボール・リ《L》ーグのフィラデルフィア・イーグルスのファン。彼女が幸せでぼくはうれしい。二年ほどまえにメッセージをくれて、ダニエルがジョージア州に引っ越したと聞いた、すごいことだと思う、と伝えてきた。ぼくは、ありがとう、きみが幸せでぼくはうれしい、と返した。いまでもぼくは毎日、彼女のことを思い、きっとこれからも思いつづけるだろう。

37

トラヴィスが玄関ドアをあけて入ってくる音がする。そのあとで間をとり、なにかをしている。男どもにやらせるのはきわめて難しいことを。そう、靴を脱いでいる。しかもそれを両手でかかえ、カーペットの上を歩いてくる。

「よう、相棒、ポーチの至るところが、またもや泥だらけになってるぞ、うんうん。あのおまわりが昨日また、おまえんちのポーチを泥だらけの靴で歩いたのか？　入ってくるときだか出ていったときだか知らねえけど、ブーツをはいた足でどかどかと歩いたんだな、きっと。めちゃくちゃ汚れてるぞ、うんうん」

ドアまで移動する。トラヴィスの言うとおりだ。そこらじゅう泥だらけでブーツの足跡がついていて、階段も、母さんが去年、調度品として買ったロッキングチェアの横も汚れ、リビングルームの窓のすぐ下も泥がたまっている。アンダーソン巡査が来るまえに雨が降ったっけ？　昨夜、雨が降ったのはたしかだ。

「汚ねえ」トラヴィスはマージャニのお気に入りの肉切りナイフを持ってきて、靴の裏についた泥をほじくりだす。「どいつもこいつも、ほんと、礼儀がなってないな」そう言って、脱いだときと比べてもさほどきれいになっていない靴をキッチンの床のまんなかに置く。

「さあて……試合の日だ！！！！」

今日は試合の日。トラヴィスが入ってくるまえに、ぼくらの一日がはじまるまえに、ぼくはジョナサンへの返信の最後の言葉を打ちおえた。やっぱり、人には親切にしないと。ぼくはジョナサンを助けられると思っている。誰かに自分を助けさせるのは、その人のためにきみができる最高のことなんだよ。

ジョン――

おいおい、やけに暗いなあ。悪いやつなんていないよ！　みんないいやつだ。ここの人たちはぼくの故郷に住む人間とはぜんぜんちがう。いい意味でね。ここの住人の半分は中国やインドや日本から来た人たちだ。ぼくが育ったところでは外国から来た人に会ったことはなかった。ぼくみたいに退屈な白人ばかりだったよ、はははははは。ちがう人たちがいるところに住むっていうのはいいもんだね。ぼくはすわって彼らを眺めている。彼らはぼくには気づかない。きみが気づかなかったように。きみも眺めていればたくさんのことを学べるよ。

きみはあまり外出しないようだね。ぼくにはわかる。ほんと、ほんと、ぼくにはわかるんだ。でも、そんなことで腹を立ててはいけないよ。ひとりでいるのはそんなに悪いことじゃない。ひとりでいるからって孤独ということにはならない。自分のことを自分でするっていう意味だよね。孤独がどんなかはぼくも知っている。でもきみはぜんぜん孤独なんかじゃない。いっしょになんとかしてみようよ。

いっしょになんとかしてみるかい？　ぼくはここにいるよ、相棒。

ダニエル

アイ‐チンといっしょにいるという妄想に触れるのはやめにする。アンダーソン巡査はきっと彼に厳しくあたったんだろう。彼はぼくにならきっと話す。

でも、話をするのは試合のあとだ。

38

トラヴィスがぼくに試合の日用のコスチュームを着せる。これを着ることでどれくらいチームの誇りみたいなものを感じられるかは定かではないけれど、このコスチュームが本来持っている華やかさは無視できない。ジョージア大学フットボールチームの試合がある土曜日のぼくは、どんなときよりも人に愛される。

トラヴィスはポーチまでの階段を足取りも軽くあがってきた。まるでこの二日間、なにも起きなかったみたいに。ぼくは死にかけもしなかったし、一週間ずっと警官とおつきあいしてもいなかったし、今朝だって完全にふつうの朝だとでもいうように。この点はトラヴィスのいちばんすぐれた才能と言える。不愉快なことも不安も無視することですっかり忘れ去るというみごとな能力。トラヴィスは頭を怪我した金魚みたいだ。

トラヴィスは左手に電子煙草を持ち、セントルイス・カージナルスの野球帽を前後逆さまにかぶり、午前九時だというのにサングラスをかけ、マリファナのにおいをぷんぷんさせている。まるで……えっと、コーチェラ・フェスティバル（コロラド砂漠にあるコーチェラ・バレーで開催される野外音楽フェスティバル）に来ているみたいに、と言おうとしたけれど、正直なところこのごろでは、複数人が乗っている車の専用車線《カープール・レーン》を走っているママたちといっしょにいるみたいに、と言いかえることもできる。背中にばかでかいダッフルバッグを背負っていて、フットボールの試合がある土曜日にはかならずこの恰好であらわれる。バッグの色は真っ赤で、側面にはジョージア大学フットボールチームのロゴが、てっぺんには真っ黒いマジックペンで〝ダニエルのラインバッカーへの変身キット〟と書かれている。トラヴィスはぼくの目の前でダッフルバッグから芝居がかったしぐさで中身を取りだし、ユーチューブで水もれするシンクの修理方法を教えようとしている男みたいに〝必要となる道具はこれです〟とばかりに並べていく。

さて、ダッフルバッグの中身は次のとおり。

・ビールふたケース。地元アセンズのテラピン・ゴールデンエール。中西部の人間はホップを嫌う。一風変わったビールを好む中西部の人間がいかに間違っているか、トラヴィスは長広舌を振るう。

・ウィスキーのメーカーズマーク一本。

・フリスビーを三枚。

・トラヴィスの下着のパンツ、予備として一枚。〝念のために〟

・それから、ぼくのコスチューム。まずはジョージア大学フットボールチームのジャージ。赤くて、襟もとに円で囲まれた〝G〟が入っている。背中の名前が入るところに〝立ちどまったら負け〟と書かれている。もうおわかりだろうけれど、背番号は69。

・ショルダーパッド。最近、ぼくの肩はますますマクドナルドのロゴのようになってきているので、トラヴィスはいちばん小さいショルダーパッド、つまり子どもサイズの〝S〟を持ってきている。

・ジョージア大学フットボールチームのヘルメット。これは通常のフットボール用のヘルメットとはちがう。ばかでかいプラスチック製で、これをかぶるとぼくの頭は風車のまんなかの部分みたいに見える。

・バッグの底のほうには、あと何本か、バラのビールが転がっていると思う。

トラヴィスがポーチにそれらすべてを慎重に並べ、ビールの栓をあけて言う。「さてと、はじめようか。ああ、ちょっと待て……おまえもキメるか？」こっちが笑いながらうなずくと、トラヴィスがぼくの唇にマリファナ煙草をはさむふりをし、ぼくは吸いこむふりをする。実際に一度でも吸ったらぼくは死ぬだろうけれど、いつもこうして訊いてくれるから、ぼくはトラヴィスを愛さずにはいられない。

さあ、観戦用のコスチュームはこれでオーケー。

トラヴィスがぼくをウーリー・マンモスに乗せてストラップでとめる。トラックの荷台でひとつジャンプし、ぼくのヘルメットのまん前に顔をくっつけ、ハンター・S・トンプソン（アメリカのジャーナリスト、作家。ジョニー・デップが敬愛し、トンプソンの自伝小説が原作の映画に主演している）をまねて歯で電子煙草を嚙む。トラヴィスはハンター・S・トンプソンが好きだけれど、〝好き〟の内容はぜんぶジョニー・デップ主演の映画のシーンで、おそらくトンプソンの作品は一字も読んでいないと思う。「飛ばして、飛ばして、飛ばしまくるぞ～」サングラス越しの目がマンガみたいにあちこちを向く。「スピードのスリルが死の恐怖に打ち勝つまで。天より死が舞い降りる《デス・フロム・アバブ》！！！」

〝頭、おかしくなっちゃったみたいだね〟

おまえ、こういうの好きだろ。アメリカン・ドリームのどまんなかへの、荒野を行く旅のはじまりだ！

〝今日のためのエネルギーがどれくらい残ってるか、わかんないよ〟

長い一週間だったもんな。おまえ、だいじょうぶか？　試合に向けて気分はノリノリか？

〝うん、ノリノリ。土曜日は一週間でいちばんわくわくする日だしね。ただ、疲れてる。すごく疲れてるんだ〟

　無理強いはしないよ。ダメそうだったら合図しろ。おれがそばにいなかったら、ジェニファーに向かってわめけ。

〝彼女、来るの？〟

来てもいいか？

〝もちろん。彼女、すてきだよね〟

ああ、すてきもすてき。最高だよ。

〝また会えるなんてうれしいよ〟

おれもだよ、相棒。でもマジでおまえ、だいじょうぶか？　このまえのはひどかったけど。

〝なにがあっても試合を見逃すわけにはいかない〟

マンモーーーーーースーーーーーー！！！

いままでジョージアに来たことがなく、とりたててフットボールが好きでもない人にとっては、こんなに大騒ぎをして試合を観戦するのはかなりの骨折りになるだろう。でも、ここの住人が半端な気合いでフットボールの土曜日を過ごすことはない。

　アセンズの煽り屋たちから声援を浴びたのは余計だったけど、美しい風景を眺めながらのドライブは最高で、ぼくらはキャンパス内を走ったあと――四時開始の試合のために九時半にはもう大勢の人たちが集まっているのにはびっくりする――ステーグマン・コロシアム近くの〝ぼくらのテールゲート・パーティー〟の会場に到着する。このコロシアムではジョージア大のバスケットボールチーム、バレーボールチーム、体操チーム、それぞれの試合がおこなわれる。ぼくはこの場所を気に入っている。なぜかというと、ここは人が大勢集まっているので、ただすわっているだけでへんな人たちをじっくり眺めることができるし、うちから近くて、いつでも好きなときに帰宅できるから。たしかに、この騒ぎっぷりには唖然とするかもしれない。

でもそのうちに、みんなフットボールが好きすぎるだけだと気づくはずだ。

それでも、この光景には圧倒される。アメリカの南部はさまざまな問題――南北戦争時まで遡る南部連合の旗、組織的な投票者抑圧《ボーター・サプレッション》（黒人やマイノリティなどを投票に行かせにくくする行為）、おいしい寿司屋が一軒もないこと――をかかえているけれど、これは問題でもなんでもない。人びとが自分たちの椅子にすわって自分たちのバーボンを飲み、行き交う車を眺め、みんないっしょになって酔っぱらい、心から満足してその日一日を過ごす。そうこうするうちに試合は終わる。たしかに試合は重要だけれども、メインのディナーよりも食後の酒を楽しむという雰囲気がここにはあふれている。フットボールファンの大半はゲームを観にいきもしない。一年に七日だけ、彼らは以前から友だちづきあいしている人とも、これから友人になる人とも、とにかく友と呼べる人たちと場を共有し、みんなで同じほうを向いて一日をともに楽しむ。

ぼくもほかの人たちと同様に、ただすわって、眺める。いつもと同じで完全にはこの場に溶けこみきれない。でも少しのあいだ、このおかしなヘルメットをかぶって、ぼくも大きな輪の一部になる。

ジェニファーが横歩きですぐそばまで来て、ぼくの脚に手を置く。どことなくピリピリした感じ。それにしても、彼女はいつも身体のどこかに触れようとする。べつにいいけど。

「ダニエル、調子はどう？」ちょっとばかりとってつけたようで、明らかにトラヴィスになりかわって訊いてきている。当のトラヴィスは近くに立っていて、聞いていないふりをしているけれど、まあ、これもべつにいいか。「このまえの晩はたいへんだったでしょ」

ジェニファーは言葉を介さずに会話をする方法をマージャニやトラヴィスみたいにはマスターしていない

けれど、こっちが首を振ったり、うなずいたりするのが、だいじょうぶだよ、ありがとう、心配なし、などを意味することを、だいたいのところはわかっている。「ああ、よかった」ジェニファーが大声で言う。「じゃあ、さっそく酔っぱらいましょう！」そこでこっちの頬にキスし、両腕を宙に投げだす。「コップ！　コップ！　誰がコップを持ってるの？」ジェニファーとトラヴィスはいいコンビだ。

いつものように、それぞれのテールゲートでパーティーがはじまると、誰もがぼくの存在を忘れ去るので、ぼくはじっとすわってみんなの心の声を聞く。あちこちのテールゲートはぼくの小さなニュースフィードみたいなもので、ジョージア州アセンズの平均的な住人の願望が詰まった頭のなかをのぞき見る絶好の機会を提供してくれる。今週のトピックスはほとんどがいつもと同じようなもの。ようやく暑い日が終わってほんとうによかった、これでようやく外に出られる。どうしてジョージア大のチームはボールを持って走らないんだ？　大統領のツイートを見たか？　最高にかわいい赤ちゃんと子猫の動画があるから、ほら、見てみて、ちょっと待って、自分の携帯で探してみるから。デビーの姉妹についての話、聞いた？　これって悲しすぎる。ほんとうに悲しい出来事。

しかし、トップニュースは当然のようにアイ−チンに関するもの。今週いくつかの集会が開かれたため、誰もが仮説を声高に述べている。近くのテールゲートにいる大学生のひとりが、ケッグ・スタンドをやったあと、アイ−チンがボーイフレンドと口喧嘩をしていたのを耳にしたと話し、ついでに「そいつ、ほんと、怪しげな男だった」と付け加える。ちなみにケッグ・スタンドというのは、ひとりがビールの樽に両手をついて逆立ちをし、その脚をまわりの人間が支えているあいだに、逆立ちした人がビールをがぶ飲みするというもの。話を戻そう。ダウンタウンのレコード店で働いている男がでかい声でトラヴィスに伝えている内容によると、アイ-チンは落第して両親を落胆させるのが怖くなっただけだから、いまごろはどこかに隠れていて、自分が原因で大騒ぎになっていると知ればすぐにでも姿をあらわすだろう、とのこと。警備のために巡回している警官が仮設トイレに並んでいる女性に話しかけているのが聞こえてくる。「キャンパス内でアジア系の女の子を見たら、わたしたちに連絡してください。まあ、ひっきりなしに連絡が入ってくるとは思うけれど」目の端にジェニファーがイラついているのが見える。

いまではあらゆる信号機や道路標識に〈ルーク&ポーン〉に貼ってあったのとはちがうポスターが貼られている。アイ-チンの件は大学全体の問題として取りあげられている。先日はアジア系の学生からなるふたつのグループと、性的暴力に抗議する女子大学生の組織の計三つのグループが合同でサンフォード・ドライブを行進し、〝アイ-チンのために正義を〟と〝わたしたちは黙らない〟のスローガンを唱えた。アトランタから四つのちがうニュース番組のヴァンが来ていて、記者がアイ-チンについて知っていそうな学生をつかまえてはインタビューをしていて、テレビでよく見かけるキャスター（残念ながらチェスリー・マクニールではない）がライブ中継しているのが聞こえてくる。

「アイ-チンの悲劇がカレッジフットボールの週末の盛りあがりに水をさしている感は否めず、ジョージア・ブルドッグスのすべてのファンの頭上に、失踪した少女の件が霧となってのしかかっている気がします」

誰もが失踪の件についてしゃべっている。でも、誰もなにが起きているかわからない。

ぼくもわからない。いまはもうなにも。

39

iPadが鳴る。職場の男性からのメールで、昨日ぼくが一時間たりともシフトに入っていなかったのを訝しんでいる。ネイト・シルバー（統計学者。未来を予測するデータアナリスト）が新しい予測を出しているけれど、いまここでクリックしたら不安な気持ちになるだろう。ピザレストランの〈ユア・パイ〉が今週末、二枚買うと一枚タダのキャンペーンをやっている。最高裁判所がぼくには理解できないなにかの裁定を下した。

そしてジョナサン。午前中のほとんどの時間、こっちは携帯端末を見ていなかったけれど、どうやら彼はメールを受けとってからほんの数分で返信してきたらしい。

小さなブルドッグが描かれた派手な赤いズボンをはき、ストラップがついたスポーツサングラスを額の上にのせ、バド・ライム‐ア‐リタを飲んでいる男の人が、すぐ近くで持ち株の今後の値上がりを大声で予想している。ぼくは彼から離れようと、テールゲートの脇へ車椅子を動かす。そしてメールを開く。

ダニエル――

残念だけれど、わたしたちが同じ考え方をしているかどうか、いまはわからなくなっている。きみは自分の隣人を知っているかい？　べつの国から来た人を？　おそらく彼はきみよりもいい仕事に就いているだろう。もしくは、少なくともそのうちにいい仕事に就くだろう。わたしは人種差別主義者でも、そういうたぐいの人間でもない。人種差別主義者を憎んでいる。しかし、現実を甘く見るのはやめようじゃないか、ダニエル。いまはきみとわたしの時代ではないらしい。

先週アセンズにある高校の教師のひとりが大学内の新聞にコラムを寄稿した。テーマは白人の男子生徒に教える難しさについて。具体的に彼女はこう言っている。〝白人の男子生徒〟と。白人の男子生徒に教えるのが難しいと、なぜ彼女は言ったのか。わかるかい、ダニエル。〝彼らはほとんど努力をしないのに、報われることを期待している〟ティーンエイジャーの男子なんてものはみんなこんなふうな阿呆ばかりだ。なのに彼女はわざわざそう書いている。かりに男子生徒のひとりが〝ヘイ、おまえのせいで自分が白人なのが不愉快になった〟なんて言ったらどうなると思う？　そいつは退学処分だな！

わたしはナチじゃないよ、ダニエル。ナチなんてクソ食らえだ。ナチ野郎のツラをぶん殴ってやる。でもちょっと考えてみてくれ、ダニエル。教えることよりも、おまえらは白人だからまぬけなんだと阿呆なティーンエイジャーに言ってやるのが自分の仕事だと考えている教師たちがいる。子ども時代のある時期、自分の肩に腕をまわしてくれる人、きみは立派な人間になる、なりたいものになんにでもなれると言ってくれる人が必要なときに、自分の問題だけではなく、ほかのすべての人の問題に関しても個人的にあなたには責任があると教師が言っている。その子が腹を立ててもちっとも不思議じゃない。空気を吸って、地球上を歩いているだけで、わたしたちはいきなりまぬけ野郎になってしまう。

白人の男だからというだけで、なぜわたしは家から出るたびに顔に蹴りを入れられなければならないんだ？　ほかの誰よりも自分はずっと優位に立っているときみは感じているかい？　そんなことはないだろう。

そのせいでわたしはときどきたまらなく腹が立つ。いや、ときどきなんてもんじゃない。しょっちゅうだよ。四六時中、腹が立ってしかたがない。だからといって、人種的な問題に巻きこまれるつもりはない。それだけじゃないんだ。すべてなんだよ。女の子がきみを見る目つきも、あらゆる人びとがきみを見る目つきも。あるジョークをみんなは知っているのに、きみは知らないといったふうな。それに、あざけるような笑い。みんなわたしたちを見て鼻で笑う。彼らは自分たちのほうがものごとをよく知っていると思っている。だが、そんなことはない。**わたしのほうがよく知っている。**人びとは自分たちがいい人間であるかのように微笑むけれど、少しもそうじゃない。わたしはこの世界に提供できるものがあるけれど、彼らは耳を傾けたがらない。気にもとめない。自分たちには関係ないと思っている。だから、わたしは叫びたくなる。きみも叫びたくなるかい？　きみはそういうふうに感じるべきだ。わたしはわかっているよ、きみがそう感じているよりもわたしたちにはもっとあると。きみが考えているよりもわたしたちにはもっと多くの共通点があるんだよ、ダニエル。

アイ - チンのことで気づいたことがもうひとつある。彼女はほかの者とはまったくちがう目でわたしを見る。わたしの話を聞いてくれる。はじめからしっかりと聞いてくれた。彼女がいると、いままでいた場所がぜんぜんちがう場所に感じられた。わたしが言うことを近くにいて理解してくれる人がようやくあらわれた。わたしには言いたいことがたくさんあるんだということを理解してくれる人が。わたしはね、彼女を愛しはじめている気がするんだよ、ダニエル。ワオ。この気持ちを告白したのはきみがはじめてだ。気持ちを伝えるのはいい気分だな。彼女もわたしを愛してくれると思う。もう愛しているかもしれない。まだそれに気づいていないだけかもしれない。だがきっと気づくはずだ。

彼女が近くにいてくれると世界が変わる。叫びたくなる衝動がうすれる。すべてが……穏やかになる。彼女がいなかったらこんなふうには変われなかったと思う。彼女なしではダメなんだ。いまは気持ちがすっかり落ち着いている。

ああ、そうだ！　彼女はきみを覚えているようだよ。朝、大学へ行くときに誰かを見たかと彼女に尋ねてみたら、彼女はイエスと答えた、見たと答えたんだよ。回答を彼女から引きだすのに少し時間がかかった。だが、ついに引きだすことができた。なんとも興味深かった。

それでは。

ジョナサン

40

そろそろこういうメールのやりとりをやめる頃合いだろう。ぼくはすべきじゃないことに夢中になっている。警察に偽の電話をかけようがかけまいが、明らかにジョナサンにはおかしなところがあり、そういう人間に近づくのはいい考えではないように思える。彼は精神的に壊れているか、もしくは……とにかくなにかがおかしい。

念のため、ジョナサンのメールをアンダーソン巡査に〝この男はどこかおかしい〟とつけて転送する。警察官は日夜ジョナサンみたいな人物とつきあっているはずだ。彼のことを考えただけでぐったりと疲れてしまう。それともうひとつ。ぼくみたいな男がジョナサンみたいな男とメールのやりとりをつづけていることについて、アンダーソン巡査はどう考えるだろうか。

試合のほうは大差の勝利。たいてい、いつもそうだ。ぼくはフットボールについてそれほど詳しくはないけれど、試合が接戦かどうかは、どれくらいの人数がテールゲートを離れて実際にスタジアムに駆けこんでいくかでわかるもので、今日はなかに吸いこまれていく人数はそれほど多くない。

トラヴィスとジェニファーは試合経過のチェックもそこそこに、ふたりで楽しそうにおもちゃのフットボールを投げっこしていて、ジョージア大に点が入るたびに得点数ぶんの回数をお互いに投げあい、たまにこっちにふらふらと近づいてきて、ぼくが通りがかりの人にひっくりかえされていないか、誰も見ていない隙にこっそりとどこかへ行き、いいにおいをさせて帰ってきていないか確認する……そう、トラヴィスはどこかに消えては、いつもいいにおいをさせて戻ってくる。

ハーフタイムの時点でジョージア大は二十七対七で勝っていて、テールゲート・パーティーの参加者の大部分は、地面に棒で自分の名前を書くこともできない状態でそのへんの道を歩きまわり、ぼくは疲れ、帰宅の準備に入る。まずはトラヴィスにおかしなコスチュームを脱がせてもらう。このコスチュームを着て少しでも勝利に貢献したいと思っていたけれど、そもそも貢献する必要もなく、大差がついて勝利は確定したも同然になったため、大勢集まっていた人たちも徐々にまばらになっていく。三年前、ぼくはご機嫌でここにすわってアセンズの狂騒を眺め、テールゲート・パーティーに参加している人のうち、誰が真っ先に意識を失うかひそかにひとりで賭けをしつつ、みんなが酔っぱらうのを見ていたけれど、いまはそうするだけのエネルギーが残っていない。地球的規模で気温が上昇している時代のジョージアとはいえ、十月の午後遅くともなると肌寒く、認めたくはないけれど、どんどん体力が奪われていくのがわかる。このまま放っておくと、午後六時をまわるころには息を吸うときにつっかえる感じがしはじめ、そうなると深刻な懸念どころの騒ぎではなくなり——喉がちょっとだけかゆくて、いがいがするくらいだとはいえ——たまたまその様子を目にした人を怖がらせることになるだろう。そういう場合のいちばん正しい対処法は家に帰ることで、ぐずぐずしていると酔っぱらいたちがいっせいに不審げなまなざしを向けてくる。そのまなざしはこう語っている。あんたの身になにやら恐ろしいことが起きそうな気配がしているけれど、おれたちはすごく酔っぱらっているから、助けが必要になってもなんの役にも立たないよ、と。仮にきみがSMAを患っている二十六歳の青年だとしたら、どんなパーティーでも帰らなくちゃならなくなる三十分前にその場を去るのが賢明だ。とりわけ、喉のなかがかゆくて、いがいがして、息を吸うにもにつっかえ気味の場合は。

ぼくはトラヴィスのほうへ移動する。

〝家に帰る〟

送ってってほしいか？

〝だいじょうぶ。家まではすぐだし。誰も歩道で気絶していないようだから、問題ないと思う〟

マージャニは八時ごろ来るんだよな？

〝たぶんね。いつものように腐りかけた地ビールみたいなにおいをさせて〟

わかった。ジェニファーとおれはここに残る。

〝彼女、すてきだね〟

だろ。

トラヴィスはビールの残りを飲み干し、次のビールの栓をあけて保冷用のホルダーに入れ、ほかのことにはかまわずに暮れゆく夜のなかで踊りはじめる。いつものように、トラヴィスのお楽しみの時間がはじまる。

ステーグマン・コロシアムを離れて角を曲がり、アグリカルチャー・ドライブに戻って家へ向かう道すがら、あちこちのテールゲート・パーティーではお開きの時間を迎えている。テントがたたまれ、渋滞を避けるためにすでに会場をあとにしたRV車もあり、大学生たちはダウンタウンのバーへ消えていく。まだ試合がつづいているとはいえ、騒ぎはおさまって人びとは帰途につき、使い捨てカップが通りのあちこちに捨てられているなか、人影は少しずつまばらになっていく。ますます気温がさがり、家に向かって車椅子を走らせていくうちに夕暮れになり、街灯がブーンとうなりながら明滅し、あたりは静かになる。つい数時間前には刺激的な場所のどまんなかにいたのに、いまはまったくのひとりぼっちであることに、ふいに気づく。

41

ようやく帰宅。マージャニがぼくをベッドに寝かせる準備をしている。次の仕事先の、ホームゲームがおこなわれる土曜日恒例、ミレッジ・アヴェニューにある友愛会館での同窓生による男女混合の懇親会に向かうまえに立ち寄ったとかで、いつもよりちょっとだけ荒っぽく、少しだけ急いでいる。

「まるまる一日、身体を休めなきゃダメよ、ダニエル」パジャマのボタンをかけ、頬についた唾を拭きながらマージャニが言う。「すごく疲れているみたい。動きすぎよ。明日はソファでゆっくりしたほうがいい。ネットフリックスでも観たら？　ネットフリックスにはよさそうな番組がたくさんあるわよ」

ぼくは無意識のうちに鼻で笑う。

「まあ、ずいぶんなご挨拶だわね」マージャニはほんのちょっと余計な力をこめてぼくの髪を梳かす。「じゃあ勝手に疲れてなさい、ほんとうにそうしたいなら。わたしの言うことなんてちっとも聞かないんだから。どうせただのお風呂係ですから。わたしなんかには、なにもわからないと思ってるんでしょ？」

肺からちょっと空気が抜け、それがうめき声になる。マージャニは髪を梳かす手をとめ、ぼくの頰に触れる。「ごめんなさい、ダニエル。今週はたいへんな一週間だったから」

〝べつにいいよ〟

ほんとうにごめんなさい。しんどくてやりきれないときがたまにあるの。

〝明日になればよくなると思う。マージャニの言うとおりだね。ぼくには休息が必要だ〟

お互いに休息が必要ね。

机のほうに首をまわす。たしかに疲れているけれど、もうひと踏ん張りして、仕事先にも連絡を入れ、現実の生活に戻らなくては。テールゲート・パーティーをして、キャンパスのまんなかで気絶して、コロンボ、もしくはバットマンのまねごとをして、もともとの自分の世界と責任を無視していた。この三日でスペクトラム・エアーのシフトに入ったのはたったの五時間。同じ仕事をするために雇われている服役囚だって、働くのがこれぽっちの時間じゃ叱られる。

ぼくがメールをスクロールしているあいだ、マージャニはブラインドをおろし、いつもの〝五分間だけよ〟の警告を発する。これが〝さっさと終わりにしろよ、相棒〟のマージャニ流の受動攻撃型バージョン。スペクトラムの上司からの怒りのメールはなし。熱帯地方にいる母さんからのメールもなし。とくになにも起きてはいない。ずいぶん長いことパソコンから離れていると、なにかを見逃しているんじゃないかと不安になりがちだ。でも答えはいつも〝とくになし〟

ジョナサンを除いては。彼から四通の新たなメールが届いている。しだいに間隔が短くなってきている。

マージャニはぼくをベッドに寝かせたあと、鏡のなかの自分を見ている。

〝お願い、iPadはつけたままにしといて。まだメールを読んでないんだ〟

明日また来るわね。あんまり遅くまで起きてちゃダメよ。さあ、もう行かないと。悪いけど。

〝おやすみ、マージャニ。iPadをこっちにもらっていい？〟

マージャニが出ていく。ぼくはひとつ深呼吸する。

最初のメールが届いた時刻は午後三時三十分。

ダニエル

さっきのメールは悪かった。たまにイラついてしまうんでね。さっきのを読んで、きみはイラついたりしていないよね？　きみはいい人になろうとしているし、正しいことをしようとしている。なのに、きみはみんなから阿呆だと思われている。わたしが言おうとしているのはそういうことだ。それが癪に障る。きみも癪に障るかい？

そこがアイ - チンのすばらしいところのひとつだ。彼女はちがう。借りがあるからなにかをしなくては、なんて思わない。ただ、ありのままのわたしを受け入れているだけ。最初はそうじゃなかった。でもわたしという人間をもっとよく理解しつつある。わたしたちは互いに理解しつつあるんだ。今日はわたしを名前で呼んでくれた。彼女は英語がどんどんうまくなっている。彼女の英語上達の役に立てて、わたしはうれしいよ。

　ひとつ言っておこう。怒りを文面にこめたつもりはない。わたしについてこういう点もきみは学んでいくはずだ。ときにはあんなふうに思いが流れでてしまうこともある。しかしそれはもう過去の話だ。とっくの昔の。

　ほんとうだよ！

　それでは。

ジョナサン

4：54 p.m.

ダニエル――

　きみはフットボールの試合を観にいっているのか？　この街のフットボールへの熱狂ぶりはいかがなものかと思う。あれはただ頭と頭をぶつけあって脳の下垂体を破壊するだけの行為だ。この街の善良な男性たちは、フットボールこそ世界でただひとつ大切なものと考えている。彼らは完璧な妻とともに、完璧に髪を整え、ばか丸出しのゴルフシャツを着て観戦し、黒人選手に向けて声を張りあげ応援している。黒人とよそで会ってもけっして仲間に加えないくせに。お気に入りの黒人選手が普段着姿で通りを歩いているのを見たら、反対側の歩道へ渡っていくだろう。恥ずべき行為だ。きみがフットボールの試合を観にいっていないことを祈るばかり。きみはもっといいやつだと思うから。

　それでは。

ジョナサン

6：58 p.m.

ダニエル――
　すまない、つい何通もメールを送ってしまった。わたしはときとして饒舌になる。いつもみんなにそう言われる。自分ではそれほど多くを語っているつもりはないんだが。わたしはごくふつうの人間だと思っている。きみは〈パンチドランク・ラブ〉という映画を知っているかい？　アダム・サンドラー主演のへんな映画を。彼はディナー・パーティーに出席していて、みなから頭がおかしいと思われていて、こういう質問をされる。〝自分にはおかしなところがあると、きみは感じないかい？〟

そこで彼が言うんだ。〝ほかの人がどんなふうかわからないから、どこかおかしなところがあるかどうかはわからない〟と。自分におかしなところがあるかどうかはわたしにはわからない。ほかの人がどうかもわからない。

だから、わたしは話すことができて幸せなんだよ、ダニエル。きみとわたしはほかの人たちとはちがうと思う。

そろそろ寝ようかな。きみからのメールが来るかどうか見張っているよ。返事をくれ！

それでは。

ジョナサン

もうひとつ、午後十時一分に来ている。五分ほどまえに届いたメール。ほかのものとはちがい、迷惑メールのほうに入れられていた。すぐになぜか気づく。こういう内容だったから。

我叫爱钦　我被困在一个小屋里　我不知道我在哪里。有一个叫约翰的人，违背了我的意愿，抱着我。我需要帮助　你是谁？　可唔可以　吓我呀？

懸命にがんばって首をめぐらせる。誰もいない。

日曜日

42

　日差しで目覚める。明るい日差し、真昼の日差しで。どうしてまだベッドにいるんだろう。ほかの部屋のテレビでフットボールの試合がやっているのが聞こえてくる。ナ《N》ショナル・フ《F》ットボール・リ《L》ーグの試合？　昼間の午後に？　ぼくはどれくらい長く眠っていたんだろう。頭が混乱している。どうして誰もベッドから出してくれなかったんだろう。

　ぼくは寝返りを打ってベッドの片側の壁に背を向け、まばたきをして目玉を動かす。視線を上に向けると、犬がいる。ドーベルマン・ピンシェル。引き締まって輪郭のはっきりした鋭角的な顔をした犬種で、こっちに弾丸の先っぽが向いているように見える。口に泡をくっつけている。はじめの数秒間は珍しいものを見るような目で見つめてきて、それから憎々しげな目つきに変わる。その目は血走り、敵意に満ちている。

　犬がこっちの喉もとに飛びかかってくる。ぼくは壁のほうに後ずさって頭をしたたかに打ち、そこで目が覚める。ぼくは汗と尿にまみれ、空気を求めてあえいでいる。

43

現実の世界でも午後。テレビではＮＦＬの試合が流れている。いまはバスタブのなかでマージャニに身体を洗ってもらっているところ。

「朝、来たんだけど、あなたはまだ眠っていた」ビニールのゴミ袋に大量の濡れた服を放りこみながらマージャニが言う。彼女が毎日淡々とこなしている作業の九十パーセントは、たいていの人が思わず息を詰まらせてしまうような仕事。「すごく深く寝入っていた。正直、最初は不安になった。でも、あなたはああいうふうにして必要な休息をとっていたのね。スイッチが切れてダウンしたみたいに。だからダウンしたままにさせておいた」

今日は日差しがまぶしいくらいに明るい。外ではたくさんの二日酔いの人たちがふらふらしているにちがいない。街にやってきた十万もの酔っぱらいたちが十五時間にわたって街じゅうを引っかきまわしたあとで、たとえばきみが大学のキャンパスの惨状を目にし、その場を片づけるのに人びとがどんな仕事をしているかに気づいたら、強烈に後ろめたさを感じて、もう二度とフットボールの試合には足を運ばなくなるかもしれない。マージャニは煤《すす》と汚れとビールと神のみぞ知るものにすっかり覆われている。チェーンレストランの〈ワッフル・ハウス〉の前に置かれた大型ゴミ容器のなかで寝ていたみたいなにおいを発散させているけれど、彼女は寝てなんかいないで午前中いっぱい、テールゲート・パーティーがおこなわれた現場を掃除していたのだ。マージャニが右耳の奥までタオルを突っこむと、左耳でガサガサする音が聞こえ、ぼくは不快な気分になって鼻に皺を寄せる。トラヴィスが呼ぶところの〝ケツのにおいを嗅いだ顔〟だ。ついでに唇をきゅっとすぼめる。

マージャニがこっちの身体を乾かし、パンツをはかせてシャツを着せ、車椅子のストラップをとめる。

「これからランチがわりの朝食をとるのよ」とマージャニ。「どっちにしても卵だけだけどね」

すでに午後をまわっている。人生のなかでこんなに長くがっつり眠った記憶はない。

マージャニに日曜日の散歩に連れだされるまえに、ふたたびメールを開く。

我叫爱钦 我被困在一个小屋里 我不知道我在哪里。有一个叫约翰的人，违背了我的意愿，抱着我。我需要帮助 你是谁？ 可唔可以 吓我呀？

これはジョナサンが悪ノリしたジョークだろうか？

ジョナサンはなんとしても関係者になろうとする、とアンダーソン巡査は言っていた。中国語を勉強するというのは、たしかに〝なんとしても〟という決意のあらわれに思える。ぼくはふつうのキーボードが中国語に対応していることさえ知らなかった。彼はマックを使っているにちがいない。

グーグル翻訳にメールの中身をカット・アンド・ペーストする。当然ジョナサンも英語から中国語へ同じことができただろう。

そして結果は次のとおり。

わたしの名前はエイジアンです。わたしは小屋に囚われています。ジョンという名前の男がいて、わたしの意思に反してわたしを拘束している場所はわかりません。助けがいります。あなたは誰ですか？ あなたはわたしを怖がらせることができますか？

ぼくはなんと言えばいいのかさっぱりわからず、ただパソコンを見つめる。これはいったいなんだ？　すぐにメールをアンダーソン巡査に転送する。アイ-チンが書いたものかどうかわからない――そうだけど、中国の人が書いたように見えるじゃないか！　そうだろ？　きみにだってそう見えるよね？――が、アンダーソン巡査はぼく以外にジョナサンと話したことがあるただひとりの人物だし、警官だし、とにかくぼくはこのメールがクソ恐ろしくてたまらない。

ぼくは次のとおり打ちこむ。

面倒をおかけしてばかりですみませんが、これは例の頭のおかしな男からの返信です。ぼくらは彼をもう一度調べたほうがいいと思いますか？　ぼくは彼とのメールのやりとりをつづけたほうがいいですか？　トラヴィスに電話してくれますか？

自分が書いたメールを少し長めに見つめる。もちろんグーグル翻訳にかけたわけじゃないけれど、どことなく翻訳したものっぽく見える。仮にジョナサンがアイ-チンからのメールを装って英文を書き、ぼくに送りつけるためだけに中国語のグーグル翻訳にかけて送信してくるような病的な人物だとして、彼のもともとの英語はこんなにへたくそだろうか？　こういうメールを送ってくること自体、正気の沙汰とは思えないが、よくよく考えてみると、自分がやってもいない犯罪をわざわざ警察に電話して告白する行為だって正気の沙汰とは思えない。文の語り口調がジョナサンぽくないような気もするが、よくよく考えてみると、グーグル翻訳っぽい語り口調の人なんかいるか？

彼女がほんとうにジョナサンに囚われているとしたら？

マージャニにこのメールを見せようと思うけれど、それはあとだ。まずは日曜日恒例の散歩に出かけよう。

彼女には進行中の事態に驚かされずにすむ世界にもう少しだけ住んでいてほしい。大学生のころトラヴィスは驚かされるのを先延ばしにする世界に住んでいて、銀行口座の残金やATMの利用明細を見もしなかったので、自分が破産の瀬戸際にいることを知らず知らずのうちに否定することができた。

日曜日には、マージャニはいつも少しだけ速めにぼくを押していく。天気のいい午後は彼女にとってまたとない時間だろうけれど、それでもやるべき仕事は山積み——ぼくのチンコとタマを洗い、清潔な下着とそのへんから見つけてきた服を着せ、こっちの口に卵を突っこみ、そのうち四分の三は床にこぼれちゃうんだけど、キャンパスに行ったら行ったでそのへんの芝地にぼくをすわらせ、そのあとでさっきまですわっていた車椅子に戻し、それなのにお礼の言葉も受けとれず、〝マージャニ、くさい〟みたいな意地悪なジョークを浴びせられ、それでももちろん天気のいい午後は彼女にとってまたとない時間——だから、ちゃっちゃと終わらせなければならない。ぼくはせかされても気にしない。涼しい午後でWIZｏメーターの数値は6か7、さわやかな風が頬を軽く打つ。

「それで、試合の最中はトラヴィスといっしょにいたの？」やけに陽気な声でマージャニが訊いてくる。

「トラヴィスはあの子といっしょだった？　彼女、このごろやけに頻繁に話にでてくるわよね」こっちからはなにも言わない。だってぼくは筋肉が萎縮する深刻な病をかかえていて、筋肉そのものが弱ってしまっていて、説得力のある適切な言葉を発することができないから。ぼくがしゃべろうとしないことにマージャニは気づいている。ぼくに聞かせるというよりも、自分を納得させるためにしゃべっている。

「トラヴィスにはああいういい子が必要なんだと思う」マージャニはつづける。「トラヴィスはいい子だけど、けっこうな年なのよね。ほんとはもう〝子〟とは呼べない。夜はいっつも出歩いて、コンサートだの、マリファナだのと、さんざん好き勝手してる。すてきな女の子がそばにいたほうがいい。トラヴィスだって大人にならなきゃ。家だって持たなきゃ。自分の家、家族の家を。もう子どもじゃないんだから」

マージャニはトラヴィスの生き方に関するお節介とも言える考えをよく口にするけれど、いつもはもっと叱り飛ばすような言い方をするし、トラヴィスが自分のとなりにいるときに言う。

「トラヴィスはもううんと長いこと、あなたのいい友だちでいてくれてるのよね」アグリカルチャー・ドライブに戻る角を曲がり、うちのほうへ向かいながらマージャニが言う。「子どものころからいっしょにいて、いつもあなたを見守っていた。ここでもいっしょにいる。トラヴィスはあなたが行かなくちゃならないところへ連れていくし、例のとんでもないトラックの荷台に乗せるし、ほとんど毎日あなたの様子を見にくる。ほんと、いい友だちよね」

話はもうトラヴィスに関するものじゃないことがぼくにもわかってくる。

ポーチに向かっているときにマージャニが腰を落としてこっちを見る。

「ダニエル、あの女の子のことだけど、トラヴィスにぴったりの子だったらいいなとわたしは思ってる」マージャニがこっちの目をまっすぐに見て言う。あれれ、今日は急いでるんだと思ってたけど？「でもね、ぴったりなのがあの子じゃなくても、次の子がきっといる。いつか運命の女性があらわれる。トラヴィスのもとからけっして離れない女性が。ふたりは自分たちの家庭をつくりはじめる。トラヴィスは自分自身の人生を築いていかなきゃならない。おそらくあなたのためにいつもここに来てくれるでしょう。でもね、もしかしたらいつもってわけにはいかないかもしれない」──そこで片手をあげて、指をくるくるまわしだす──

「そういうこと。わかるわよね？」

〝わかるよ。ぼくがわかっていないなんて、どうして思うの？　それに、なんでいまそれを持ちだす？　あっ、いいことを思いついた。うまい具合にぼくがぶっ倒れれば、トラヴィスは余裕でマージャニが望むような家庭を持てるね〟

「わたしはね、冗談を言ってるんじゃないのよ」

気の毒なマージャニ。マージャニはめちゃくちゃ疲れているときだけ、こういう話を持ちだす。くたくたに疲れきっているときだけ、否定のしようがない決定的な真実を口にする。

ぼくは小さくうなり、涙がひと粒、左の目からこぼれそうになり、マージャニがそれに気づく。外は風が強かった。マージャニは涙を拭き、ぼくを部屋のなかに戻す。ぼくはパソコンのほうに顔を向ける。

まだこの件について話したりない？　ひと晩じゅうでも話すつもり？

〝マージャニに見てもらいたいものがある〟

わたしがパソコン嫌いなのは知ってるでしょう。

〝大切なことなんだ。現在進行中のことについて〟

「わかった」とマージャニ。「でも、さっさと終わらせてね」

マージャニはいったんほかの部屋へ入っていって、かばんから眼鏡を取ってくる。それをかけてしゃがみ、顔を画面に近づける。内容を読むあいだ、文字を目で追い無言で口を動かす。そのあとで翻訳したものを見せる。マージャニの顔から血の気が引く。

「ああ、ダニエル」とマージャニ。「たいへんなことになってる」

〝だろ？〟

どうしてあなたはまだこの人と会話をしてるの？

〝彼は孤独らしいんだ。それで……ぼくら、お互いに理解しあえるんじゃないかと思って。わかんないけど〟

この人は心を病んでいて、あなたとのちょっとしたゲームにのめりこみすぎたのか、それとも……とにかくたいへんだわ。このメールはいつ来たの？

〝昨日の晩、だと思う。ぼくはずっと眠っていて〟

このメールを誰かに見せた？

〝警察に転送した。まだなんの連絡もない〟

あの警官に電話しなくちゃ。

〝これ、ほんとゾッとする〟

トラヴィスにも電話しなくちゃ。いますぐ。

「トラヴィスに電話しなくちゃ」マージャニは声に出して言い、もう一度こっちに向けて言う。「彼に電話しなくちゃ。いますぐ」

44

「そう、そうです、メールを確認してください」マージャニが言う。「いますぐに」

トラヴィスにいますぐ来てというメッセージを残したあと、マージャニはアンダーソン巡査に電話をし、いまスピーカーモードで話をしている。「わたしはいま運転中で、すぐには携帯電話を見られません」アンダーソン巡査が困惑気味に言う。身体に障がいがある人間がいる家では、みんながみんな、アンダーソン巡査を困らせまくる。

「とにかく車をとめて。重要な話があるんです」とマージャニが言う。

「メールの内容をいま話してもらえませんか？」とア

ンダーソン巡査が答える。

「ダニエルがジョナサンから受けとったメールをあなたに転送しました」

「彼はまだジョナサンとやりとりしているんですか。ジョナサンはでたらめばかり言っていると彼に話したと思うけれど」ほかの誰か、おそらくアンダーソン巡査のパートナーが背後でクスクス笑っているのが聞こえてくる。

「そのとおりですが、ジョナサンはダニエルにとても憂慮すべきメールを送ってきているんです」

「彼は憂慮すべき人物なんですよ」

「そのとおりですが、ダニエルは中国語のメールを受けとったんです」

「もう一度言ってください」

「ジョナサンは中国語で書かれたメールを送ってきて、それを翻訳機にかけたところ、どうやら送ったのはアイ－チンらしいんです」

「えっ？」

「彼が言うには、ちょっと待って、ああ、ごめんなさい、彼女が言うには、彼女は彼に囚われている、助けが必要だと言っています」

「彼が言ったんですか？」

「いいえ、彼女が言ったんです」マージャニの忍耐力がすり減っていく。「いまメールを見てもらえませんか？」

アンダーソン巡査はふーっと息を吐いた。「ちょっとお待ちください。いま運転中なんで」そこでパートナーに話しかけている声が聞こえてくる。「わたしのメールを開いてください」なにかをこするような、手探りするような音と、パートナーのぶつぶつ言う声がする。「そこになにが書いてあるんですか？」アンダーソン巡査はいまぼくからのメールを探していると言い、パートナーはここにはバイアグラのスパムメールしかないんじゃないのか、と冗談を飛ばしている。マージャニはいまにも電話を壁にぶん投げそうな感じ。

「ああ、あった」パートナーがアンダーソン巡査に言ってから、最後のメールを声に出して読みはじめる。中国語のところでとまる。ふたりが互いになにやらつぶやいているのが聞こえてくるけれど、なにを言っているのかまでは聞きとれない。またなにかを手探りする音が聞こえたあと、アンダーソン巡査がしゃべりはじめる。

「オーケー、あなたが送ってくれたメールを読みました」とアンダーソン巡査。「これは……とても妙ですね。彼のメールも含めて」そこで少しのあいだ黙る。「わかりました。今日は寄らなければならない場所があといくつかあるんですが、合間に彼のところに寄ってみて、そのあとで今夜、確認します。あなたをずいぶんと困らせているようなので、われわれとしても彼と少し話をしなくちゃなりませんね」

　マージャニがぎこちなく親指を立ててみせる。


〝ぼくはどうすればいい？〟

どういうこと？

〝彼とメールのやりとりをつづけたほうがいい？〟

「ダニエルは彼とメールのやりとりをつづけたほうがいいですか？」マージャニが訊く。

　アンダーソン巡査はまたパートナーと相談に及んでいるとみえる。願わくは、パートナー氏がアンダーソン巡査より年上で頭がキレますように。たとえば〈ロー&オーダー〉のベテラン刑事、レニーみたいに。もしくは、コロンボ。はたまた、なんにでも鼻を突っこみたがる犬。〈ターナー&フーチ　すてきな相棒〉のフーチとか？

「どうやら彼はきみからの返事をほしがっているようだね」ようやくパートナー氏が言う。「つづけて彼に返信して、いままでと状況は変わっていないと思わせて。彼に話をさせるんだ」

ちょっと待った。〝思わせて〟って、あなた、状況はぜんぜん変わっていないんじゃないですか？

「こちらにも来ていただけませんか？」とマージャニが言う。「少し混乱していまして」マージャニはほんとうに混乱しているようだ。じゃあぼくはそれほど混乱していないのかと、われながら不安になる。もっと混乱すべき？

「うかがう時間があるかわかりませんが、ダニエルが脅されたり、そういうたぐいのことをされたら、こちらに知らせるようにしてください」とパートナー氏。「今日、彼のことはこちらで確認してみますから。いいですね？」

マージャニは礼を言い、この先、こっちから電話をしたらかならず応答するよう約束させる。相手は声に疲れをにじませつつ、了解する。

マージャニは電話を切ってから、タオルを取ってきてぼくの顔を拭く。そのあとで自分の顔も拭き、椅子に腰かける。

〝ありがとう〟

わたしは気に入らない。この件はちょっと気に入らない。トラヴィスはどこ？

〝マージャニはもう行ったほうがいい。次の予定に遅れてしまう……スケジュールがめちゃくちゃになっちゃう〟

あなたをひとりにしといちゃいけないと思う。

〝だいじょうぶだよ。なにも起きないから。メールをトラヴィスに転送してあるし〟

怖くてたまらない。あの男性は無害だという警察の言い分は正しいの？

〝うん。マージャニは過剰反応してるよ。だいじょうぶだってば。あんなもの、マージャニに見せなきゃよかったね〟

そうは言ったものの、ぼくにだって確信はない。

「どうしよう」マージャニは言い、ドアノブに掛けてある自分のジャケットをちらりと見る。心配してもしきれないほどだろうけれど、彼女はこれから何時間も働かなくちゃならない。もうこれ以上、ここでぐずぐずしているわけにはいかないだろうし、本人もそれはわかっている。もちろん、ぼくもわかってる。「今夜遅くにでもまた寄ってみるから。ひとつ仕事がすんだときにでも。そうね、記者会見が終わったら。でも確約はできない。ああいうのは遅れがちだから」

次のマージャニの仕事は、フットボールのヘッドコーチ、カービー・スマートの毎週恒例の記者会見に集まるリポーターたちに飲み物とスナックを出すというもの。またべつの取るに足りない仕事だけど、少なくともカービーに会える。

「それと」マージャニは言いながら、ポケットから携帯電話を引っぱりだす。「とにかく、トラヴィスを今夜ここに来させなきゃ」そして電話をかけ、留守番電話につながる。トラヴィスは留守番電話を絶対にチェックしないから、マージャニはひとつ大きくため息をつき、非難がましい口調でメッセージを残す。

「トラヴィス。マージャニです。ダニエルがあなたを必要としてる。なるべく早くここへ来てちょうだい。わたしは出かけなきゃならないけれど、ダニエルは待ってるから。緊急事態なの」そこで間をとる。「いいえ、緊急事態なんて大げさね。べつにあなたをびっくりさせるつもりはなかったのよ。まだ緊急事態じゃありません。でもそうなるかもしれない。だからここへ来て。あなたのガールフレンドも連れてきて。そうしなきゃならないんなら。わたしは彼女が好きよ。まあ、あまりよく知らないけれど。でもいい人そう。とにかく、あなたにはいまここにいてほしいの。緊急事態じゃないけれど。でもお願い、ここに来て」そこでふたたび間をとり、ぼくを見る。

〝電話を切りなよ、マージャニ。トラヴィスは絶対にメッセージは聞かないから〟

知りあった最初の一年間でマージャニが口にした言葉よりも、この一週間で彼女がしゃべった言葉のほうが多いような気がする。世界がおかしくなっていく。中心がぶれている。マージャニが動揺している。びっくりして落ち着きをなくし、べらべらしゃべりまくるマージャニなんて、怖すぎる。

マージャニが腰をかがめてこっちのあごを持ちあげてから、顔を両手ではさむ。ぼくの目をまっすぐに見つめ、唇をぎゅっと結んで歯を食いしばる。**「気を、つけ、なさい、ダニエル」**

〝ぼくならだいじょうぶ〟

そのあとでマージャニはぼくをパソコンの前に運んでいく。彼に返信しなきゃならないとふたりともわかっているから。

「今晩、様子を見にくるようにするから」マージャニは言うけれど、ぼくはもうすでに画面を見つめている。

45

ぼくは刑事じゃないから、いまどう考えるべきかわからない。ジョナサンがこっちと同じようにグーグル翻訳を使っているとも考えられる。でも、こんなふうに中国語のメッセージを送ってくる目的はなんなんだろう。こっちが返信しなかったから、もうぼくに信じてもらえないとか、そういうふうに思ったんだろうか。アイ‐チンを攫《さら》ったのはほんとうに自分なんだと、ぼくに確信させる必要があると考えたのはなぜか。そもそも、こっちが信じていないと彼が考える根拠はないはずだ。ぼくがアンダーソン巡査と連絡をとって、ジョナサンは話をでっちあげるのが好きだとの情報を得たのを、当の本人は知らないのだから。ぼくの見解では、彼は自分が話した内容はすべて、真実として受け入れられていると思っている。

孤独だから、注目されたいし、友だちもほしい。ジョナサンはそういうのとはちがう気がする。

ジョナサンはほんとうにアイ‐チンを監禁している気がする。彼女が失踪したときからずっと。

もしかしたら、ぼくらがやりとりをしたせいで、彼女はより危険な状態に陥っているかもしれない。アンダーソン巡査は、できれば彼とのやりとりをつづけてくれと言ってきた。じゃあ、そのとおりにしてみようじゃないか。〝先のことなんか誰にもわからない〟でも、ほんとうにアイ‐チンがジョナサンに監禁されているとしたら、彼女をさらに危険な状況に追いこむことになるかもしれない。でもでも、彼は自分のアカウントからどんなメールが送信されたか、ぜんぶわかるはず、だよね？　よし、ここで妥協案。ひとまず中国語のメッセージの件はおいといて、いくらか手のうちを見せる。

ジョン――

ちょっと冷静になろう。これまでのやりとりはほんとうに楽しかった。いまぼくらはお互いに助けあえると本気で思っている。ぼくは隠しごとはなしにしてきた。だからきみにも隠しごとはなしにしてほしい。ぼくはこれまで以上になんでも打ちあけるようにする。

ぼくは警官にきみのことを話した。その警官によると、きみは警察に電話をして、人を攫った、みたいなことを伝えるのが好きだそうだね。警察に連絡なんかしてすまなかったと思うけれど、きみは理解してくれるよね。ぼくはアイ‐チンが連れ去られるところをほんとうに見た。きみがメールをくれたときは、やったのはきみだと思ったけれど、警察からきみの話を聞いたとき、ぼくはああ、そうかと納得した。きみはアイ‐チンの件とはなんの関係もない。いまだにアイ‐チンといっしょにいるふりをしているなら、もうそんなことはしなくていい。

もう、いいんだ。ほんとうに。きみは正しいとぼくは思う。孤独でいるっていうのはマジで最低だよね。人と話ができないのはつらい。みんなにばかだとかまぬけだと思われるのは最悪だとも思う。ぼくにはわかる。ぼくだって自分が映画の〈パンチドランク・ラブ〉に出てくる男みたいだと感じていた。

だから〝ふり〟はやめにして、ほんとうのことを話そう。きみはアイ‐チンといっしょにはいない。きみが連れ去ったんじゃない。ぼくに真実を話して。ぼくは警官とはちがう。きみを笑いものにしたりしない。ぼくはきみの味方だ。ほんとうのことを教えてほしい。ぼくは平気だよ。約束する。彼女はそこにはいない、よね？

だよね？　だよね？

ダニエル

送信ボタンを押した直後に、パチンと指で顔を弾かれ、まぎれもないマリファナのにおいを嗅いでびくっとする。
「おいおい……なにをたくらんでんだ？　まだあのろくでもないやつとしゃべってんのか？」
「一日じゅうおまえをひとりにしておくと、こういうことになるんだよなあ、うんうん」トラヴィスはそう言うと同時に、〈ザクビーズ〉のチキンナゲットをいくつか自分の口に放りこむ。日曜日で選択の余地がないとき以外は、まともな頭の持ち主なら〈チックフィレイ〉ではなく〈ザクビーズ〉を選ぶことはけっしてないだろうけれど、残念ながら今日は日曜日。

トラヴィスはぼくのためにニンジンとバナナのスムージーをつくる。この組み合わせはトラヴィスが何年かまえに思いついて、飲ませてみてぼくがオエッとなるかどうかためし、ならなかったのでそのままスペシャル・メニューになったもので、いまそれをストローでぼくに飲ませ、そのあいだに自分はこれまでのジョナサンとのメールのやりとりをスクロールしている。数秒間ほど読んで首を振り、再度読みはじめて、一度か二度〝なんだこりゃあ〟と声に出さずに口を動かし、またしばらく読みすすめていく。読みおわってヒューッと口笛を鳴らし、ぼくのスムージーをおろして、こっちの目をのぞきこむ。「この男が頭がおかしいのか、まともなのか、おれにはわからない」とトラヴィス。「だが、こいつは間違いなく阿呆だ」

笑うと、なんだか気分がよくなる。笑ったせいでちょっと身体が痛いけれど、少しだけ目が覚めた気がする。

〝ところで、いったいどこへ行ってたんだい？〟

トラヴィスがいままで一度も見たことがないことをする。なんと、顔を赤らめている。いきなり立ちあがり、ぼくのスムージー入りのグラスを取りあげてシンクまで行って中身を流してすすぎ、もう一杯スムージーをつくりはじめ、しばらくのあいだ舌をカッカと鳴らしながら踵《かかと》を上げ下げし、ミキサーのスイッチを切ってスムージーをグラスに注ぎ、ぼくの口にストローを突っこんでからバスルームへ行き、やや長めにこもったあとで出てきてゆっくりとていねいに手を洗い、ようやく戻ってきて椅子に腰をおろす。

そこでまた間をとり、テキサス州と同じくらいでっかくにやりと笑う。

「相棒、おれはな、いままでずーっと、ジェニファーといっしょにいたんだよ！」しゃべるにしたがって声がだんだんと大きくなり、実際にしゃべることで現実に起きた出来事だと確認しているみたいに話す。誰かに伝えれば、あれは想像の産物なんかじゃない、と確信できるとでもいうように。「おれたちは試合のあと彼女の家に行って、それで……一時間くらいまえにようやく彼女の部屋から出てきた。そのあいだじゅう、自分たちの携帯も見なかったんだぞ！　ふつうなら、女の子に携帯を見させないようにするのは絶対に無理なのに！」

ぼくはトラヴィスを睨みつける。あれこれすんだあとで携帯電話を見たときに、ぼくからのメッセージに気づいたってわけか。

「まあ、その、ほら、悪かったと思ってるよ」とトラヴィス。「木曜日にあんなことがあったんだから、ちゃんと気をつけておくべきだった」

〝平気だよ。ぼくならだいじょうぶ〟

頭のおかしいメール友だちの件を抜かしてだろ。それに、おまえ、ひどい顔してる。ちゃんと寝たのか？

〝たくさん寝たよ〟

ほんとうか？

〝そう思うけど。ほんとのところ、よくわからない〟

二杯目のスムージーを飲みおえる。もう一杯いるかとトラヴィスに訊かれ、飲みたいのをこらえて首を振る。三杯目を飲んだら、小便をしたくてしょっちゅう目覚めるはめになりそうだから。あんなに寝たのに、もっと睡眠をとらねばと思わずにはいられない。ものすごく長く眠ったあとに目覚めてみてはじめて、自分が猛烈に睡眠を必要としていたことに気づいた。しっかり寝るのって大事だね。

トラヴィスがぼくのあごを拭いてから、ぼくをトイレに連れていき、パジャマに着替えさせる。前日の試合用コスチュームの一部でまだ目の下に残っているアイブラック（スポーツなどでまぶしさを軽減させるために目の下に黒く塗るもの）を拭きとる。そのまま残っていたなんて恥ずかしい。それからぼくをベッドに運ぶ。

〝まだ寝る準備はできてない。車椅子に戻して。彼が返信してきているかどうかたしかめたい〟

たしかめてどうすんだ？

〝彼には話し相手が必要なんだと思う。だからぼくに話しかけてくる。せっかく打ち解けてきたんだし〟

じゃあなにか、おまえがやつを逮捕して、ダニエル監獄に放りこむってか？

トラヴィスは舌を弾ませてカッカと鳴らし、疑わしげにこっちを見る。

「今日はおとなしくしてたほうがいいと思うな」とトラヴィスが言う。

ぼくはできるだけ強く首を振る。

〝ぼくならだいじょうぶ。平気だよ。ぼくらはメールのやりとりをしてるだけ。返信が来てるかたしかめてから寝る。チャールズか、もしくは……べつの介護サービスの人が来ると思う……あとで。あとで？　だよね？　ところでいま何時？〟

早めの夕食どき。早めの夕食をとっただろ。そうだよな？

〝とった。夜中に介護サービスの人が来るし、朝になったらマージャニが様子を見にくる。トラヴィスはあの子のところに行きなよ。ぼくも彼女が好きだ〟

トラヴィスは顔をしかめて下を向き、もう一度舌をカッカと鳴らしてから立ちあがり、ぼくの額を軽く叩く。「状況を知らせるんだぞ、うんうん。メールをぜんぶおれに転送しとけ。妙なことが起きたらすぐにスカイプしろ。明日の朝、また寄ってみる」そこで腰をかがめ、こっちをじっと見つめる。

自分がなにをやってるか、わかってんのかなあ、おまえは。

〝わかってる人なんかいる？〟

昔はおれがかばってやってた。そうだよな。

〝うん、ありがと〟

トラヴィスは汗がにじむぼくの眉を拭き、パソコンの前にぼくを運んで、部屋を出ていくときに心配そうにこっちを見る。ポーチを歩いていくトラヴィスの足音が聞こえてきて、その次に車のドアをあける音が聞こえ、エンジンがかかる音がするまえにぼくはパソコンの光を浴びながら椅子のなかでこっくりこっくりしはじめ、いつのまにか友は走り去っている。

46

女の人がいて、悲しげな顔で、落胆していると言ってもいい表情を浮かべ、こっちを見ている。追いついてほしいのに、どうしてぼくが追いつけないのか理解できないといったふうに。ちょっとキムに似ているけれど、彼女よりは年上っぽい。それほど上でもなく、もちろんおばあちゃんとか、マージャニのレベルじゃないけど、やっぱり本物のキムよりは年上な感じ。この十年でキムがぼくの二倍の速さで年をとった、とでも言えばいいかな。二十年にわたってずっと健康で暮らしているというふうで、少しも変わっていないけれど、ちょっと疲れているように見える。彼女が合図を送ってくる。手を振っている。〝こっちへ来て〟と。

夢のなかでぼくはいつも走れて、〝なんてすばらしいんだろう〟と歓喜したり、悲願がかなった、地球にいるかぎり逃れられない制約から自由になったと有頂天になるまえに、歩けるというのはそれほどエキサイティングでもなく、むしろ苦労が多くてたいへんなことだと知る。歩くってほんと、たいへんだ！　膝を壊すし背中はひきつるし足を痛める。気が遠くなるほどはるか昔から地球に存在している重力が、なにがなんでも地面のほうへ人を引っぱろうとするから、歩く人間はそれにもめげず、太古の昔から整っている自然環境の秩序に抗うために精いっぱい努力して、力を発揮しなければならない。万物は人を歩かせたがらない。どちらかというと、倒れてほしがっている。ぼくみたいになったらいいと思っている。

　だから、ダメ。歩くのはやめだ。夢のなかでは断然、飛ぶほうがいい。面倒なすべてのものから自由になりたいし、全方向に向けて手足を広げてただよい、あらゆる制約も重力も自然の力も蹴散らして宙を舞いたい。ぼく自身の潜在意識のなかで〝飛べっこない〟と思いこんだり、もしくは想像力が欠如したりしていたら、夢のなかでは飛べない。とにかく、ぼくはキムのほうへ飛んでいかなくちゃならない。大気のなかをビュッと突っきると、髪が後ろになびき、歯がカチカチ鳴り、頭から爪先まで風が吹き抜け、超音速で――

ビューン！

……そしてぼくはたどりつく。彼女のもとへ。彼女はありのままのぼくを見る。当時のぼくを。成長したぼくではなく。彼女のほうはというと、いつの間にか四十五歳の女性になっていて、それでも、ティーンエイジャーのころから飽きるほど見てきた人だから、ふたりとも当時と少しも変わっていないとほぼ確信できるけれど、これは現実なのか、小さな町の小さなキャンプ地にある小さな池のほとりで、ほんのひとときを過ごしたのも現実だったのかと頭が少し混乱する。でも、現実か否かが重要？　いま彼女はここにいて、自分のところへ来いとぼくを呼び、でもぼくはどうしても行けない。ぼくは重い足取りで進み、彼女のところへ向かいつつも地球に引っぱられ、一歩踏みだすごとに足をぎゅっとつかまれる。どうしてぼくは飛べないんだろう。なんで彼女のもとまで飛んでいけない？　夢のなかなのに、どうして飛べずに地面を這うように歩いている？

彼女がこっちを見て顔をしかめる。彼女のもとへ飛んでいこうとするたびに、ぐいっと引っぱられる。いつもと同じく、ぼくはどこにもたどりつかない。いつもと同じく、彼女は去っていく。

彼女に向けて叫ぼうとしたところで、ピーッという音が聞こえ、さらにもう一度鳴り、そのあとは軽やかな音が鳴って、最後にひとつ、大きな音が聞こえてくる。そこでぼくは目を覚ます。

画面ではメッセージが点滅している。

メッセージが、いくつも届いている。

あなたは aichinisnear2011 さんからグーグルハングアウトに招待されています。**ここをクリック**してチャットへの招待に応じるか、**ここをクリック**してこのユーザーをブロックしてください。

47

またしても車椅子にすわったまま居眠りをしてしまったようだ。時間の感覚がまだぼんやりしている。外は暗い。というかうす暗い。夕暮れどき？　もしくは光がさえぎられているだけかもしれない。

車椅子にすわったまま眠りこけてしまうのは今週に入ってこれが三度目で、ぼくにとってはめちゃくちゃ危険な行為だ。身体を起こしたまま眠ってしまうと、肺にさらなる負担がかかり、気管にかたまりができる可能性が高くなって、できたかたまりはその場にくっつきぼくを窒息させる。トラヴィスでさえもどなりつけてくる違反行為。言い訳はきかない愚かな振る舞い。でも、この数日は常軌を逸していた。

グーグルハングアウトのリクエストは、この一時間、ひっきりなしと言ってもいいくらい入ってきている。ジョナサンはぼくがリクエストを、正しくは彼を無視しつづけていることに腹を立てているとみえる。受信ボックスのなかには短いメールが五通、残されている。

20:25　われわれはこのめったにない、チャットするという機会を活かすべきだと思うよ、ダニエル。わたしたち用にグーグルハングアウトでチャットができるようにしてある。リンクを貼っておく。ハングアウトでチャットを開始しよう！

20:41　心配はご無用。ビデオ通話とかそういうものではないから。わたしは話がしたいだけだ。メールを待つ時間が無駄だ。きみはすぐそこにいるんだからな！　わたしはここにいるし！　友だちになろうじゃないか、ダニエル。友だちにならなくては。ハングアウトでチャットを開始しよう！

21:02　きみにわたしと話をしてもらうために、どうしてここまでエネルギーを使うのか、自分でもわからない。以前きみにも授けた、不思議な力のなせるワザかな。

21:19　きみがなんらかのトラブルに巻きこまれたのかとわたしは心配している。隕石にでもあたったのか？　少しまえまでは、きみはわたしとつながれたことをよろこんでいたし、希望にあふれていた。それなのにいまは連絡がない。だからわたしはきみのことを心配している。きみのほうから万事順調だと知らせてもらいたい。この機会を無駄にしてはいけない。ハングアウトでチャットを開始しよう！

21:38　ハングアウトでチャットを開始しよう！　ハン

グアウトでチャットを開始しよう！　ハングアウトでチャットを開始しよう！　ハングアウトでチャットを開始しよう！　ハングアウトでチャットを開始しよう！　ハングアウトでチャットを開始しよう！　ハングアウトでチャットを開始しよう！　ハングアウトでチャットを開始しよう！　ハングアウトでチャットを開始しよう！　ハングアウトでチャットを開始しよう！　ハングアウトでチャットを開始しよう！

ぼくはグーグルハングアウトをなかば定期的に使っている。スペクトラム・エアーの上司はこっちがシフトに入っている日にはひっきりなしにチャットで話しかけてきて、調子はどうかと訊いてきたり、とくに遅れがひどい便についての情報を更新したり、右翼政治家のおかしなミームを送ってきたりするときもある。こっちからは必要なときだけ、もしくは客の誰かをブロックするための承認を公式アカウントにもらわなくてはならないときだけ返信する。客をブロックするなんて、そんな企業として高度な対応を実行する権限をぼくは与えられていない。そうそう、クエンティン・タランティーノのファンが集まるグループチャットがあって、まえはよくそこで遊んでいた。トラヴィスとぼくは、数年前にサービスが終了したグーグルトークを使ってやりとりをしていたこともあった。トラヴィスがグーグルハングアウトをもう使わなくなっているのを忘れて、おもしろい記事やサイトのリンクを送るときもある——トラヴィスはいつものように一年くらいたってから〝マジでグーグルハングアウトがいまだに携帯に入っているのを忘れていたよ、はははは、悪かったな相棒〟と返信してくる。

もちろんビデオ通話や音声通話もできるけれど、ぼくが使っているのはチャット機能だけで、その理由はわかるよね。

そしていま、ジョナサンがチャットをしたがっている。

ハングアウトでチャットを開始しよう!

携帯をチェックする。マージャニからテキストメッセージが二通。トラヴィスがまだここにいるか、確認のために訊いてきている。母さんからも一通来ていて、ジャマイカで試合を観たとのこと。ついでに〝がんばれ、ブルドッグス、ダニエル、愛してる〟と付け加えている。トラヴィスからのメッセージはなし。以上。あとはなにもなし。

さてここで、きみの意向はおいといて、きみに道徳上のジレンマを体験してもらおうかな。つまり、ソクラテス式問答法を駆使して、ジョナサンとチャットすることの是非を討論するってこと。ぼくはしてもよいと思う理由を列挙できるし、してはいけないと思う理由のリスト(こっちのほうが長い)を作成することもできる。きみはぼくがすべき事柄をすべてあげる。たとえば、あの男をブロックして、パソコンを閉じ、就寝すべきだとか。眠りについたあかつきには、今度こそたぶん飛べると思う。きみが言うことはおそらくすべて正しいから、ぼくはきみの意見ぜんぶに賛成するだろうけれど、きみとぼくとのつきあいはもうけっこう長いから、きみはぼくがこれからすることを正確にわかっているよね。そう、ぼくはリンクをクリックし、ハングアウトでチャットを開始する。

48

flagpolesitta1993

22:11 ハロー。

22:13 ハロー。

22:15 すまなかった。ぼくは眠っていた。今日は日曜日で、眠るにはいい日だからね、はははははは。

数分経過。この男は急いでいるのかと思っていた。もう十分経過。それはそうと、なにかに一点集中していて、心臓はドクドクで汗をかきまくっていて、そういうときに真剣にものごとに取り組もうとすると、かえって眠くならないか？　たとえば、身体が〝ダメだ、ぼくには荷が重すぎる、もう抜ける〟って叫んでいて、〝シャットダウン〟のボタンを押すときとか。えっ、ちがう？　ぼくだけ？

ふいにパソコンからメッセージが到着したことを知らせる〝にゃあ〟が聞こえてくる。ぼくはね、いつだって猫がほしくてしかたがなかったんだよ。

aichinisnear2011

22:32 ハロー。はじまったと思ったら、いきなりきみがチャットを終了させたのかと思って心配したよ。

flagpolesitta1993

22:33 いやいや。

22:34 そんな、ばかな。

22:35 ぼくはここにいるよ。ちょっとうたたねをしていただけ。なんかあった？　まだ寝ぼけてるかも。はははは。

aichinisnear2011

22:36 はは、そうだね。さて、なんできみがここに誘われたか、お互いわかってると思うけど。

flagpolesitta1993

22:37 えっ？ なんでなの？

aichinisnear2011

22:41 これって興奮するよな。わくわく感が半端ない。気に入ったよ。きみも気に入ってくれたみたいだね。こういうふうにチャットができる相手がいるって、正直うれしいよ。外側にいるのがどんな気持ちか理解してくれる人が見つかって、その人が非難がましい人間じゃないってわかって。きみは非難がましい人じゃない。そういう人間は退屈だ、そうだろ、ダニエル。

flagpolesitta1993

22:42 ぼくはいまなにが起きているかはっきりさせようとしてるだけ。

aichinisnear2011

22:52 ああ、やめてくれ。

22:52 告白すると、きみが恋しくて、自分でも途方に暮れるほどなんだよ。きみが恋しいなんて不気味だよな。でも恋しいからってなにも変わらない。きみはわたしを見た。アイ - チンがわたしの車に乗ってから一週間以上が過ぎ、その件についてはきみ以外、誰もなにも知らない……まあ、もちろん、わたしは知ってるけどね。

22:53 そしていまきみはこのゲームに参加して、なにが起きているのかわからないという体《てい》で行動している。きみは知っている。**きみは知ってるんだ。**

22:54 わたしが怖いかい？ それはある意味、理にかなっている。わたしは最低限、誘拐くらいはできることを証明した。それだけでも、きみの世界ではありえないことだからね。正直に言うと、わたしの世界でもありえない。きみが知るかぎりでは、これはほんのはじまりにすぎない。ほかにわたしにできることってなんだろうね。

flagpolesitta1993
23:00 それをぼくははっきりさせようとしてる。
23:00 まだなにもわからないけど。

aichinisnear2011
23:06 思うに、きみはね、ダニエル、じっとしていられない人のようだね。わたしのように！　きみはこの街を、この世界を、単調きわまりないさまを充分に見てきて、なにかちがうもの、新しいもの、現実感のあるものに向きあったとき、それが魅力的だと感じてしまったんだと思うよ。
23:07 それに、わたしがどこから来たか、きみは理解していると思う。わたしたちはそれほどちがわないんじゃないかな。きみは孤独だ。わたしたちはそれについて話しているんだよね？　孤独について。孤独とはどんなものかを、真に理解している人はそれほど多くない。きみは理解している。悪くとらないでほしいんだが、きみは自分の車かなにかに女の子を乗せて出かけたことはないだろう。でもだからこそ、わたしたちは話ができたんだよ。だからこそ、そもそもきみはわたしを見たんだと思う。運命だったんだね。
23:12 ここでは孤独だ。きみも孤独なんだと思う。きみはこう思っている。わたしがしたことを自分にもできたらなと。

flagpolesitta1993
23:14 きみは間違っている。

aichinisnear2011

23:21　わたしが？　わたしがやったことにどんな意味があるのか、ダニエル、きみは知りたいだろう。外へ飛びだして世界を変えるため、美しいなにかをつくるため、日々の生活のなかで毎日、夢遊病のように歩いている者どもを驚かせるため。**理解してくれる**者を見つけるため。最後には耳を傾けてくれる者に出会うため。きみにはわかっているよね、ダニエル。わたしがしたことにどんな価値があるのか、きみにはわかっている。わたしがほかの者たちとはちがうことを。きみもね、ダニエル、ほかの者たちとはちがうから。きみはとうに気づいているはずだ。きみはわたしともちがうかもしれない。でも、きみはわたしのようになりたいと思っている。わたしがやることを、自分でもできればいいと思っている。

flagpolesitta1993

23:26　きみがしたこととは？

aichinisnear2011

23:31　それについて話すために、わざわざチャットしている、ちがうかい？　そのためにきみはわたしのメールに返信してきて、いまここでおしゃべりしている。きみにはできないけれどわたしにはできること、ほかの者には想像すらできないことをきみは知りたがっている。みんなが知りたがっていることをきみも知りたがっている。テレビでしゃべっているすてきなキャスターのみなさんは、女の子が行方不明になる事件がようやく発生して望外の喜びに沸き立っている。彼らは行方不明の女の子を必要としている。行方不明の女の子を毎日、それと視聴率調査週間の日曜日に二度、番組でネタにできれば、もうなにも言うことはないはずだ。行方不明の女の子がいれば、彼らは安泰。わたしは彼らに行方不明の女の子を与えてやった。

23:35 でもね、ダニエル、彼らの安泰のためにわたしは行方不明の女の子を進呈したわけじゃない。わたしは耳を傾けてくれる相手がほしかっただけなんだ。いずれは彼女がアグリカルチャー・ドライブを歩いてくるとわかっていたし、うんと早い時間に現場にいれば、目覚めている者やあたりを歩いている者がひとりもいない時間がかならず来るとわかっていた。
23:35 まあ、ほとんど誰もいない時間、だけどね。
23:41 わたしとしては、適切な時刻に歩いてくる適切な人物が必要だった。しかし、条件はそれだけじゃなかった。
23:42 わたしに必要だったのは、世の中の汚れを知らない人物だった。孤立していて孤独、途方に暮れてうろたえている人物、そしてもうひとつ、もっとも重要だったのがね、ダニエル、希望を抱いているという点だった。わたしは彼女に銃を向けはしなかった。脅しもしなかった。彼女を見て、その脇に車を寄せて、ドアをあけ、乗りますかと訊いただけ……そして彼女は乗った。
23:43 というのも、彼女は信じているから。この街には親切な人がいると信じているから。親切な人びとこそ、彼女が探していたもの。もっとも本人にはそういう自覚はなかったけどね。その点が彼女のすばらしいところだったし、いまでもすばらしいと思っているよ。とにかく、彼女は耳を傾けてくれる。われわれはそういう相手を求めている。
23:44 で、わたしはいまきみの言い分に耳を傾けている。そしてきみはわたしの話に耳を傾けている。きみはわたしの話を聞いているんだよね?
flagpolesitta1993
23:45 聞いてる。
23:45 ちゃんと。
23:45 でもきみのゲームを理解できてはいない。

23:46 ぼくは警察と話をした。
23:46 警察によると、きみはでたらめばかり言っている人物だとか。
23:46 四六時中、電話をかけては、やってもいないことをやったとほざいているとか。

aichinisnear2011
23:47 きみの語り口調が変わりはじめたとき、どうしたのかと思ったよ。あれは警察としゃべったあとだったんだね。
23:47 きみは理解したと思っていた。
23:47 だが、ちがうらしい。きみはなにも理解していない。
23:47 あの警官はわたしのことをなにひとつ理解しようとしなかった。あれはただの役立たずだ。
23:48 彼は今夜も役立たずだったよ。
23:48 彼はここへ来た。
23:48 二時間ほどまえに。
23:48 不意打ちを食らった気がした。アイ-チン大捜索の真っただ中に、あの警官とパートナーがどこからともなく、うちにあらわれたんだからね。
23:48 いや、不意打ちではなかった。きみから警告されていた。きみからの最後のメールで。警察と話をしたと、きみは警告していた。まるできみが彼らを送りこんできたみたいだね。でもこちらは準備万端だった。
23:48 アイ-チンは人の目に触れないところにいた。警察にはネット上をうろうろしている子どもをからかっただけだ、悪かったと言っておいた。そういうことはやめろ、またやったら次は逮捕すると言われたよ。
23:48 彼らはなにも知らない。なにひとつ。真の役立たずだ。
23:48 彼は問題だな、ダニエル。彼のようなやつらは。図体がでかくて制服を着ていて、なんでも好き勝手にやる。

23:48 でも彼はなにひとつわかってない。
23:49 正直言って、わたしはきみには失望している。
23:49 おそらくきみはなにひとつ理解していないんだろう。

あの中国語のメールは冗談でもなんでもないのだと、いまは確信している。まぎれもない現実なのだと。

flagpolesitta1993
23:50 それで、なにが望みなんだ？
23:50 彼女を連れ去ったにせよ、そうでないにせよ、いったいぼくになにを求めているんだ？

aichinisnear2011
23:50 きみはちゃんと聞いているんだと思っていた。
23:50 **きみはわたしの友人だと思っていたよ。**
23:50 だが、ほかの者と同じで、きみはわたしの言うことなど聞いてはいない。
23:50 彼女のようには。
23:50 彼女は聞いてくれる。きみはほかのやつらと同類だ。自分のことだけを考えている。

汗が首筋を伝う。画面がほとんど見えなくなる位置まで車椅子からずり落ちはじめる。

flagpolesitta1993
23:52 彼女は無事か？

aichinisnear2011
23:52 彼女ならここにいるよ。ハロー、アイ-チン。挨拶をしなさい。
23:52 彼女はまだ現状をすべて理解していないようだ。受け入れるべきことが多い、わたしたちふたりとも。ほんとうのところ、きみ宛てに彼女が書いたささやかなメールを発見したとき、わたしたちは真剣に話しあう必要に迫られた。
23:52 トイレに行くときに、ノートパソコンを開いたままにしておいちゃいけないね。彼女は機略に富んでいるから。
23:52 いまは問題は解決している。
23:52 わたしたちは、以前のとおり認識が一致している。
23:52 彼女がふらりとあらわれて、わたしといっしょにいたいと言ったら、警察の面々はさぞ面目ない思いをするだろうな。今回の件を〝誘拐〟ととらえていたのに、姿を消したのは本人の意思だったとは、という具合に。これこそ、ことの真相なのだ！ 自分が必要としていた場所にいる、と彼女は言うだろう。
23:52 自分の場所を見つけたと。わたしも自分の場所を見つけた。

flagpolesitta1993
23:52 彼女がほんとうにそこにいたいと望んでいるなら、そこを出ることもできると彼女に伝えるべきだろう。
23:53 彼女は外に出ることができるか？
23:53 できない。

aichinisnear2011
23:56 ダニエル、きみが見落としていることを教えてやろう。そもそもわたしをこの場に連れてきたのはきみなんだよ。
23:56 きみとやりとりする目的はなんなのか、最初ははっきりとわからなかった。わたしは彼女と話をして楽しかった。そのあとで彼女は車に乗り、わたしの家に来て、わたしはとどまるように言い、彼女は帰りたがったが、こちらには帰す準備が整っていなかった。彼女が二度と戻ってこなかったらどうする？ ほかの者たちと同様に嘘つきだったら?
23:57 だが、きみのおかげでいまようやく気づいたよ、ありがとう。これは大きな物語の一部なんだ。彼女はわたしの車に乗った。彼女は地下室にいる。わたしはきみと会っている。きみは社会からつまはじきにされた、ネット上を徘徊しているやつだ。メールのやりとりをしていれば自分は孤独ではないと、きみは気づかせてくれた。わたしと同じように感じ、わたしのように途方に暮れている人間がいることを教えてくれた。きみはいま頭が混乱しているようだね。あの警官のせいで混乱したのだと思う。わたしたちが共有できるものがまだありそうだ。
23:58 希望だってある。すばらしい結末を迎えるという希望が。
23:58 わたしには時間が必要だ。だからきみにはわたしの邪魔をしないでもらいたい。
23:58 きみはポーチで椅子にすわっているだけでなにもしない、ただのひとりの男だ。
23:58 そう、わたしはきみを見た。きみが誰か、いまはわかっている。きみは自分のことにかまけすぎていて、四六時中こちらがきみを観察していたことに気づかなかった。きみを見つけるのなんて簡単だ。自分は見つからないとでも思っていたかい? きみが住むあたりにはそれほど家は多くない。そのうえ、一日じゅう家にとじこもっている人間もそう多くはないんだよ。

残っていた力を振り絞って、ぼくは車椅子のなかでずりあがり、すわる姿勢を正す。

flagpolesitta1993
23:58 ほんとに
23:58 ほんとに
23:58 きみは頭がおかしい。
23:58 気味が悪い。

23:58 きみの病んだ物語の一部になるのはごめんだ。
23:58 刑務所にぶちこんでやりたい。
23:58 でもそのまえに、あんたのケツを蹴り飛ばしてやりたい。

aichinisnear2011
23:58 いや、それは無理だろう。きみはわたしのケツを蹴り飛ばせない。
23:59 きみはその車椅子から立ちあがることすらできないのだから。

〝ピシッ〟と音がして、一瞬、強い光が明滅し、ぼくは倒れる。

月曜日

49

父を知るまえに父は消えた。そのことを腹立たしく思ってはいない。恋しいと思うほどよく知らなかったし、恋しいと思うべきなのかもわからなかった。ぼくは父さんのことは考えない。

母さんは父さんの悪口を一度も言ったことがなかった。というか、母の口から父のことを一度も聞いたことがなかった。父親はそもそも存在しないとぼくに思わせるのが母の作戦だった。ほら、きみだってサウスダコタの聞いたこともない学校教師についてはなんにも言わないだろうし、見たくても見られない、ノルウェーの子ども向けテレビ番組に出てくるエキストラについてだって話さないだろう。それと同じように、見たことも聞いたこともないものについては話せないとして、母は父のことにはいっさい触れなかった。父を話題にあげると、本人に不相応なパワーを授けてしまうと考えていたのかもしれない。母にとって父はそこらの男と少しも変わらなかった。そこらの男には興味はない、といったところ。だからぼくも興味がなかった。

数年前、何年もの沈黙を破ってぼくは父親について母さんに尋ねた。話題にしてももう安全だと思えたし、話を聞いても自分はだいじょうぶで、父を捜したりはしないという確信もあったからだ。自分が生まれるまえの両親はどんなふうだったんだろう、という純粋な好奇心から訊いたまでで、気にはなっているけれど、べつに緊急でもなんでもない、という感じだった。母の話では、居場所はわからず、最後に耳にしたときにはカリフォルニア北部のどこかで携帯電話の販売をしているようだったけれど、それも二十年もまえのことで、いまごろは月にいてもおかしくない、とのことだった。

「あなたのお父さんのことを心配している暇はなかった」と母は語った。「自分の母親のことで悲しくてしかたなかったから」

ぼくの病気の診断が下されてから約六カ月、父さんが消えてから約三年がたったころ、ぼくのおばあちゃんのローズマリー・ワイセル・ラムは親友のエリザベスといっしょに花を摘んでいた。ローズマリーはそのころに夫を亡くした。彼女の二番目の夫、オーティスは長く過酷な闘病のすえに前立腺がんで死に、彼の人生の最後の十年間、ローズマリーはやむをえず仕事を辞めて夫の看病をしていた。ローズマリーはオハイオで不動産会社を経営し、そこそこうまくいっていたけれど、オーティスが病気のために働けなくなり、そのあとで家からも出られなくなると、夫を二十四時間、介護するために仕事を辞めた。母によると、家はすっかり様変わりし、ひとりの男が痛みに耐えながらゆっくりと死んでいくのを妻が静かに見守るだけの場所になり、しかも妻は夫を愛してはいたけれど、彼の排泄用の便器を洗い、ドレーン管で膿を出し、痛みにうめく声を聞いて十年を費やすことに割りきれない思いを抱いていたという。あまりにもひどい状況で自分にはどうしようもなく、結果的にまるまる三年間、その家を訪れなかった、と母は語った。「ほんとうに恥ずかしく思っている」と母さんはつづけ、泣きはじめた。「あなたが生まれたとき、見せに連れていくことさえしなかった。それくらい、家のなかはすさまじい状況だった」

ぼくの診断が下されてから間もなく、長い闘病の果てにオーティスは亡くなった。葬式のあと、ローズマリーは時をおかず、うちの母さんが覚えている女性に戻ったという。想像力豊かでおっちょこちょいな、世界のあらゆることを貪欲に知りたがる女性に。死にかけている夫の看病から解放されて、ローズマリーは生きかえった。さっそく家を売る算段を講じ、アラスカへクルーズ旅行に出る計画を立て、ロンドンへも行くつもりでいた。ローズマリーはロンドンへ行きたいとつねづね思っていたけれど、合衆国を出たことさえなかった。イリノイに来て、孫と娘とともに楽しくひと月を過ごし、旅行の計画を立て、ようやく楽しめるようになった人生でこれからやりたいことを語っていたという。「わたしだってオーティスを恋しく思ってる」とうちの母はローズマリーに語った。「でも、終わってよかったとも思ってる」そしてローズマリーはオハイオに帰っていった。ぼくらはその夏にオハイオを訪れることにしていた。

さわやかで心地よい四月の遅めの午後、ローズマリーとエリザベスは、友人の庭を訪れる、週に一度の小旅行に出かけ、オハイオ州シンシナティから車で二十分ほどの橋を渡ってケンタッキー州に入った。車で旅をする人はここで郊外と別れを告げ、長くて平らでなにもないケンタッキーの田舎道に入り、何マイル走っても信号はひとつだけ、制限速度が時速五十五マイルの〝44RR2E〟みたいな名前のついた片側二車線の道路をひたすら走ることになる。ふたりはいちばん近いフリーウェイから何マイルも離れた、長く見通しの悪いカーブの終点のなにもない場所で車をとめた。そこは花を愛でながら鳥の声を聞き、喧騒から逃れてやすらぎを見いだし、あてもなく歩きまわるにはうってつけの場所だった。

エリザベスはのちにうちの母さんにこう語った。ローズマリーはじっと考えこんでいるふうで、ユリが咲いている草地のほうへ向かって道路を渡ろうとしていた。その様子はまわりを忘れて自分の世界に入りこんでいるようだったと。ローズマリーはトラックが猛スピードでカーブをまわりこんでくるのが見えず、トラックの運転手にはローズマリーの姿が見えず、直後に取りかえしのつかない事態になった。運転手はスピードをあげていた。ローズマリーは道のまんなかにいた。いつもならその道路では何マイル走っても人の姿を見ることはなかった。トラックに衝突されたときローズマリーはエリザベスに背を向けていたという。ローズマリーが笑っていたか、悲しい顔をしていたか、物思いに沈んでいたか、人びとが毎日、目的地に向かって無表情で歩いていくのと同じように、顔にはなんの表情も浮かべずにいたのか、エリザベスにはわからなかった。

ローズマリーが宙を飛ぶのが見えたとエリザベスは語った。うちの母さんはもうやめてくれと、そこで話をさえぎった。

ローズマリー・ワイセル・ラム、享年五十六歳。他者のために尽くしたあと、もうそうする必要がなくなったと同時に人生をふいに終わらせ、イリノイに埋葬された。生前の彼女がイリノイ州で過ごしたのは、いちばん長くてぼくらと過ごしたひと月だったというのに。お母さんにはそばにいてほしい、とぼくの母はぽつりと言った。

ぼくの母さんは若かりしころに、まず夫を失い、次にたったひとりの息子がこの先、自分の目の前で衰えていったあげく、おそらくそれほど長くは生きられないだろうと宣告され、それから何カ月かたったのちに今度は母親を失い、一度に何機もの飛行機が自分の上に落ちてきたような心境だった。「それまではほんとうに幸運な人生を歩んでいたのよね。そのときになってはじめて、自分がいかに幸運だったかに気づいた。自分の身に悪いことはひとつも起きていなかったから。父が亡くなったのは、この人がお父さんだと認識するまえだったし。親しい友人のなかで死んだ人はひとりもいなかったし、暴行されたりレイプされたりもせず、まわりの人たちはみんないつでもわたしに親切だった。世界に対して文句なんてひとつもなかった。

　あなたもね、痛みを、それも本物の痛みを乗り越えなきゃならないときが来るまで、自分のことはなんでもわかっているとは言えないのよ。いま思うと、悪いことが起きるまえの人生は、漠然としてとらえどころのないひと夏だったみたいに思える。そのころのわたしは守られ、保護され、この世の理《ことわり》をまったくわかっていなかった。まえに比べたら、いまはマシよ。苦しみが自分を避けて通ってくれるわけじゃない、そんな人はひとりもいないって学んだから。自分はぜんぜん特別なんかじゃなかった。ほかの人たちと同じように、苦しみを乗り越えていかなきゃならなかった」

　母親を失ったせいで、うちの母さんは壊れたも同然になった。ぼくの父さんを失ったことは、まあ、母さんは父さんを頭がからっぽの男だといつも思っていた、と言えばわかるよね。それと、ぼくに下った診断については、悲しむと同時に、母さんはそれで覚悟を決めた。ぼくは助けを必要とする人間だった。自分の子どもを助けたくない母親なんている？　ぼくは母さんに気力を注ぎこむ対象と目的と決断する力を提供した。そして見返りに要求したのは、惜しまざる努力とガッツと闘争心、それに加えて、母が自分にあるとは気づいていなかった不屈の精神力。ぼくがＳＭＡに罹り、少なからぬものを奪われたせいで、母さんは格闘すべき敵を、エネルギーと集中力のすべてを投下すべき標的を見つけた。ぼくによって母は生きる理由を与えられた。

　一方で、ローズマリーを失ったとき、母はエネルギーを投下すべき標的をひとつも見つけられなかった。心のなかにあったのは、まぎれもない喪失、純粋なる喪失だった。失ったのは、母が愛して必要としていた人。その人に対し、母さんはいい娘じゃなかったことを申しわけなく思い、後悔していた。その人にはもっといい人生を送ってほしいと思っていた。その人は母が昔はこうだったのにと思う人に戻ろうとしていた……今日いたのに、次の日にはいなくなってしまった。

母が直面した悲しみは、時がたてば癒やされるような悲しみではなかった。締めなおすことができるゆるんだネジでも、答えを出せる数学の問題でも、痛みをやわらげてあげられる子どもでもなかった。その悲しみは腹に居すわり、けっして消えることはなかった。ときにはふくらんだり、ときには縮んだりするけれど、つねに、いつでもそこにあった。

母の話では、あとにも先にも、その点がいちばんつらく、なによりもきつかったという。悲しみはけっして消えないという現実が。自分の一部になってしまうというところが。悲しみとともに生きるか、それがいやなら死ぬかしかないという実情が。

病気に対処する場合は、リサーチすることも闘うこともできる。対象が別れた夫の場合は、そんな人は存在しなかったふりをすればいい。目の前にある問題にはっきりとした形や明確な特徴があれば、大きな問題でも少しずつ小さくしていくことができ、やがてはもっと対処しやすく、かかえられるくらいの大きさにすることだってできる。

でも、悲しみはずっと変わらずにそこにある。

ぼくがつねに思いかえしてしまうのが、うちの母さんは母親が死ぬまでは幸運だと感じていた点だ。

母は乙に澄まして世間を渡り、人生は存分に遊べる、幸せだらけの砂場だと思っていたのに、いきなり現実を突きつけられ、そのあとは二度とまえと同じ人生を歩めなくなった。実際のところ、母は楽しい経験もしているし、人生を謳歌してもいる。いま母さんはいろんな仲間たちと行った旅行の写真をスカイプの背景にしていて、そうした旅のひとつひとつがローズマリーへの直接の答えなんだと思う。母さんは自分の母さんに敬意を表して、生きるチャンスがあったとしたら、ローズマリーにはこう生きてほしかったと思う生き方をしている（ホテルでのマッサージも悪くないんだろうね）。

でも、すぐにそういう新しい生き方に切り替えられたわけじゃない。人生には痛みがともない、いまか将来かの違いはあれ、愛するものはすべて奪い去られ、生きていくためには、真っ黒で大きな悲しみが永遠に腹のなかに巣くい、けっして消えてはくれないという現実を受け入れるしかないと悟った結果、母さんは新しい生き方をはじめたのだ。

こうした事実をふまえ、ぼくは自分がとても幸運《ラッキー》なんだと気づいた。以下はその説明。

ぼくはこれまでの全人生で誰ひとり失くしていない。母さんも。トラヴィスも。キムも。誰ひとり。マージャニも。そう、ぼくは恵まれている。うんと恵まれている。だってぼくは誰よりも先に遠くへ行ってしまうから。だから彼らを失って悲しむ必要はない。彼らのほうがぼくを失って悲しまなくちゃならない。

愛する人たちがぼくを恋しく思い、自分ではけっして味わうことのない痛みを彼らが受け入れねばならないということに、ぼくは慰めを見いだしている。もちろん自分勝手なのはわかってるよ。でもね、これはけっして否定できない真実なんだ。

この点については、ぼくはほんとうにラッキーなやつだと思う。悲しみが〝居すわりつづける客〟になるまえに、ぼくは旅立てるのだから。ぼくはこの世界を意気揚々と歩く。さようならを告げる痛みをかかえて生きずにすむラッキーなやつとして。そういう痛みは彼らのためのもの。ぼくが死ぬときに悲しむ彼らを心から気の毒に思う。一方で、ぼくはそういう思いをしなくていいから、心からうれしく思う。ぼくはラッキー。悲しみに包まれるまえに旅立てるんだから、ぼくはラッキーなんだ。ひとりで逝けるんだからラッキー。

ぼくはラッキー。ほんとにラッキー。このうえないほどラッキーなんだよ。

50

無理やり目をあける。車椅子から落ちて床に転がっている。シャツが破られていて、濡れている。つま先にクロームプレートを張ったブーツが目に入る。近くで見るとより尖っている気がする。頭を持ちあげる。

ジョナサンの服装は黒ずくめだ。アトランタ・スラッシャーズの帽子はなし。きっちりひげを剃っているんだけど、なぜか彼には似合わない。弱々しげなあごを隠すために絶対にあごひげを生やすべきだ。手には小さな懐中電灯を持っている。腰を落とし、こっちの顔に懐中電灯の光をあてる。

そこで笑う。「三次元の実物よりもオンラインでのほうが相手としては手ごわそうだな。きみの家を見つけるのは簡単だったが、昨日までは知らなかったよ、きみが……こんなだとはな。世界は驚きの連続だ」ジョナサンは懐中電灯を切り、ぼくはうなずきかえす。

51

どのくらい時間がたったかわからないけれど、ぼくはいまだに床に転がっている。部屋じゅうの電気がついていて、いまキッチンの明かりもついたところ。ベーコンを焼くにおいがしてくるんだけど？　たぶんぼくは心臓発作を起こしているんだろう。心臓発作に見舞われると、人はいろいろなおかしなにおいを嗅ぐとかいう話だから。それとも脳卒中だったかな。どっちだったろう。

いまのぼくは、誰かがぼくの身体全体をトランプをシャッフルするみたいにこねくりまわしてから、床の上に適当に広げたように見えるにちがいない。ふと、顔から、いやむしろ左足から二、三フィート先の床に吐きだしたガムがくっついているのに気づく。髪はずぶ濡れで、原因はいくつも考えられ、どれもいいものじゃない。左目をあけることができず、息をするたびに鼻のまわりで埃が舞うのが見え、正直なところ左腕がどこにあるのかわからない。

胸のなかでゴボゴボ鳴っていた空気が落ち着きはじめる。この感覚には覚えがある。空気が暴れたせいで肺に張りついていた異物がはがれ、ひとたび身体を起こしたら異物があちこちに動きだすだろう。それをどうやって取りだせばいいか、ぼくにはわからない。

たしかなのは、よろしくない状況だということ。

キッチンから物音が聞こえてくる。一瞬、これはすべてみずからの妄想のなせるわざかもしれないと思った。昨晩、介護サービスのひとりがぼくをおざなりにベッドに寝かせた。それでぼくはベッドから落ちた。そこへマージャニが入ってくる。彼女は落っこちたぼくを見て悲鳴をあげる。かかえあげて、あちこちを拭く。そのあとで声を立てて笑う。ふたりで朝食をとる。なんでベーコンを焼いたのかとマージャニに訊く。だってマージャニはぼくがベーコンを食べられないのを知っているから。彼女はこう答える。「今日はベーコンって感じだったからよ！」ぼくはわけがわからないまま笑う。アセンズの美しい日におけるいつもどおりのひとコマ。

目を閉じる。それから〝ドスッ〟という音が響く。ジョナサン——どうやら、ベーコンをのせた皿を持っているらしい——が蹴りつけてきて腹に激痛が走る。すごく痛い。悲鳴をあげ横向きになると、肋骨のあたりから大量のクルトンを拳ですりつぶしたような音が聞こえてくる。言葉にならないくらい痛い。

「起きろ、ダニエル！」ジョナサンが吠える。「ついに顔見知りになれたんだから」空気が身体じゅうのあちこちからゆっくりともれだす。どういうわけか流れだしている口のところがちょっと詰まっているらしく、ぼくの身体は少しずつぺしゃんこになっていく。床の上をじりじりと滑って、前へ押しだされているような気がする。

いま感じているのはこれまで経験したなかで最悪の痛みなのは間違いなく、痛み自体がなにかを訴えてきているようだ。ジョナサンは片膝をつき、手にはなんとまだ例のベーコンがのった皿を持ったまま、こっちの顔をのぞきこんでくる。「立ちあがるんだよ、ダニエル。この状態できみと会話を交わすのは、途轍もなく難しい」

ジョナサンはようやく皿をリビングルームの床に置き、ぼくを起こしはじめる。へたくそきわまりない。左腕をすでに折れているぼくの肋骨の下にさしこみ、おそらくうっかりしてだろうけれど、右肘でぼくの顔を打つ。肺に残っていた空気がぜんぶ、悲しげなうめきとともに喉から口へと流れだす。

「くそ、身体を持ちあげるにはどうすればいいいんだ?」とジョナサンが言う。「思ってたよりずっと難しい。さぞかし大勢の手が必要なんだろうな、ダニエル!」そこでどさりと床に倒れこみ、鼻と鼻を突きあわせる恰好になる。顔は青白くて肉がたるんで締まりがない。それと、笑っちゃうくらいまんまるでピンクの頬に弱々しげなあご。息は死臭じみている。「いつもどうやって起きあがってるんだ、えっ?」

たっぷり十秒をかけてこっちを見つめる。いちばん気になるのは、ジョナサンの顔が毎日キャンパスのあたりで見かける大学院生みたいだということ。頭がおかしい人間のようには見えない。口角に泡がたまってもいない。目ん玉に鉤十字のタトゥーを入れてもいない。見かけは恐ろしくもなんともない。それどころか、自分がここにいることに気づいてびっくりしているというか、怖がっているふしがある。

「口も利けないのか? 勘弁してくれよ」そう言って、立ちあがる。「まあ、もう一度やってみようか」ジョナサンは身を乗りだしてきて、ぼくはふたたび叫ぼうとする。

ふいにキッチンから急いでこっちへやってくる足音がして、頭上を影のようなものが走り、そのあとで叫び声が聞こえ、次に息を呑む音と低いうなり声、最後には左側で本棚に衝突する音。本棚が倒れる。本や、母さんが地元を忘れないようにと買ってくれたイ《E》ースタ《I》ン・イリノイ大学《U》パンサーズの記念のマグカップがぼくとジョナサンの上に落ちてきて、そこに誰だか知らない人物が加わって、ぼくは——

52

テリーだ！　そう、それが夜に来てくれる、チャールズじゃない介護サービスの人の名前だ！　いつかは思いだせるだろうと思っていた名前。

いまテリーがぼくの真上にいる。彼はぼくの起こし方を知っている。

「いったいあの男は誰なんだい？」とテリー。首にタトゥーを入れ、シャツのポケットには煙草のパック。襲われたときに倒れた車椅子をもとどおりに直し、タオルを取ってきてぼくの額を拭く。ぼくはタオルを見つめる。うわっ、血がついている。「今日はおれの当番だから来てみたら……まったく。きみ、あの男を知ってる？」テリーはぼくがしゃべれないことを忘れているらしいし、それほど長くここで働いていないので、目と目で会話することもできない。テリーはぼくを見てため息をつき、低くうなってから「ひとまずきみを車椅子に戻そう」と言う。

息が苦しくなりはじめ、ぼくはパニックに陥る。

「だいじょうぶだよ、彼にしたたかに殴られてひどい目に遭ったね」とテリー。「そっと持ちあげるからね。でもきみも協力して床から立ちあがるようにして」

テリーがそっと持ちあげてくれる。ぼくの頭のてっぺんに触れてから、左手を首の後ろにまわし、右手を膝の下にさしいれる。身体のあちこちが痛むけれど、少なくとも身体を起こすことはできる。曲がりなりにも、もとどおりの形に戻れる。持ちあげられながら、胸のなかでクルトンが砕けるような感覚がして、身体じゅうの穴や割れ目からさらに空気が抜けだしていく。でも、もう床に転がっていない。テリーはぼくを車椅子にすわらせ、こっちがうめいているあいだにさっさとストラップをとめる。そのあとでぼくをキッチンに連れていく。

「それで、ダニエル、いったいなにがあったんだい？」目に困惑の色を浮かべてテリーが訊いてくる。

今夜は契約にはない仕事をしてくれている。「どうやってあの男はなかに入ったの？」テリーはキッチンのなかを歩きまわりはじめる。なにがあったのか考えているらしい。

「二、三分遅れて来てみたら、明かりがぜんぶついていて、こっちとしては〝なんかちょっとおかしいなあ、でも、まあ、いいか〟って感じで、そしたら料理したあとがあって。あの男がなにかつくったのかい？　それで部屋のなかに男がいて、きみが床に倒れていて、男がきみを起こそうとしていた。おれたちは取っ組みあって、こっちがあっちにパンチを食らわせると、あっちは逃げていった。あの男は誰なんだ？　ほんと、なんなんだよ」

ぼくはアイコンタクトをこころみる。

〝警察に電話して〟

〝警察に電話して〟

〝電話はすぐそこの壁に掛かっているから〟

〝警察に電話して〟

〝九一一にかけて〟

〝九一一にかけて〟

目玉を左右に動かして彼に電話の位置を伝えようとするけれど、身体のあちこちが痛みで悲鳴をあげていて、なかなか思うように動かせない。

〝助けを呼ばなきゃ〟

〝九一一にかけて〟

こっちからのヒントをテリーは受けとってくれない。


「あれはきみの友だちじゃないよな？　一度きみの友だちに会ったことがあるけれど、彼はあんなじゃなかった。真夜中になんでここに男がいるんだろう。あいつはきみを押し倒したのかい？　そういうこと？」テリーは動きまわるのをやめていて、いまは困惑顔で天井を見あげている。そうしたい気持ちはわかる。

ふと見ると、ジョナサンがいる。テリーがぼくを車椅子に戻している最中に玄関ドアから入ってきたにちがいない。右手になにかを持って、テリーの背後に忍び寄ってくる。ぼくはテリーに警告するために声をあげようとするけれど、鼻から弱々しく空気がもれだすだけでちっとも声にならない。いつも以上に役立たずっぷりを露呈している。

「警察に電話しなきゃな」とテリー。気づくのがほんの少し遅すぎて、ぼくと彼自身を救うことはもうできない。電話のほうへ行こうとしてテリーが右側を向いたとたん、ジョナサンが手にしたアルミニウムの野球用バットでテリーの顔をしたたかに打つ。ぼくにはなすすべもない。テリーはキッチンテーブルに頭を打ちつけて倒れる。ジョナサンはテリーを見おろして再度バットで殴り、もう一発殴る。三発食らって、テリーはもう、うめき声すら立てない。なのにジョナサンはもう一度テリーを殴る。もはやジョナサンの顔はたるんでいない。とても正気の人間には見えない。なんと……穏やかな表情を浮かべている。

53

ぼくは車椅子のコントローラーを全速力モードに入れる。いまやジョナサンはトランス状態で、目を細め、鼻息を荒くし、バットをひと振りするごとに額には新たな血管が浮かびあがってくるといったふうで、ぼくは彼がバットでテリーの頭を殴る様子を見つめていた――恐ろしい光景だったけど、それを見てはっきりした。これはまぎれもない現実であり、ぼくはいますぐここから逃げなきゃならない。ぼくを車椅子に乗せてくれたのがテリーの最後の仕事になるかもしれず、ぼくはみずからの使命として、彼の行為を無駄にせずに自分の命を救わねばならない。

三回目と四回目の殴打のあいだ、ジョナサンがこちらから目を離した隙に、車椅子のスピードをあげ、キッチンを抜ける最短コースをとって玄関ドアに向かう。車椅子に乗って動くだけで全身の神経が痛みに燃えあがる。でも進まなければバットが待っている。

キッチンテーブルのそばの椅子にぶつかり、そのせいで椅子がリノリウムの床をこすって甲高い音が鳴り、ジョナサンがトランス状態から覚める。そしてこっちを向く。穏やかな表情はすっかり消えている。「どこへ行くつもりだ?」ジョナサンが大声を出す。逃げるのに残された時間はおおよそ一秒といったところ。

ところが、車輪が冷蔵庫の太いコードに引っかかり、とつぜんぼくは動けなくなる。そのまま千分の一秒か、はたまた五百秒が過ぎ、冷蔵庫のコードに引っかかって車輪が空まわりしているうちに、ジョナサンがテーブルをまわりこんでこっちに向かってくる。

ぼくは力を振り絞ってコントローラーを押す。

〝頼む。お願いだ〞

また甲高い音が鳴る。車輪がコードに引っかかったせいで冷蔵庫が引っぱられて壁際から離れ、ジョナサンと車椅子のあいだに移動してくる。車輪はなんとかコードを乗り越え、ジョナサンは冷蔵庫の向こうで動けなくなる。背後からジョナサンの叫び声が聞こえてくる。殺意をにじませた怒りの声というよりも、〝なんでこうなるんだ〞といういらだちの声。それにはかまわずにぼくはドアを抜けてスロープを下り、アグリカルチャー・ドライブに出る。

あたりはまだ暗い。道路には誰もおらず、明かりはひとつもついていない。わが家での騒動のせいで誰かを起こしてしまったかと思っていたけれど、どうやらそれはないらしい。通りにいるのはパジャマを着て、全身に血を飛び散らせたぼくひとり。車椅子がぼくを家から運び去り、その家のなかにはおそらく死亡した男性と全米が行方を追っている誘拐犯がいて、冷蔵庫がキッチンのまんなかに鎮座している。

車椅子に取り付けてある携帯電話が使えるかどうかたしかめてみなくては。で、トラヴィスにスカイプで通話してみる。

「むおおおおおおおお」留守番電話につながり、ぼくは毒づく。

ふと玄関ドアがあく音が聞こえてきて、アグリカルチャー・ドライブに出たぼくは全速力で走る。恐ろしい出来事から逃れるために。短い叫び声が耳に届き、やがて小さくなっていき、家から離れるにつれ少しずつ聞こえなくなっていく。声がまた大きくなるのが怖くて、ぼくはスピードをあげて逃げる。

54

これまで衝突事故を起こしたことは一度もない。それが自慢のタネ。いま使っているのは最先端の車椅子で、いわば戦車だ。車輪はぼくのウエストより幅が広い。これに乗っているぼくを通りで見かけたら、きみはこっちよりも自分のことを心配したほうがいい。車椅子に轢かれかねないからね。

さてさて、どこへ行けばいいか、まるで見当がつかない。トラヴィスの居場所は考えられる行き先が多すぎて絞りこめないし、マージャニの家があるウィンターヴィルはここからだと二十マイル先だし、どの学校も月曜日の午前三時には門が閉ざされているだろう。ご近所さんちのドアをノックするという選択肢もあるけれど、どの家のポーチも車椅子では入っていけないし、そもそもノックすること自体、ぼくの身体では難しい。自分の家を飛びだしてジョナサンから逃げるところまでは、自分でもよくやったと思う。あの状況ではどうしたってよい方向には向かわなかっただろう。じゃあいま、どうすればいい？

アグリカルチャー・ドライブの端まで来て、カールトン・ストリートに出る。しばしとまって考える。ステーグマン・コロシアムは左に曲がって数ブロック先。そこまで行けば警備員か誰かがいるのでは？　警察は？　いちばん近い警察署はダウンタウンのほうにあり、ここからはそれほど遠くないにしても、真っ暗闇のなかを進むのは危険きわまりない。いちばん近い病院は警察署よりもさらに遠い。もう一度トラヴィスに電話してみる。応答なし。

もう少しのあいだとまって考える。意識を取りもどしてからはじめて考える時間を持てたおかげで、現在の身体的状況を把握することができた。呼吸は短く雑音まじり、胸のなかのクルトンはさらに細かく砕け、ただよっていて、この状態はかなり危険。朗報はあたりが真っ暗なこと。だってパジャマは血だらけだろうから。

自分を見ろ。自分を見てみろよ、ミスター・タフガイ、ミスター・〝自分でなんとかできる〟、ミスター・〝心配しないで、母さん、母さんにはぼくの面倒なんかみてないで自分の人生を生きてほしいんだ〟、ミスター・〝トラヴィスとぼくはだいじょうぶ〟。ほら、自分を見てみなよ。いまは真夜中、テリーはわが家で殺されているかもしれない。ぼくは通りのまんなかでひとりきり、いまにも呼吸がとまりそう。でもそれはたいした問題じゃない気がする。胸郭は粉々で、頭蓋骨にはひびが入っているだろうから。この状況を脱することができたとしても、それらの傷はけっして癒えることはないだろう。

マジな話、頭のおかしな男がうちに押し入ってきて、そいつにボコボコにされるまえから、ぼくはつねに危険にさらされてきた。だから、これから起きるかもしれないこと、たぶん起きることに対し、きちんと心の準備をしている。小さいころから一瞬、一瞬を大切にしろと教えられてきた。そもそも人生は短いものだけど、おまえの人生はありえないほど短いから。だから人生を味わい、楽しみ、そのすべてを慈しまなきゃならない。おまえの人生はほかの人たちよりもさっさと奪い去られてしまうのだから。そういうわけで、しっかり心の準備をしておかなきゃならない。運命を受け入れなきゃならない。

　でもこのまさかのときに、人生が終わっちゃうかもしれないギリギリのときになって、ふっと気づく。準備なんかできていないと。これで死ぬかどうかはわからない。あとどれくらい時間が残されているのかも。でもいま、自分自身をまっすぐに見つめなおし、もう自分を偽るのはやめにする。準備なんかできてない。このまま生きつづけたい。これからも長いこと生きていたい。トラヴィスとあの子が仲よくつきあっていくのか、それともトラヴィスがダメにしちゃうのかを見ていたい。マージャニが来る日も来る日もきつい仕事をさせられる、終わりのないサイクルから抜けだせるか、たしかめたいし、抜けだせるように手をさしのべてあげたい。いつかゲームでトッドを負かしたい。キムに子どもがいるのなら、彼女の子どもたちの写真を見たい。たぶんみんなすごくかわいらしいだろう。次の選挙で誰が勝つか見届けたい（と思う）。ジョージア大学フットボールチームが全米チャンピオンになるところを観たい。D・B・クーパーが結局どうなったのか知りたい（D・B・クーパーという偽名で飛行機に搭乗した男がハイジャック事件を起こし、犯人は飛行機から脱出。その後の行方は不明）。グレン・クローズがオスカーをとるところをこの目で見たい。

　母さんに会いたい。**会いたくてたまらない。**ぼくは生きつづけたい。ここにとどまりたい。

これほどまでに生きたいと強く願ったことはない。おまえは準備なんかできてない。どうしたら準備なんかできる？

いまぼくは生きている。かろうじて、だけど。でも、生きている。

病院。いま行くべきところは病院だ。これから起きることはすべて、病院ではじまるはず。自分自身の身体をなんとかするまでは、なんにもできないのだから。誰かを救うまえに、まずは自分に酸素を与えろ。手はじめに例のマスクを装着しろ。

カールトン・ストリートを左折する。サウス・ランプキン・ストリートまで行ければ、そこから今度はバクスター・ストリートへ左折し、そのまま直進してセント・メアリーズ病院の緊急救命室にたどりつけるだろう。数日前に行ったばかりの場所。そこまで行き着ければ、あとのことを考えられるはずだ。

ひとまず、それが計画。

歩道を軽快に走ってステーグマン・コロシアムが見えてきたところで、クラクションが聞こえてくる。

はじめる。ぼくはコントローラーを目いっぱいバックに入れる。頬はぶるぶる震え、心臓が肺のあたりのあばらを圧迫する。

信号機のあるところにさしかかり、そのまま猛スピードでバックするけれど、これはかなり危険な行為。こういうことをするんなら、後退する車輛を導くためのバックアップカメラが必要だろう。

とつぜん車椅子が横倒しになり、ぼくはカールトン・ストリートのアスファルトに叩きつけられる。衝撃が走り、目をあけると、歯が二本、目の前のアスファルトに落ちている。これまでの人生でずっといっしょにいたぼくの小さな一部が外の世界へ出ていき、地面に落ちたゴミみたいになっている。二本の歯を見つめる。思っていたよりも大きい。いままでいっしょにがんばってくれて、ありがとう。

ジョナサンのブーツが視界に入る。ヘッドライトを後ろから浴びたジョナサンはエイリアンかと見まごう

55

当然、ジョナサン。カマロに乗っている。ぼくは速く走っているけれど、カマロにはかなわない。ジョナサンはスピードを落とし、横に並んで走る。明け方は肌寒くて無風。彼は笑っている。幸せそうに見える。なんだか輝いている。ようやく自分が何者であるかを理解した、という感じ。

「やあ、相棒」とジョナサン。「乗るかい？」

ジョナサンはカマロの速度をあげ、歩道を走るぼくの目の前で車をとめる。どうしてこの時間に誰も起きていないんだ？　いったんブレーキをかけるためにコントローラーを引いてから、バックに切り替える。ジョナサンは車から飛び降りて、こっちに向かって走り

ばかりで、暗がりのなかでゆがみ、ばかでかくなっている。E.T.を連れもどしにきた男そのもの。

「きみはあきらめの悪い男だね、ダニエル。健闘をたたえよう」ジョナサンはカールトン・ストリートの歩道で腰を落とし、こっちをのぞきこむ。顔を囲むように誰かの、たぶん本人の、あるいはテリーの、もしかしたらぼくの血のあとがうっすらとついている。ぬぐおうとしたけれど、急いでやったので余計に広げてしまった、みたいに。

「血が騒ぐってどういうことか知ってるか?」眉毛が額のいちばん上まであがる。これからコウモリの頭を食いちぎってやる、といったふうに見える。ふいにこっちの耳もとに顔を寄せて小声でしゃべる。「ここまで追ってくるときは、どうするつもりなのか自分でもわからなかった。わたしはね、いままでの人生で一度も人を殴ったことがなかった。殴ったらどんな感じがするかわからなかったけれど……いい気分だったよ。すばらしくいい気分だった! どうしてつねに人が人を殴るのか、きみのおかげで理解できた」そこで間をおく。「殴られる相手がきみになってしまったことは気の毒に思っているよ。心の底から。だが、そこから見えてくるのは、きみがほかの連中と同様に少しもわたしを理解していないという事実だ。きみがちっともわかっていなかったとは、いやはや、信じられない気持ちだよ」

ジョナサンはぼくの目の前でひっくりかえっている車椅子の車輪に両肘をのせる。

「きみのこの車椅子は、それはそれはすばらしい。感銘を受けるほどだ」

そう言ってから、左手でぼくの左手を取る。

「並外れた機能を持つこの車椅子は瞠目に値する、と言わざるをえないな」そこでニヤリと笑う。「すべて、この小さなレバーでコントロールするんだろう?」

ジョナサンはコントローラーに右手を置き、ゲーム機のジョイスティックを操るみたいに動かす。そしてくっくと笑う。「ブルーン、ブルーン」

そうしてから、こっちの目をのぞきこむ。

「そして操作するには、この小さな指をすばやく動かすだけでいい。テクノロジーにできないことがまだ残っているんだろうか」

いきなりジョナサンが左手に力をこめ、ぼくは悲鳴をあげる。これまであげたなかでいちばんどでかい悲鳴を。たぶん、自分で思っているよりも、もう少しだけ力が残っているんだろう。

「だが、運転するのはだいぶ難しくなってしまったようだな」

56

あと十年遅く生まれてきたら、ぼくにも現実的なチャンスがあっただろう。この十年のあいだに医者や研究者たちがＳＭＡに関して成し遂げた進歩は、耳を疑うほどのものがある。いつも笑っている元気いっぱいのあなたのお子さんはおそらく二十代まで生きられないでしょう、という余命宣告にうちの母さんはなんとか打ち勝とうとしたけれど、いまの親御さんたちはそもそも闘う必要もない。アイス・バケツ・チャレンジを覚えているかい？　まえにアイス・バケツ・チャレンジについて話をしたよね。世界じゅうの何百万もの人びとが氷水を頭からかぶって、そのときの動画をソーシャルメディアに投稿するってやつ。大統領経験者もやったんだよ！

　ネットのミームはばかみたいで時間の無駄だってわかってるけど、くだらないミームがすばらしい効果を生んだことは注目に値する。アイス・バケツ・チャレンジは筋萎縮性側索硬化症《ＡＬＳ》、別名ルー・ゲーリック病の支援のためにおこなわれた。すでに話したとおり、ＳＭＡはいわば子どもが罹るＡＬＳみたいなもの。二〇一二年当時では分子レベルで遺伝子的な関連があることがわかっていた。二〇一四年におこなわれたアイス・バケツ・チャレンジのおかげで、ＡＬＳは注目を浴びたうえ、八週間で一億一千五百万ドルもの支援金が集まり、ＳＭＡとの闘いにもいい影響を及ぼした。結果的に、二〇一四年以降、ＳＭＡの、とりわけ赤ちゃん向けの治療に飛躍的な進歩が見られた。この数年でスピンラザと呼ばれる薬が開発され、これがいわばゲームチェンジャーとなった。息子が寝返りを打てないことや両脚で体重を支えられないことに母が気づき、ぼくを医者へ連れていったころは、医者はこう言った。

　〝お宅の息子さんはあなたが聞いたこともない病気に罹っていて、将来的にも歩くことはできないでしょうし、ティーンエイジャーになるころに、この病気のせいでお亡くなりになると考えられます。さあ、こちらにサインしてください〟まあ、このへんのことについてはもう話したよね。

　現在、ＳＭＡ患者は、脳脊髄液に直接注射するという方法でスピンラザの投与を受けられる（簡単だよね）。いくつかの臨床試験で、この薬は病気の進行を完全にとめ、大多数の子どもは数カ月以内に運動機能が改善した。一方で副作用もある。多くは呼吸に関する問題（これはつねにぼくらにつきまとう）だけれど、この薬を使うことによってどのような長期的な影響が出るかは、誰にもたしかなことはわからない。とはいえ、〝二十代前半までに死ぬ〟よりも過酷な長期的影響を思いつくのは難しい。いまの子どもたちは希望を持てる。彼らの親たちは、お子さんは二十一歳かそこらで死ぬ、とか、幸運に恵まれれば、とか言われることもない。必要最低限のことは保証されている。つまり、チャンスをつかんでいるわけだ。

ぼくはね、SMAをめぐる状況が好転するのが遅すぎた、と苦々しく思ってなんかいないよ。子どもたちが希望を持てるなら、それで万々歳だ！　でも、スピンラザみたいな薬が出てきたからといって、とつぜん彼らの日常が楽になったりはしない。スピンラザにできるのは、形だけはふつうの生活に似たものをいつかは手に入れられるかもしれないというわずかな希望を与えることだけだ。スピンラザ自体にも問題があり、そのひとつが、もっとも深刻なSMAであるI型かII型の患者にのみ、スピンラザの投与が可能という点で、しかも一回の注射の薬価が十二万五千ドル。最初の年に五回打ち、その後は年に三回で、要するに人生の最初の十年間で、もしかしたら生きつづけられるかもしれないというチャンスを得るために、総計四百万ドルかかる計算になる。うちの母さんの人生はぼくを育てるだけで充分厳しかったときみも思っただろ？　四百万ドルぶんの注射費用をカバーする場合、保険料がいったいいくらになるか想像してごらんよ。

こんな状況だから、ぼくなら小さな可能性に賭けはしなかっただろう。でもSMAをめぐる環境がよい方向へ向かったのはうれしい。SMAのことをみんながもっと知ってくれてうれしい。SMAが明らかな死刑宣告でなくなったことがうれしい。大勢の人が頭から水をかぶって、その動画をインスタグラムやフェイスブックに投稿してくれたことで世界が動いたことがうれしい。あれからほんの数年しかたっていないけれど、いまとなっては二度とアイス・バケツ・チャレンジは見られないだろう。ぼくらはもうネット上のなにかを信じたり、信用したりはしない。インターネットがなにかしらの意味を持てた最後のひとときにああいったムーブメントが起きたことがうれしい。いろいろなものごとがよくなっているようには思えないけれど、ときにはよくなることだってあるかもしれないし、あってほしい。

まあ、ともかく、ぼくの人生はぼくのものだ。ぼくはできるかぎり〝ふつう〟に近い生活を送る機会を得た。けっこうすごいことだと思う。これからもなにかのチャンスがあったらものにしたい。ものにした実績があるんだから。

でも……

たとえば自分が若くして死ぬとわかっていても、実際に〝死ぬ〟とはどういうことか、〝若くして〟って何歳くらいのことかわからない場合、きみは両極端な考え方をするんじゃないかな。恐ろしく用心深くなったり（いまがそのときだったらどうしよう）、自棄《やけ》になったり（明日がそのときでもかまうもんか）。ぼくはつねに死ととなりあわせの人生を送ってきた。じっと観察され、じらされ、気まぐれに連れていかれそうになったりした。だからぼくはわずかな時間を有効活用しなければならなかった。ぼくが選んだのは、大きな危険を冒すという道。母や知りつくした環境から遠く離れてアセンズに引っ越す、みたいな。

自分はじきに死ぬという現実を知らなかったら、ぼくはみずから危険に飛びこむようなまねをしただろうか。ジョージア州にいて、真夜中に車椅子にすわり、骨が砕けたような痛みに苛まれつつ、頭のおかしな男に押されて歩道を進み、そのさなかにこの〝脚のお悪い方〟は重いなあというつぶやきを聞かされ、ぼくの居場所は誰も知らず、誰の助けも望めない状況に陥っただろうか。思うに、みずからをこの窮地に追いこんだのは、死と不死を同時に感じていたからではないだろうか。ぼくは長いあいだ死を煙《けむ》に巻いてきた。なのにいまこんな目に遭っている。それもこれも、つねに終わりがすぐそこにあると感じていたからなのかもしれない。

まあ、どっちでもいいか。言っとくけど、終わりはきみのすぐ近くにだってあるよ。

57

「こんな目に遭わせてすまない、ダニエル」ジョナサンが言う。「アイーチンにがっかりされてしまうよ。彼女はきみが好きだったと言っている。車椅子のことは言っていなかったけれど。その件については、あとで彼女と話してみるつもりだ」

そこで深く息を吸いこむ。「うーんと、さてさてベーコンを味わおうか」

ジョナサンはふたたびベーコンを焼きはじめる。朝の四時に。ぼくのキッチンで。彼は車椅子にすわったぼくを家まで連れ帰り、その途中ずっと息を切らし、毒づいていた。というのも、こっちはサイドブレーキをかけていたから。一方でジョナサンは解除の仕方を知らず、ブレーキがかかったままスロープにさしかかった車椅子を押し、ぼくを家のなかに入れて隅のほうに運び、テリーを蹴って動いていないか確認し（テリーは動いていなかったが、二、三度、胸が上下動するのを見た気がした）、シンクで手についた血を洗い流し、さっき食べていたベーコンを床から拾いあげ、ほんの少しちぎって口に入れ、思いっきり顔をしかめてからベーコンをゴミ箱に捨て、こっちに歩いてきて目をのぞきこみ、謝罪の言葉を口にして、アイ-チンは車椅子のことは言っていなかったと述べ、そして「さてさてベーコンを味わおうか」と言った。

　もうどこも痛くない。これは〈未来世紀ブラジル〉のラストを思わせる、まさに天からの贈り物だ。映画のなかでジョナサン・プライス演じるサムは拷問を受け、あまりの痛みから意識が身体から離れて想像した未来に逃れ、その未来図のなかでサムは愛する女性を救い、逃げるのだ。ぼくは車椅子のなかで身体を丸めて縮こまり、折れた骨と暴れる肺とその他もろもろの痛みのせいで髪は汗で濡れて、毛先やほかのどこかから血が滴っている。この小休止の間《ま》はありがたい。きっといまの姿は階段を何段も転げ落ちたあとみたいに見えるだろうが、頭ははっきりしていて警戒を怠らず、気持ちは落ち着いている。それと、ベーコンはいいにおいだ。

　明かりに照らされたジョナサンは頭がおかしいふうには見えない。最初に見たときに思ったのと同じように大学院生ふうで、締まりのない顔は青白く、とことん平凡。おもしろいことに、マージャニのエプロンをつけてベーコンを焼いている。

　なんだか思考があらぬほうへただよっていく。母さんはベーコンが好きだったし、トラヴィスはベーコンが好きで、だからたぶんマージャニはいつもベーコンを焼くんだと思う。母さんは中西部の女の子だから、よくぼくにボローニャソーセージを揚げてくれた。きみはボローニャソーセージを揚げたことがある？　ちょっとジャンクなのはわかってるけど、ぼくは揚げたボローニャソーセージを白くてやわらかいワンダーブレッドではさんだサンドイッチをよく食べていた。母さんがぼくの目の前でパンにボローニャをのせ、その上にケチャップをかけてくれた。あのソーセージは究極の白人の食べ物だね。スパイスはきいてないし、風味もないから。でもボリュームは満点。〈オスカー・マイヤー〉のは二十枚入りだよ。ぼくはあれを一週間つづけて食べたことがある。そういえば、昔住んでいた家をぼくはとても気に入っていた。イ《E》ースタン・イ《I》リノイ大《U》学を辞めると決めたときに母さんが売ってしまって、それと同時期にぼくは引っ越して、母さんとぼくは――

　ジョナサンがテーブルについて、ベーコンを食べながら壁をじっと見つめている。えーっと、どうなってたんだっけ？

ア、イ、ーチン、。痛みがゆっくり戻ってきて、急に差し迫った気持ちになる。**なんのためだったか思いだせ。**

　ぼくは自分にできることを考え、身体の奥深いところから声を絞りだす。

「アイイイイイイ」

　ジョナサンがさっと物思いから覚める。「ああ、わたしに言ったのか」そう言って笑う。「きみは置き物同然なのにな、ダニエル。ああ、驚いた」

　ジョナサンは立ちあがりもせず、すわったまま椅子ごと動き、床の上で椅子を引きずったせいでリノリウムにその跡がつく。ぼくの正面に陣取り、またしてもこっちに顔を近づける。ぼくはおもちゃで、それで遊ぶかどうか決めかねているみたいな目で眺めている。

「なにを言おうとしているのかな、ダニエル」

「アイイイイイイイ」痛む肺から思いっきり息を吐きだす。「チイイイイイイ」もう一度。液状のなにかが鼻から垂れ、ジョナサンが意外にもやさしくその液体を自分のシャツの袖でぬぐう。「ンンンンンンンンンン」

おかしな場所に腰をおろしていて驚いた、とでもいうようにジョナサンが椅子から跳びあがる。「ダニエル！　きみはアイ-チンのことをわたしに訊いているのか？」そう言うと、恐ろしげなものを見るような目をこっちに向けながら冷蔵庫まで歩いていく。そしてトラヴィスが置いていったテラピン・ゴールデンエールのケースからはずれたやつを一本、取りだす。「きみは粘り強いところがいちばんの取り柄だな。彼女が言っていたとおりだ。ほんとうにやさしい人だね」

ジョナサンはテーブルの端にビールの栓を引っかけて抜き、木の表面にたぶんあとでマージャニを怒らせる傷をつける。中身をパイントグラスに注いで、ぼくの目の前に掲げる。

「乾杯、ダニエル。話し相手になってくれる人に乾杯」

それからしゃべりはじめる。

これこそぼくがずっと望んでいたことだ。アイ-チンを連れ去ったのがほんとうに彼なのか、ぼくは知りたかった。動機を知りたかった。彼女がどこにいるのか知りたかった。彼女が無事なのか知りたかった。そもそもどうしてこんなことが起きたのか、その理由を知りたかった。今回の件がすべて現実なのかどうか、知りたかった。

ジョナサンがしゃべる。しゃべって、しゃべって、しゃべって、しゃべり倒す。

ぼくのほうはちゃんと聞いていられない。痛みが長期休暇を終えてふたたび襲いかかってきて、おかげでふっと気を失っては目覚め、また気を失っては目覚める、の繰りかえし。盛大な耳鳴りがはじまり、目を覚ましていたとしても、ジョナサンが語る内容をすべて聞きとれそうにない。ぜんぶ間延びした雑音に聞こえる。彼がなにをしゃべっているのかさっぱりわからない。まだそこにいるのかさえ定かではない。

　でもわからなくてもたいした問題じゃない。ジョナサンがしゃべったのはおそらくこんな内容だろう。アイ‐チンを攫《さら》ったのは自分が孤独だったからで、ふたり、つまりジョナサンとぼくは孤独という点で共通している。アイ‐チンは自分を心から愛していると思う、というのも、自分は哀れでかわいそうな男で、自分の問題をほかの人のせいだと非難したり、現実の世界についていけなくて暴言を吐いたりするような、社会性が欠如した人間だから。アイ‐チンを拉致したのはもともとの計画だったのか。それともその場の思いつきだったのか。ぼくにはわからない。すでに意識が朦朧《もうろう》としている。彼がなにを言おうと、もうどうでもいい。どれひとつとっても、たいしたことじゃない。重要なのは、こいつがアイ‐チンの自由を奪っているという事実だけ。そのうえ、いまはぼくまでこいつの手に落ちている。


　ジョナサンはこっちの状態に気づいていない。彼にとっては、こっちが目覚めていようが眠っていようが、生きていようが死んでいようが、同じようなものなんだろう。こいつは自分に向けてしゃべりつづけるだけ。いつものように、そしておそらく、いつまでも。

　ぼくらは今回の事件について、いったいなにが起きたのか、真相はどういうものなのかを見きわめようとしてきた。その結果として、いまジョナサンがぼくの家のキッチンで、ぼくの目の前にすわり、いままでの出来事を語っている。

　なのにぼくは目をあけていられない。

58

ジョナサンが自分の携帯電話でぼくの左の頬を軽く叩く。こっちが眠っていることにようやく気づいたらしい。

「どうやらきみは外野の言うことを鵜呑みにしすぎているようだね、ダニエル。公平を期すために言うと、われわれはみんな、その点は同じようなものだが」

焦点があい、ジョナサンを見る。力がみなぎり、瞬間的に痛みが引いた気がする。ふいに心の底から目の前にいるクソ野郎に対する憎しみが湧きあがり、こいつがトラックに轢かれるところを見たくてたまらなくなる。

「きみはこれを見たいだろうね」

彼の携帯電話によくわからない、画像粒子の粗い動画が映っている。どうやら防犯カメラかなにかの映像のようだ。そうだ。防犯カメラの映像だ。ぼやけてぼんやりした暗い人影が見えたかと思うとそれが動きはじめ、最初はゆっくりだがいきなり動きが速くなり、右へ左へと動くものの、まんなかでつながれていてそれ以上は動けないらしい。音声はないが、その人物は空のほうを、いや、ちがう、カメラのほうを見て、叫んでいる。そう、声を張りあげているように見える。口が一回につき数秒間、大きく開いているから、たぶんぼくの推測はあたっている。叫んでいるとしか考えられない。

「わかっただろう?」ジョナサンが言う。「彼女は元気だ！　ずっと元気だった！　わたしたちは友人同士だ。いまではわたしは彼女に好かれている」

ぼくはふたたび気を失う。

59

目覚めたとき、ジョナサンはしゃべるのをやめていた。こっちに注意を向けることもやめていた。なにかをすることもすっかりやめていた。リビングルームのテレビの前にある椅子にすわっている。トラヴィスはいつもその場所でテレビゲームに興じ、たまに車で帰宅するのがいやになったときはそこで気絶するように眠っている。ある週末、トラヴィスは女の子かほかのことで落ちこんでいたらしく、六十時間ものあいだトイレに行くか冷蔵庫の扉をあける以外は、ずっとその椅子にすわっていた。

ジョナサンはテレビゲームをしていないし、なにも見ていない。ぐったり疲れているような表情を浮かべている。外はまだ暗いけれど、鳥の鳴き声が聞こえはじめている。マージャニが来るまでまだ数時間はありそうだ。ジョナサンはひと晩じゅう起きている。ぼくもひと晩じゅう起きている。キッチンにはジョナサンが殺した男がいる。さて、ここで彼の頭のなかをのぞいてみよう。過去に一度も人を殺したことがない彼が、はじめて殺人を犯したことを思い悩んでいるのは明らかだ。その証拠に、いまはただ宙を見つめている。この先は、何秒かごとにゆっくりとまばたきをし、ときには両手で顔を覆い、ときには肩にあごをのせ、おそらく少しのあいだ居眠りをし、ハッと目覚めて独り言をつぶやくだろう。

頭のなかであれこれと考えごとをしているらしきジョナサンを、ぼくはじっと観察する。

もうまったく、自分の手には負えなくなったとみえる。おまえはアイーチンを拉致した。それ自体はひどい、悪辣な行為だ。でも彼女を殺さなかった。自分の家に閉じこめてカメラで監視したけど、おまえが言おうとしたことのいくつかをつなぎあわせてみると、おまえは彼女を殴ってはいないし、レイプもしていないし、とくになにもしていない。おまえはただ……彼女をつかまえた。目的地へ連れていってくれるのならと、アイ－チンはおまえの車に乗った。おまえは本人が行きたかった場所へ彼女を連れていかず、自分の家に連れていき、知らないうちにいつの間にか南部全体が彼女を捜していて、アイ－チンの行方を毎日のニュース番組が推測し、アセンズの街じゅうで夜通しの集会がおこなわれ、さまざまな人たちが彼女を捜そう、彼女を助けようとして集まった。そんなことになったのも、すべておまえのせいだ！　おまえはその様子を探るために出かけていった、そうだよな？　今回のことはおまえがこうしようと決めた結果、起きたことだ。おまえは世間を騒がせた！　ずっと誰にも相手にされずに生きてきたけれど、そうじゃなくなった。いきなり重要人物になった。今回の件で世間とつながったと感じられた。自分は重要人物なんだと感じられた。注目されていると感じられた。

　なにか言ってやりたいという思いで、痛む左手をいつもの場所に置く。なにかを言ってやりたい。左手は痛い。でも、なにかを言ってやりたくてしかたない。

「ジョナサン」

　ジョナサンはゆっくりと顔をあげてこっちを向く。

「まだ、遅く、ない」

　ジョナサンは疲れて悲しげな笑みを見せる。「おいおい、しゃべれるのか。よかったよ、きみがしゃべれて。どうせならこんなふうに話をすればよかったな。おっと、わたしを騙すつもりじゃないだろうな。わたしは」――そこでうなだれる――「わたしはきみの味方だよ」

　ジョナサンは目を閉じ、こらえきれずに眠ってしまう。寝たふりじゃなさそうだ。

そのまま五分がたち、十分がたっても、ジョナサンは動かない。

ふと、気づく。

彼の携帯。

彼のすぐ横、椅子の肘掛けに置いてある。トラヴィスも寝入ってしまうときはいつも携帯をそこに置く。ジョナサンのｉＰｈｏｎｅの画面にはネストカム（自宅に設置してアプリに連動させ、スマートフォンで様子を見られる防犯カメラ）がとらえたアイ－チンの姿がまだ映っている。いまはどうやら眠っているらしい。

左側に顔を向ける。手首にはまだ感覚が残っている。ジョナサン、と打ちこんでからずっとズキズキとうずいている。少しだけなら動かせる。もっとはっきり言うと、車椅子を動かせるくらい、手首をグッと前に動かせる。でもそれだけでは車椅子をコントロールできない。コントロールするには指の力がいる。

でもなんとか前へ押しだせそうだ。

で、そのあとは？　ジョナサンの携帯電話を持ちあげることはできない。番号を押すことも。

じゃあなにができる？　ただじっとすわって息ができなくなるのを待つ？　なんにもしないとそうなるだろう。そうなるのも時間の問題。

でも。

まだ死ぬ準備はできていない。

最後に目にするのがトラヴィスの椅子にすわって眠りこけているクソ野郎で、こいつが誘拐した女の子がこいつの脇にあるこいつの携帯に映って助けを求めていると思うと、死んでも死にきれない。

そんなふうに終わりを迎えちゃいけない。

どうすればいいかわからないけど。

でもなにかできるはず。気力だって少しは残っている。骨を折られても、肺をつぶされても、頭を殴られても、冷蔵庫に入ってるトラヴィスのビールを勝手に飲まれても我慢する。

でも、ただここにぼーっとすわっているだけなのは我慢ならない。もうこれ以上は。

じゃあ、どうする？　計画なんかひとつもない。そもそもいままでに計画なんてあったか？　ただ前進するのみ。そうすれば、なにかが見えてくるはず。

〝先のことなんか誰にもわからない〟手首をコントローラーの後ろに無理やり押しこむ。手首を前にグッと押せば可能性が出てくる。いまは狭い場所にまずい角度でとまっているけれど、この場ですばやく、でも椅子から落っこちないように、車椅子を回転させればいい。車椅子に振り落とされずに正しいほうを向けば、そこで最初のひと仕事は完了。そのあとは、それなりに威厳のある去り方ができるだろう。

それほど多くの選択肢はない。精度は未知数。コントロールできるかもわからない。計画はなし。前進するのみ。コントローラーをグッと押せ。

ググッと。

さあ。

これは二十年とちょっとまえにこの厄介な病気とともに生まれてきたみんなのためだ。ぼくらはあらゆるところにいる、ぼくらは強い、きみらに同情されるいわれはない。ぼくが車椅子利用者だから、口の横にくっついているチーズを拭きとれないからという理由で、この子は知力が劣っている、脳のどこかが壊れているとでもいうようにぼくに話しかけてきたすべての人たちに、その無礼を許すと知らせるためでもある。きみらには身に覚えがないだろうけれど。

そう、これは母さんのためでもある。あなたは自分にできること、できる以上のあらゆることをしてくれた。ぼくのためにみずからの人生を脇におき、ぼくが生き延び、自立し、ぼく自身の人生を送るために必要なものを与えてくれた。母さんがいるから、ぼくはなんでもできる。愛してる。

そう、これはキムのためでもある。もうひとつの人生、もうひとつの時間、もうひとつの身体。

そう、これはマージャニのためでもある。あなたはほかの誰よりもぼくを理解し、ぼくはあなたを理解してきた。あなたをあたりまえのようにこき使う大馬鹿野郎どもよりも、あなたは陽気で賢く、優秀だ。馬鹿野郎どもが持ちあわせていない強さだって持っている。この世に正義というものがあるかどうかはわからない。次になにが起きるかもわからない。でも誰かを対象として正義がなされる場合、きっとその対象はマージャニになるはずだ。マージャニは大統領にだってなれる。女王にだって。神にだって。

そう、これはトラヴィスのためでもある。心が広くて、常識はずれで、すばらしいトラヴィス。きみがいなかったら、ぼくはなにかをしはじめる勇気は持てなかっただろう。どんな人にもそうしてほしいと望むけれど、絶対に誰にもできないひとつのことを、きみはあっさりやってのけた。よくも悪くも、ほかのまぬけたちに対するのと同じようにぼくに接してくれた。きみの未来にはすばらしいことばかりが待っているんだよ、トラヴィス。だってきみはそれにふさわしいただひとつの性格特性を持っているんだから。やさしいという特性を。いまのまま、恐れ知らずで、頭がおかしくて、とんでもなくて、自由でいてくれ。

そう、これはアイ-チンのためでもある。この世界でぼくはそれほどたくさんのことはできなかった。でもたぶん、きみのためならこれをやれる。

深呼吸をひとつ。ジョナサンをちらっと見る。まだ眠っている。彼がすわる椅子に突っこもうか。ドアの外へ、ポーチの向こうへ飛んでいこうか。くそ忌々しいことに、なにをしてもなんの意味もないかもしれない。でもおまえはなにかをやらなくちゃならない。なにかを。

よし、準備はオーケー。

ふとなにかが目に入る。車椅子に取り付けてあるi

Padにトラヴィスの顔が映っている。メッセージが到着したもよう。

おれらはここにいる。おれはおまえを見てる。みんなわかってる。やれ。

つい、にやりとしてしまう。

ぼくはひとりじゃない。ひとりだったことは一度もない。

残っている力を振り絞って、手首をコントローラーに叩きつける。

60

いきなりキッチンテーブルに衝突する。動いた距離は三フィート。

なんという劇的な逃走劇。

でもこれは一連の動きのはじまりにすぎない。どう動くかはうっすらとしかわかっていないけれど。でも、これで形勢逆転だ。

衝突によってマージャニがチューリップを活けて置いておいた花瓶と、テーブルのまんなかにあった置き物、たぶんジョナサンが淹れてすっかり忘れていた、コーヒーが入ったカップが、ぜんぶひっくりかえる。

水があたり一面にこぼれる。コーヒーがテーブルから垂れはじめ、どうやら死んでいないテリーの上にもかかる。テリーがうなる。

車椅子がテーブルにぶつかる音でジョナサンが目を覚まし、テリーのうなり声を聞いて椅子から勢いよく立ちあがって「オー、ノー、ノー、ノオオオオオオオ」と叫びながら、急ぎ足でキッチンに入ってきて野球用のバットをつかむ。

しかしジョナサンがバットを振るうまえに、ドアのほうから鍵をカチャカチャと鳴らす音が聞こえてくる。

マージャニが入ってくる。

マズい、マージャニ。けれども、マージャニはジョナサンを見ても、介護サービスのテリーを見ても、車輪を回転させてテーブルと冷蔵庫のあいだで動きがとれなくなっているぼくを見ても、驚いた表情は見せない。怖がっている様子もない。

そこでマージャニは不思議な行動に出る。なんと笑っている。下唇が震えている。でも、笑っている。

「あら、こんにちは」とマージャニ。ジョナサンはバットを手にその場に立ちつくし、驚き顔で口をあんぐりあけている。「わたしはマージャニといいます。ダニエルのところで働いています」そう言って、部屋のなかを見まわす。

「あなた、ベーコンを見つけたようね」

ジョナサンは口が利けないほど驚いた様子でぼくを見る。ぼくは肩をすくめる。その動作がどう受けとられるかは定かではない。

マージャニはぼくを見て、家に入ってきてからはじめて少しだけ冷静さを失い、一歩さがって驚き顔を見せる。こっちはひどい顔をしているにちがいない。それでもマージャニはすっと背筋をのばして、こっちの目をまっすぐに見つめる。

〝ハロー、マージャニ〟

おはよう、ダニエル。騒ぎはもう終わったも同然よ。

〝マージャニ、ぼくが思ったとおりだった。彼だった

んだよ。そこにいる彼。マージャニも用心して。彼はとても危険だから〝

彼が誰か、わたしたちにはわかってる。あなたを助けにここに来たんだから。あなたはとても勇敢だったわね。

〝すごく怖い〟

わたしも怖い。でも、あなたはとっても強い。だからわたしたちも強くなる。

そこでマージャニがウインクしてくる。**マージャニがぼくにウインクしてる。**次にこっちに背を向けてジョナサンのほうを向く。「ところで」とマージャニは嘘みたいに穏やかに言う。「コーヒーをいただける?」

ジョナサンは呆然と立ちつくしたまま、少ししてからマージャニのほうに一歩踏みだす。「はじめまして、あなたには――」

ふいになにかが光ったかと思うと爆発音がして、いきなり部屋は煙に包まれ、火花が散り、複数の声が飛びこんでくる。**「全員、伏せろ、全員、伏せるんだ、とにかくみんな伏せろ、伏せろ、伏せろ、伏せろ」**でかい音がして、なにかがテーブルにぶつかり、ぼくはいまいる場所でくるくるまわり、そのまま冷蔵庫に押しつけられ、天井を見あげる。

煙自体が熱を帯び、息をするのもだんだんつらくなってくる。目を閉じると、自分が消えていく気がして、これが最後の瞬間になるのかと覚悟し、これならいい、これが最後ならいいやと思う。

目をあけると、人がひとり車椅子にぶつかってきて転び、そのあとで立ちあがって部屋を横切って逃げようとする。

また大きな音が鳴る。逃げようとしていた人物が立ちどまる。ぼくはふたたび目を閉じる。

静かになる。場が落ち着く。このぶんだとすべてがうまくいきそうだ。

　目をあける。天井のファンがゆっくりとまわっている。早朝の日の光がさしこんできたり翳ったりする。最後に目にするのがキッチンだとしたら、まあ、ぼくのキッチンなんだからそれもいいだろう。ぼくの家。ぼくが自分のものにしてきた家。そう、誰だって自分の家は住みやすくしておきたい。ぼくはいつだってこのキッチンが好きだった。

　でも、いっこうに目の前が真っ暗にならないし、光に満ちもしない。煙は晴れてきている。まわりの音も小さくなっている。ものがはっきり見えてくる。部屋の隅に警官がいるのが見える。彼はキッチンに入ってきて、テリーのそばで腰を落として身を乗りだす。ぼくの視線は名札に注がれる。アンダーソン。またうちに来てくれたんだ。紅潮した顔に灰をかぶったみたいになっていて、手の甲で鼻を拭く。こっちを見て、まばたきをし、目を逸らす。

ぼくは背を反らして、もう一度、天井のファンを眺める。

　マージャニとトラヴィスがそばに来る。

　マージャニはぼくの顔を拭く。トラヴィスは泣いている。ふたりがここにいて、ぼくらはいっしょで、誰も孤独なんかじゃなくて、いままで感じたなかでいちばんいい気分で、はっきり言っとくけど、これまでもこれからも、いまいるこの場所よりもすてきなところはほかにない。

その後

　彼女は隅のほうにいて、少し不安そうに、ちょっと警戒気味にこっちを見ているものの、ここに入ってきたのだからバリバリに警戒してはいないはず。気持ちはよくわかる。ぼくだってはじめてぼくを見たら怖いと思うだろう。

　でも、彼女は強い。警備員が彼女の腕を取っているけれど、彼女は相手の腕をそっとはずす。となりにはすごく若い看護師がいて、彼女に水の入ったグラスと椅子をさしだす。

　この看護師はとてもやさしいが、とにかくぼくを落ち着かない気分にさせる。ぼくはまるまる一週間ここにいる。彼女は自分のシフトが終わっても、ナースステーションに戻ってほかの看護師と噂話をしたり、ドクターに対して不満をもらしたりしない。いつもここに戻ってきて、横の椅子に腰かけてぼくの手を握る。夜のシフトについていて、その日の見舞い客がみんな帰ってしまうと、空いた時間はいつもこの椅子にすわり、ぼくの額を拭き、モニターに目をやっては気をもみ、祈る。

　ぶっちゃけ、この看護師はぼくの病室に入りびたっている。たいていの医療従事者、看護師や医師、救急救命士たちは、患者とは職務上必要とされる一定の距離をおき、長年、人が死ぬところや、地球上でただひとりの大切な人を失くしたとばかりに、亡くなった人にすがって泣く人を見てきたことで培われた、ある種の冷淡さを持ちあわせている。死とは、それこそ一秒に数千人という感じで、絶えず誰かの身に訪れるものであり、なにも特別なことではない。亡くなった人ときみが近しい関係だとしたら、死はとてもつらいものになる。しかしそれほど近しくなければ……まあ、そんなにつらくない。きみがいままでの人生で知りあったよりももっと多くの人が直近の五分間で亡くなっている。次々に人が亡くなっていくのをきみはいちいち悲しむかい？

嘆き悲しむのは深いつながりがあってこそであり、そうでない場合は、死はどうすることもできない、人生上の出来事のひとつになる。経験豊富な医療従事者はその点を承知している。彼らは死を嘆く人のために悲しみ、その人に同情を寄せ、悲嘆にくれる人に手をさしのべる。翌日も彼らはほかの人に対して同じことを繰りかえし、来る日も来る日も、何度も何度も悲嘆にくれる人に手をさしのべ、やがて年をとり、もう誰にも救いの手をさしのべることができなくなる（そして、彼らも死ぬ）。

まだ若い看護師は、いまそういう悲嘆の場面を取りしきっていて、ぼくはこんなふうに考えている。嘆き悲しむ人に寄り添うのがじょうずな医療従事者がそばにいると便利だなあ、と。看護師はドアの前で待機している警備員をしっしと追い払い、ぼくの耳もとで「また来るわね」とささやいてから、今度は自分のとなりにいる女性になにやらささやきかける。それからその女性のとなりに腰かけ、彼女の背中をなでる。

椅子に腰かけているアイ－チンがぼくを見る。彼女は思ったよりも年が上のようだ。まあ、それほど上ではないけれど。ぱっと見、力強そうでもある。ぼくは彼女のことを、森に住み、大きな悪い狼に攫われた世間知らずの女の子、みたいに考えていた。でも現実はぜんぜんちがっていて、そう考えたのは、彼女についてなんにも知らないのに、先入観だけであらぬイメージをつくっていたからだ。アイ－チンが病室を見まわす。すべてを理解したうえで判断し、状況を見きわめようとしているらしい。彼女の目は知性に輝いている。けっして怯えている子羊なんかじゃない。

ふいに、こっちが彼女のあれこれに気づくのと同じくらいすばやく、アイ－チンは涙をこらえて目をそむける。

そうか。ちょっとした〝見もの〟なんだな、ぼくは。聞いた話によると、最初の三晩、ぼくは生と死の境をさまよっていたらしい。トラヴィスが言うには、母が乗った飛行機が到着するまえにぼくは四回ほど死にかけたらしいけれど、こっちにはまったくその記憶がない。キムの夢も見なかったし、飛べもしなかったし、光に向かってもがきながら前進することもなかった。ただ意識を失っていた。生と死を行き来するというのはほんとうはどんなものなんだろう。たんに意識を失うだけだろうか。ぼくはそうだと思う。もしそうならば、そんなに悪くない。なんとか折り合いをつけられる。

それでもまだ、ぼくの病状は予断を許さず、一週間ずっとこのベッドに寝っぱなしで、顔なんか黄色い画用紙をくしゃくしゃに丸めたみたいに見えるだろう。でもぼくはまだここにとどまっている。

自分がここにとどまっていることをアイ－チンに知ってほしい。かき集められるだけの力をぜんぶ使って、懸命に左手を動かしてみる。ぜんぜん動かない。うめき声をあげてもう一度力を入れると、人さし指と中指だけがかろうじて動く。うめき声を聞いたアイ－チンがさっとこっちを向く。ぼくを見る。ぼくは彼女を見る。

〝ハロー〟

ハロー。

〝自分がどんなふうに見えるかはわかってる。でもぼくはここにいるって、きみにはわかってほしい〟

見かけほどは悪くないと彼女には知っておいてほしい。きみのおかげでぼくは強くなっている、弱くなってなんかいない、ということも。表面的には、彼女は魂があるところに空白を見ている。力が残っているところに被害のあとを見ている。強さがあるところに弱さを見ている。命が輝いているところに死を見ている。ぼくにもできることがあるんだから、それを見て！

　ぼくにだってできることはたくさんある。

　アイ－チン・リャオはぼくがいたから生きている。トラヴィスの話によると、彼女はジョナサンの車に乗ってからまるまる一週間、あいつのメゾネットの裏にある物置に監禁されていたという。なんで車に乗ってしまったかというと、自分でもどこへ向かっているのかよくわからず、あたりが少し暗かったために車に乗っている男が同じ集合住宅の同じ階に住む男性に見え、顔はやさしげだし、アメリカという国は誰かが助けを必要としているときに助けてあげる親切な人が暮らすところだと思われているから、とのことだった。警察がアイ－チンを発見したとき、彼女は怯え、空腹だったけれど、どこにも危害を加えられていなかった。ジョナサンが彼女になにをしようとしたにせよ、まだ手出しをしてはいなかった。あの男の恐ろしいほどの暴力的傾向は、ぼくとテリーに対してはじめて表面化したらしい。やつは犯罪者としては下手《へた》を打ってばかりだったかもしれないが、相手が車椅子利用者となると話はべつだったようだ。テリーは死ななかったばかりでなく、結局のところあごの骨を折ったのと脳震盪ぐらいですんだ。トラヴィスの話では、テリーはうちの床に倒れながらも、ジョナサンに何発かパンチをお見舞いしたらしい。トラヴィスにからかわれている気もするけれど、ぼくはこの話が大好きだからトラヴィスを信じることにする。まあ、グッド・ジョブ、テリー、と言っておこう。

　アイ－チンがぼくの手を取る。そのなかに、手紙を押しこむ。中国語の手紙を。

「わたし……手紙を書いた」とアイ‐チン。「あなた宛ての」

あとで読もう。中国語の翻訳の仕方なら知っている。

ぼくにだってできることはたくさんある。

ジョナサンはぼくの手柄もあって、アセンズ‐クラーク郡矯正施設へ送られ、誘拐罪、加重暴行罪、殺人未遂、それと、あいつがクソ野郎すぎて追加されたいくつかの起訴内容の罪状認否のために法廷に召喚された。ぼくが家から逃げようとしたときに送ったメッセージをトラヴィスが受けとり、九一一に電話をかけて身体に障がいのある男性が自宅で暴行されていると通報した。そのあとでマージャニにも電話をし、マージャニはアンダーソン巡査に電話を入れ、三人とも同時にうちに到着し、アンダーソン巡査は警察官の一団を引き連れていた。マージャニは自分がジョナサンの注意を引きつける役をやるから（「コーヒーをいただけ

る？」）、警官たちを裏口から突入させてくれとアンダーソン巡査を説得した。ジョナサンは逃亡しようとしたが、脚を撃たれ、その場で逮捕された。

撃たれたのなら、さぞかし痛かっただろう。いまでも痛ければいいのに。

ジョナサンはこれから長いあいだ勾留されるはずだ。ぼくには彼に対して親近感らしきものはいっさいなく、彼が死ぬほどほしがっていた特別なつながりもない。あの男は心を病んだ悲しい人間で、この先はぼくらから隔離されているべき存在だ。一時は彼の孤独を共有してやりたかった。ぼくも同じように感じていたから。でも彼の孤立感はぼくのとは別物だ。ジョナサンは自分を拒絶する場所として世界を見ている。ぼくはあらゆる人を歓迎できる場所として世界を見ている。彼が拒絶されていると感じるのは孤立しているからじゃない。ばかげた恐怖心とサディズムのせいだ。ぼくらが出くわさなかったら、アイ‐チンは死んでいたかもし

れない。ジョナサンは同じことをまたやったかもしれない。または、彼女が恐ろしさのあまり混乱して、アイ－チンを解放し、犯人の男を特定できなければいいと考えていたかもしれない。いずれにしろ、ジョナサンはなにが起きているのか自分でもわからなかったんだと思う。でもまあ、そんなことはどうでもいい。もう終わったんだから。そうそう、ジョナサン、ぼくらが二度と顔をあわせないよう、祈っておくよ。結局、きみは何者でもなかったってことだね。

でもいまはそれもどうでもよく、大切なのは、アイ－チン、きみがここにいるという事実だ。そして同じように重要なのは、ぼくが幸運《ラッキー》な男だってこと。ぼくには力がある。ぼくには強さがある。それと、いまは安心していられる。車椅子を使わなきゃならなかったとしても、手をのばして世界の胸倉をつかめなかったとしても、自分がこの世界を変えたのだとわかっているから。ぼくは自分の居場所を見つけた。ぼくがそこにいたおかげで、世界はちがうものになる。ぼくらが望むべきなのはそういうことなんじゃないかな。ぼくらが望むべきなのはそういうことなんだ〟わかる。

〝ぼくらが望むべきなのはそういうことなんだ〟

ぼくは社会の一員だったと確信している。社会に積極的にかかわっていたと。パソコンの前にぽつんとすわって、通りすぎていくものを見送っていただけじゃなかった。

ぼくにはぼくを愛してくれる人たちがいる。最後の最後までいっしょにいてくれる人たちがいる。ぼくがいつ旅立とうと、そばにいる人たちはぼくの話をし、ぼくを記憶に刻み、彼らが残りの人生を送るあいだずっと、それぞれの魂にぼくを抱いていてくれるだろう。それがわかっているから、ぼくの心はいつでも温かい。ぼくは人を助け、反対にぼくを助けてくれた人がいる。

誰かに自分を助けさせるのは、その人のためにきみができる最高のことなんだよ。

〝わかる？〟

うん。すごく痛かったでしょうね。ひどい目にたくさん遭って。

〝ひどい目になんか遭ってないよ。ぼくは生きてきたんだ！〟

ぼくは生きてきた！

アイ－チンがぼくの左の頰をなではじめる。彼女はすてきだ。彼女は強い。世界はぐっとよくなっている。彼女がいるから。ぼくにはわかる。彼女にもきっとわかっている。

「ありがとう」アイ－チンが言う。

ぼくは大きく息を吸いこむ。

「どう、いた、し、まし、て」

アイ－チンが微笑む。それから立ちあがって看護師の手を取り、部屋から出ていく。

ぼくはこの世界に光をもたらして、この世界から光を与えられた。それがね、すごくまぶしい光なんだよ！　ぼくは生きてきたと言える。きみは生きてきたと言えるかい？　きっと生きてきたと言えるにちがいないね。ぼくは愛し、そして愛された。

それが、ぼくらみんなが望むべきこと。それが、きみらみんながいますぐやらなきゃいけないこと。それはきみの目の前にある。

だから受けとればいい。ぼくもそうするつもりだよ。

謝辞

ほとんどの人と同じように、脊髄性筋萎縮症《ＳＭＡ》が身近なものになるまで、わたしはその病名を一度も耳にしたことがなかった。わたしの息子のウィリアムが二歳のとき、ウィリアムの仲良しのミラーが神経筋疾患と診断された。彼とわたしの息子は現在九歳で、いまでも親友同士だ。フットボールのゲームシリーズ〈マッデンＮＦＬ〉におけるふたりの闘いは一年ごとに少しずつ激しさを増している。ミラーだけでなく彼のご両親、リンジー・デイヴィッド（彼女の一貫した協力はなにものにも代えがたく、それなしではこの作品は完成しなかっただろう）とイーソン・デイヴィッドと親しくなれたことで、わたしはＳＭＡの世界を知り、さらにＳＭＡとともに毎日力強く生きている人びとやそのご家族とも知りあうことができた。彼らの温かさと明るさに触れてこの本を書こうと思いたち、彼らに導かれて執筆作業に励んだ。わたしは彼らの力強さに敬意を表したいと思う。ありがとう。また、ＳＭＡを思い、身体に障がいをかかえて生活するうえでの体験談を聞かせてくれたすべてのみなさんにも感謝申しあげたい。あなたたちほどわたしは多くを知ることはできないだろうけれど、あなたたちのおかげでいまはほんとうに多くのことを知っている。

もう十年近く、わたしはエージェントであるデイヴィッド・ガーナートのために本を書いていないが、それでも彼は二年前のある晩、ウエスト・ヴィレッジでわたしと会い、ディナーの席についてくれた。そこでわたしは、こちらが執筆していることを彼がまったく知らなかった本の初稿を見せて彼を驚かせた。このプロジェクトに対するデイヴィッドの熱意、これはすばらしい物語であるという彼の確信、みなさんに読んでいただきたいと願う彼の熱い思いが結実し、いま本書があなたの手のなかにある。エージェントとは友人同士であるべきかどうかはわからないが、彼が友人でいてくれてわたしはうれしい。ハーパーコリンズの編集者、ノア・エーカーほど、この本にうってつけの世話役、つまり担当編集者はいない。彼は頭脳明晰、愉快にして鋭敏、そのうえ編集者として最高の腕を持ちあわせている。すべてにおいてつねに正しいけれど、いたってクール。このすばらしい人物とわたしはパンデミックのさなかにも会っていた。彼とはできるだけ早いうちにもっとたくさんバーボンを飲むつもりだ。ハーパーコリンズのチームの面々にはいくら感謝してもしつくせない。エリナ・コーエン、ケイト・デズモンド、メアリー・ゴール、エリン・キビー、デイヴィッド・コラル、レイニー・メイズ、ジョアン・オニール、ヴァージニア・スタンレー、そのほかのチームのみなさん、どうもありがとう。

わたしはこの本を全篇書きおえるまで誰にも見せず、作品の良し悪しはもちろん、小説の体を成しているかどうかもわからなかった。さいわいなことに、知性豊かな友人たちに本作品を読んでもらえた。当人たちが気づいているかどうかはわからないけれど、作品中に彼らの意見が随所に織りこまれている。Ａ・Ｊ・ディオレリオ、アイリーン・ギャラガー、ティム・グリアソン、イーディス・ジマーマン、フィードバックとアドバイスをありがとう。

　定期的にわたしの文章を掲載してくれるさまざまな出版社の編集者や同僚にも謝意を表したい。せっかくのチャンスを活かせと励ましてくれ、わたしが担当記事と本作品を同時進行で執筆するあいだ、辛抱強くつきあってくれてほんとうにありがとう。MLB.comのマット・マイヤーズ、グレッグ・クレイマン、マシュー・リーチ、ジェニファー・ランゴーシュ、マイク・ペトリエッロ。《ニューヨーク・マガジン》のデイヴィッド・ウォレス-ウェルズ、ベンジャミン・ハート、レイ・ラーマン、アン・クラーク。ミディアムのジョン・グルックとブレンダン・ヴォーン。ＮＢＣニュースのメレディス・ベネット-スミス。《ＧＱ》のベン・ウィリアムズとサム・シューベ。

　次の方々にも感謝の意を捧げる。ジャミ・アッテンバーグ、クリス・バージェロン、エイミー・ブレア、マイク・ブルーノ、ジョーン・セテラ、マイク・セテラ、ジム・クック、トミー・クラッグス、ジョー・デレシオ、デニー・ドゥーリー、ジェイソン・フライ、ジュリア・ヒューレイ、デリック・グールド、デイヴィッド・ハーシー、ジェニー・ジャクソン、キム・ケニーリー、アンディ・クーンズ、キース・ロー、ジル・リーチ、マーク・リサンティ、バーニー・ミクラシュ、アダム・モス、マット・ピッツァー、ケリ・ポッツ、リンジー・ロバートソン、スー・ローゼンストック、ジョー・シーハン、トレヴァー・スティーヴンソン、スーザン・ストーブナー、マーク・タヴァーニ、ケヴィン・ウィガート。ここジョージアのわたしのチームの面々にも感謝を。二〇一三年に引っ越してくるまではアセンズに知り合いはひとりもいなかったが、いまではこの地がわたしのホームタウンになり、これまでに出会った多くの方々に感謝している。マット・アデア、エイプリル・アレン、デイヴィッド・アレン、ジョシュ・ブルックス、リリー・ブルックス、ヘイリー・キャンベル、バーティス・ダウンズ、スコット・デュヴァル、エリザベス・アール、マイケル・アール、セス・エマーソン、ケリー・ガーツ、ヘイリー・グラバー、ウィル・ハラウェイ、ブライアン・ハリス、キャリー・ケリー、ティム・ケリー、ケリー・ルーディス、ヴィッキー・マイカリス、ジョン・パーカー、マイケル・リップス、J・E・スキーツ、トニー・ウォラー、みなさん、ありがとう。

ジョージアに住んでほんとうによかったと思えるのは、ひとつには両親のブライアンとサリーがいるからだ。ふたりは孫たちの近くで暮らすためにイリノイ州から引っ越してきたけれど、わたしとしては、両親がジョージアに来てくれて、救いの手をさしのべられた気持ちでいる（パンデミックのまえでも）。わたしのために母さんと父さんがしてくれたことすべてに感謝する。いまこの時間をあなた方と過ごすことができて、わたしはほんとうに幸せだ。また、義理の母のウィン・スティーヴンスにも感謝を。パンデミックの最中にいっしょに引きこもり生活を送れてとてもうれしかった（彼女はすぐれた校正者でもある）。そうそう、それと、この家でいっしょに暮らしているふたりの少年をわたしは心の底から愛している。ウィリアムとウィン、きみたちはわたしの世界の中心で、きみたちを見ているだけですべてがうまくいくような気がしてくる。

そして最後にアレクサへ。きみはこの本の最初の読者だった。わたしがなにをするにしても、きみに最初の人になってほしいから。きみはわたしよりもこの本について詳しく知っているけれど、それだけではなく、わたしよりもあらゆることについて詳しく知っている（彼女はこの本のプロットにおける最大の穴を発見し、修正してくれた！）。きみは聡明で才能豊かなんだから、地球上のあらゆることをまかされてしかるべきだ。きみとともにいられるなんて、人生においてこれほど光栄なことはない。愛している、そして、ありがとう。

訳者あとがき

WIZoメーターが8か9と告げそうな、美しい秋の朝、ジョージア州アセンズ在住の二十六歳の青年ダニエルは、ここ最近毎朝のように見かけるアジア系の女性がカマロに乗りこむのを目撃した。いつもとなんら変わらない朝のひととき。女性はその後消息を絶ち、いきなり発生した失踪事件にアセンズの街は騒然となる。こうしてダニエルは思いがけず決定的な瞬間の目撃者となった……。

作者のウィル・リーチは一九七五年十月十日にイリノイ州マトゥーンに生まれた。イリノイ大学在学中は大学新聞の編集に携わった。現在はダニエルと同じくジョージア州アセンズに住んでいる。家族はデザイナーである妻のアレクサと、ウィリアムとウィンのふたりの息子。作品には小説の *Catch*、メモワールの *Life as a Loser*、スポーツエッセイ集の *God Save the Fan* などがあり、本作『車椅子探偵の幸運な日々』（原題 *How Lucky*）は五作目の作品として二〇二一年五月に刊行された。この作品は二〇二二年エドガー賞（アメリカ探偵作家クラブ賞）の最優秀長篇賞の最終候補となった。ちなみにこの年の最優秀長篇賞を受賞したのは『真珠湾の冬』（ジェイムズ・ケストレル／山中朝晶訳／ハヤカワ・ミステリ）で、『頬に哀しみを刻め』（S・A・コスビー／加賀山卓朗訳）も同賞の最終候補となった。

ウィル・リーチは作家業のかたわらデジタルを含めたメディアの編集をしたり、ジャーナリストとしてさまざまな媒体に記事を寄稿したりしている。メジャーリーグベースボール（MLB）の公式サイトであるMLB.comの記者もつとめていて、サイトのなかで二〇二四年に活躍が見こまれる選手としてロサンゼルス・ドジャースの大谷翔平と山本由伸をあげている。

『車椅子探偵の幸運な日々』のおもな舞台はジョージア州アセンズ。市民はわが街のカレッジフットボールのチーム、ジョージア・ブルドッグスに夢中で、それは主人公のダニエル、ダニエルの友人のトラヴィス、それにダニエルの介護士マージャニも同様だ。カレッジフットボールの歴史は古く、現在は多くのアメリカ国民が秋から冬にかけておこなわれる試合を観戦する。アマチュアスポーツとはいえ、その規模の大きさはわれわれ日本人の想像をはるかに超え、ダニエルが語っているとおり、各大学には巨大なスタジアムが建設され、多いところでは十万人以上の観客を収容できるところもあるとのこと。地域に根ざしているがゆえに、地元の大学を応援する人びとのパワーは計り知れない。ただし、ダニエルが指摘しているように、試合自体で莫大な収益をあげながらも、大学生たちは無報酬で試合に臨み、奨学金以外の収入を得ることを禁止されており、それが問題になっているという。

アセンズはジョージア大学を擁する学園都市で、大学の存在が街の発展に大きくかかわっている。ジョージア大学が創立されたのは一七八五年。大学の建設地として当時の理事会のひとりが土地を購入し、古代ギリシャの哲学者プラトンがアカデメイアを開設した地のアテネ（Athens）にちなんでアセンズ（Athens）と名づけたという。現在、学部に約二万六千人、大学院に約九千人の学生が在籍している。キャンパス内にはさまざまな研究施設があり、学生と社会人がともに研究に励む環境が整っているとのこと。ジョージア大学はアセンズの中心であり、ダニエルが気軽に散歩コースとしてキャンパスを訪れていることから推察すると、市民たちの憩いの場ともなっているのだろう。本作を一読して〝悪い人間がほとんど登場しない〟という印象を受けたが、それもアカデミックな雰囲気がただよう学園都市アセンズを舞台にしているからかもしれない。

アセンズの街自体は開かれた学園都市というイメージが強いけれど、ジョージア州は保守的な深南部の一部であり、本文でダニエルが述べているとおり、南部連合の旗が翻り、組織的な投票者抑圧《ボーター・サプレッション》が公然とおこなわれている地域でもある。ボーター・サプレッションというのは黒人やマイノリティなどを投票に行かせにくくする行為で、選挙の投票所を統廃合することで車を持たない黒人有権者が投票に行くのを難しくする、いわば嫌がらせと言える。そういう土地柄の地域で中国人留学生が失踪、アジア系アメリカ人団体のメンバーが大学に対して初動捜査の遅れを指摘し、それはアジア人軽視にほかならないと抗議する。また、パキスタンからの移民一世であるマージャニが不規則な仕事や、心身に負担のかかる仕事をいくつも掛け持ちする一方で、フットボールの週末に帰郷してきた卒業生たちがガラス張りの特別観覧席に陣取って酒を飲みエビを食べる。ダニエルの目は鋭くも冷静にジョージア州、ひいてはアメリカ社会の現実を見つめている。

ここからは主人公の〝困難な事情〟について述べるので、本文を未読の方はそちらを先にお読みいただきたい。

主人公のダニエルが患っている脊髄性筋萎縮症（SMA）とは、難病情報センターのサイトによると〝脊髄の運動ニューロンの病変によって起こる神経原性の筋萎縮症で、筋萎縮性側索硬化症（ALS）と同じ運動ニューロン病の範疇に入る病気。体幹や四肢の筋力低下、筋萎縮を進行性に示す〟という難病。〝車椅子の天才科学者〟として知られる世界的物理学者のスティーヴン・ホーキング博士は二十一歳のときにALSと診断され、余命二年と宣告された（実際には七十六歳で死去）。SMAの有病率（特定の病気にかかっている患者の比率）は十万人あたり一〜二人で、発生率は出生二万人に対して一人前後と言われている。乳幼児が発症するI型の平均死亡年齢は六カ月〜九カ月、九十五パーセントが十八カ月までに死亡するとされていたが、近年になって治療薬の開発が劇的に進み、運動機能が回復して歩行できるようになった子どもの患者もいる。専門医は早期発見、早期治療の重要性を訴えていて、現在日本では新生児の難病検査を実施している自治体もある。

ダニエルは一歳半でII型のSMAと診断された。現在は二十六歳。車椅子での生活を余儀なくされ、気道に入りこんだ異物によって命を奪われる危険性に常時直面している。本書の第一の読みどころは、終盤のジョナサンとの命がけの対決もさることながら、難病をかかえながら自立し、自然体で人生を送ろうとするダニエルの姿だ。そんな彼を介護士のマージャニと友人のトラヴィスがサポートし、三人を中心としたささやかな日常が、ときにおもしろおかしく、ときにシリアスに描かれている。〝難病もの〟なのに物語のトーンが不思議と明るいのは、ダニエルの性格を反映しているのはもちろん、三人の関係がゆるぎなく、温かな愛情に裏打ちされているためだろう。さきほども述べたように、本作には悪い人間がほとんど登場しない。暴力シーンも限定的で、そういう作品がエドガー賞の最優秀長篇賞の最終候補に残ったのは少し意外な気もするが、残虐性がいっさいない、ヒューマンドラマふうなミステリが大きな賞を受賞するのも悪くない気がする。

二〇二四年四月

HAYAKAWA POCKET MYSTERY BOOKS No. 2003

服《はっ》 部《とり》 京《きょう》 子《こ》

中央大学文学部卒
英米文学翻訳者
訳書
『ミラクル・クリーク』アンジー・キム
『正義が眠りについたとき』ステイシー・エイブラムス
『紅（あか）いオレンジ』『嘘は校舎のいたるところに』ハリエット・タイス
『詐欺師はもう嘘をつかない』テス・シャープ
（以上早川書房刊）他多数

この本の型は、縦 18.4 センチ、横 10.6 センチのポケット・ブック判です。

〔車椅子《くるまいす》探偵《たんてい》の幸運《こううん》な日々《ひび》〕

2024年5月10日印刷　　2024年5月15日発行

著者	ウィル・リーチ
訳者	服部京子
発行者	早川浩
印刷所	星野精版印刷株式会社
表紙印刷	株式会社文化カラー印刷
製本所	株式会社明光社

発行所 株式会社 **早川書房**
東京都千代田区神田多町２－２
電話　03-3252-3111
振替　00160-3-47799
https://www.hayakawa-online.co.jp

（乱丁・落丁本は小社制作部宛お送り下さい
送料小社負担にてお取りかえいたします）

ISBN978-4-15-002003-3 C0297
Printed and bound in Japan